DE REPENTE BRUXA

DE REPENTE BRUXA

JULIA TUFFS

Tradução
MARIANA MOURA

Editora **Melhoramentos**

Dados Internacionais de Catalogação na Publicação (CIP)
(Câmara Brasileira do Livro, SP, Brasil)

Tuffs, Julia
  De repente bruxa / Julia Tuffs; tradução Mariana Moura. –
1. ed. – São Paulo: Editora Melhoramentos, 2022.

  Título original: Hexed
  ISBN 978-65-5539-466-5

  1. Ficção inglesa I. Título.

22-111302   CDD-823

Índices para catálogo sistemático:
  1. Ficção: Literatura inglesa 823

Eliete Marques da Silva – Bibliotecária – CRB-8/9380

Copyright: © Julia Tuffs, 2021
Título original: *Hexed*

O direito moral da autora foi assegurado.

Publicado pela primeira vez em inglês por Hodder & Stoughton Limited

Tradução: Mariana Moura
Preparação: Raíça Augusto
Revisão: Laila Guilherme e Vivian Miwa Matsushita
Projeto gráfico e diagramação: Bruna Parra
Capa: adaptada do projeto original
Adaptação de capa: Carla Almeida Freire
Imagens de capa: Shutterstock

Direitos de publicação:
© 2022 Editora Melhoramentos Ltda.
Todos os direitos reservados.

1ª edição, julho de 2022
ISBN: 978-65-5539-466-5

Atendimento ao consumidor:
Caixa Postal 729 – CEP 01031-970
São Paulo – SP – Brasil
Tel.: (11) 3874-0880
www.editoramelhoramentos.com.br
sac@melhoramentos.com.br

Siga a Editora Melhoramentos nas redes sociais:
 /editoramelhoramentos

Impresso no Brasil

Para meu eu adolescente
— que piraria ao ver seu nome num livro

E para as adolescentes de tudo quanto é canto
— aguentem firme, as coisas vão melhorar

CAPÍTULO 1

A primeira vez veio do nada. Tipo, foi totalmente inesperado, do nada, como o namoro entre a Meghan Markle e o príncipe Harry.

Foi numa manhã de quarta-feira, duas semanas depois de termos nos mudado para cá. Eu estava sentada em uma aula dupla de Matemática – sim, eu sei, dobradinha de Matemática é dureza. Se pudesse, eu teria escolhido uma carteira mais para o fundo da sala, lá pelo meio. Não no fundão de verdade, que é de uso exclusivo dos bagunceiros; nem na metade da frente, por conta do risco de contato visual com o professor. O segredo é existir com o mínimo, mas não o total, de invisibilidade – uma lição que minha mãe me ensinou.

Eu não tinha começado com o pé direito por causa do burburinho sobre "a garota nova com a irmã blogueira e a família bizarra que comprou a casa mal-assombrada na ilha", mas estava fazendo um bom trabalho em ficar com a cabeça baixa e manter a média. Mediana. A grande questão é o meio. Esta sou eu: Jessie Jones – perfeitamente à vontade em ser a garota do-meio-da-sala, do-meio-da-estrada, do-meio-de-tudo.

Mas, como os atrasados não escolhem, naquela aula de Matemática eu acabei na segunda fileira – situação piorada pelo fato de que eu tinha que olhar para a cabeça melecada de gel de Callum Henderson. (Callum tinha sido colocado na frente na semana anterior, depois de respingar tinta na parte de trás da camisa do sr. Anstead, um gesto que parecia ter elevado seu status de lenda entre os garotos. Quer dizer, fala sério, temos seis anos de idade?) Eu não sabia o nome de muita gente na escola, mas o de Callum era inevitável. Callum, a estrela do time de futebol; Callum, cujo pai é parlamentar da ilha; Callum, que anda pela cantina com o peito estufado como se fosse o dono do lugar; Callum, que recebe uma reprimenda pelo menos cinco vezes por aula mas nunca é punido de verdade; Callum, que parece ter regras diferentes de todo mundo. Callum, o rei do Colégio Rainha Vitória.

Então lá estava eu, na aula de Matemática, cuidando das minhas equações, tentando parecer confusa na medida exata com os números e as letras enquanto eles eram rabiscados no quadro, me concentrando no zumbido monótono do sr. Anstead, quando alguém bateu na porta e uma garota entrou. Ela murmurou um pedido de desculpas por ter chegado atrasada, ficou muito vermelha e praticamente correu até sua carteira, que ficava em algum lugar atrás de mim.

Nunca era legal entrar numa sala de aula e ter trinta pares de olhos encarando você, então tentei cruzar meu olhar com o dela para oferecer um sorriso de solidariedade. Mas ela estava determinada a focar o chão. Depois de um momento confuso, o sr. Anstead voltou para as variáveis e os expoentes, e a normalidade foi retomada. Eu estava retornando à minha falsa confusão quando notei Callum passando um bilhete para Freddie na carteira ao lado.

Eu não quis olhar, na verdade. Mas fui atraída para aquilo, meus olhos se rebelaram contra meu protocolo de manter a cabeça baixa. Callum tinha desenhado um boneco de palito com uma pizza de pepperoni no lugar do rosto. Embaixo estava escrito: "Caiu para 3? Aposto que você ainda encararia!". Freddie soltou uma risada abafada e indiferente e devolveu o bilhete.

Demorei um segundo para entender. Era um desenho da garota que tinha acabado de entrar. Os pedaços exagerados de pepperoni representavam sua recente florada de espinhas. Não entendi *exatamente* o significado do número, que parecia ter sido reduzido, mas podia arriscar um palpite: algum tipo de nota que eles davam às garotas, e talvez a dela houvesse diminuído por ela estar com mais espinhas do que o normal.

Uns imbecis completos.

Eu devo ter deixado escapar um resmungo, pois Callum se virou e olhou para mim. Pega de surpresa, dei a ele um acidental olhar da morte – obviamente não muito efetivo, já que ele abriu um sorriso pretensioso em resposta. Eca! Ah, se ele fizesse ideia de como era ter uma pele ruim, ou um rosto menos do que perfeito, ou qualquer tipo de questão considerada uma falha. Idiota.

O que veio a seguir aconteceu num instante, mas também, estranhamente, pareceu uma longa e arrastada sequência em câmera lenta de um filme. Fui tomada por uma repentina onda de cólicas menstruais realmente intensas e latejantes, que me fez recurvar e levar a mão ao abdômen. Quando dei por mim, um rugido de horror veio da carteira em frente à minha e Callum estava em pé.

A cólica diminuiu, e eu olhei para cima. Havia comoção por todo lado, uma mistura de gritinhos e suspiros e risadas, o arrastar de cadeiras. Uma onda de excitação. Callum cobria o rosto com as mãos, mas, através dos dedos, eu via medo e confusão em seus olhos. Resmungos abafados vinham de trás de suas mãos, que agarravam o rosto – a ponta dos dedos passando pelas bochechas, sobrancelhas, queixo e pescoço, puxando tudo com desgosto. Ele sacou o celular e se olhou, soltando um longo grito, e então saiu correndo da sala.

Ele e seu rosto vermelho vivo, nervoso, coberto de acne.

Então, sim… aquela foi a primeira vez.

CAPÍTULO 2

Cinco Coisas Sobre Mim:
1. Como falei, sou uma garota bem mediana. Aprendi um tempo atrás que é melhor manter a cabeça baixa e ficar de boa.
2. Eu me mudei de Manchester para a Ilha de Wight – ou melhor, minha mãe me mudou – do nada, no meio do primeiro ano do Ensino Médio, só com duas semanas de sobreaviso. (Eu estava acostumada, pois movimentos repentinos eram típicos da minha mãe.)
3. Sou muito boa em Matemática. Quer dizer, bizarramente boa. Não sei por quê, eu só entendo. Amo números, eles fazem sentido. Mas eu escondo isso. Já aprendi minha lição (ver o tópico1).
4. Tenho uma irmã mais velha superirritante chamada Bella, que é uma influencer de maquiagem que bomba muito no Instagram e por isso acha que é melhor do que todo mundo. Mas isso talvez seja uma coisa mais sobre ela do que sobre mim…
5. Não tem mais nada para saber sobre mim – nenhum hobby, nenhuma paixão, nenhum amor, nenhum segredo (ver o tópico 1). Odeio pimenta-do-reino e salsinha. Está vendo? Até isso é entediante.

Voltando à aula de Matemática, a sala estava zunindo. E eu me sentia estranha. A adrenalina tinha diminuído, e em seu lugar senti uma onda de completa exaustão, como se eu pudesse deitar no chão na frente de todo mundo e dormir. Eu sabia que precisava sair o quanto antes. No meio do caos, dei um jeito de murmurar alguma coisa sobre ir ao banheiro para o sr. Anstead, que estava gritando "Silêncio!" sem parar, o que estava dando tão certo quanto tentar pegar areia com uma peneira. Fui até o banheiro – que estava vazio, graças a Deus –, me tranquei na cabine mais distante e abaixei a meia-calça e a calcinha para inspecionar o estrago.

Eu sabia que tinha vazado – a gente sempre sabe, não é? Fabuloso. Tinha descido cinco dias antes da data, e eu estava sem absorventes. Nunca descia antes da hora! Meu ciclo era um reloginho, do tipo que dava para marcar no calendário. Por sorte, não tinha vazado pela meia-calça nem pela saia, então eu não teria que fazer a marcha da vergonha da menstruação pelos corredores. Uma pessoa normal teria apenas pedido um absorvente a uma amiga. Mas eu? A novata para sempre solitária aqui? Sem amigas, sem essa sorte. Então fiz o que qualquer mulher que tem um pouco de respeito por si mesma faria nessa situação: enfiei um enorme bolo de papel higiênico na calcinha.

Quando estava terminando, ouvi alguém entrar correndo no banheiro. Um instante depois, a porta da cabine ao lado da minha bateu e houve um barulho seguido por uma explosão de lágrimas carregadas. Um choro de respeito, que obviamente tinha ficado contido por um tempo e estava sendo liberado em toda a sua glória, apoiado na certeza de que não havia ninguém por ali para ouvir.

Só que eu estava lá.

Eu me senti mal. Em silêncio, coloquei os pés sobre o assento do vaso, pois não queria que a garota em prantos soubesse que havia alguém ali. Eu deveria ter ido embora, mas, se tivesse feito isso, ela saberia que alguém a ouvira chorar. Considerei perguntar se ela estava bem e receber um não assertivo como resposta. Eu não era a pessoa mais adequada para aquele trabalho específico naquele momento.

Só precisei ficar meio agachada, meio sentada e esperar aquilo acabar, na expectativa de que ela tivesse amigos que pudessem ajudá-la. Eu me concentrei em respirar o mais silenciosamente possível. Um movimento no canto da cabine capturou meu olhar; uma mosca estava presa numa teia de aranha, esperneando e lutando furiosamente pela vida. Senti muita pena dela. Eu era aquela mosca, aquela mosca era eu – um único ser. Só que minha batalha era contra a interação humana, não exatamente uma fuga literal das garras da morte. Com delicadeza e em silêncio, tirei as teias ao redor da mosca, tentando não causar mais nenhum dano. A mosca girou um pouco, ficando de costas, e eu dei um empurrãozinho nela do jeito certo, com a ponta da unha. O inseto parou, confuso, então me deu o que tive certeza de ser um olhar que dizia *obrigado*, antes de sair voando.

Então ali estava eu, mais uma vez com opções limitadas. A história da minha vida. Ficar ali e permanecer no mais absoluto silêncio até ela se acabar de chorar e ir embora, ou sair às escondidas, escapar furtivamente na ponta dos pés para que ela nunca soubesse que estive ali. Optei pela segunda opção, mas, enquanto descia do vaso silenciosamente, o sinal do intervalo tocou, e em trinta segundos o banheiro foi invadido pelo bando de garotas de sempre. Perfeito. Eu poderia sair dali como uma pessoa normal.

– Ah, meu Deus! Libby, você viu o Callum? – gritou uma voz aguda em meio à afluência de portas abrindo e fechando, torneiras jorrando e barulhos de banheiro em geral.

Meus ouvidos entraram em estado de alerta e decidi que não seria ruim ficar mais um minutinho.

– Ainda não, por quê? – perguntou Libby.

Ouvi risadinhas animadas e uma explosão de vozes falando ao mesmo tempo.

– Você não ficou sabendo?

– Óbvio que não, Sadie. Anda logo e desembucha.

– Tá bem, então, na aula de Matemática, ele simplesmente…

– Ele teve algum tipo de irritação na pele causada por acne – disparou outra voz.

– Você quer dizer… tipo uma reação alérgica? – indagou Libby.

– Não. Tipo, literalmente, acne em *todo* o rosto dele, do nada.

– Foi tão bizarro!

– Foi logo depois que a Tabitha entrou. Você acha que aquele rosto cheio de espinhas dela é contagioso? Ela devia ficar em quarentena.

Ouvi um pequeno suspiro vindo da cabine ao lado da minha.

Ah. Oi, Tabitha.

– Não faço ideia do que você está falando – disse Libby, parecendo incomodada. – Vou atrás dele pra saber.

Desejei que elas saíssem para que eu e minhas pernas doloridas pudéssemos escapar dos confins da cabine. Mas então a porta do banheiro se abriu de novo, e com ela veio todo um novo drama.

– Tabs! Você está aqui? – perguntou uma voz diferente, acompanhada por fortes batidas na porta de todas as cabines, inclusive da minha. Eu me encolhi. – Tabs! Eu sei que você está aqui.

As garotas diante das pias soltaram risadinhas.

– Estão olhando o quê? – disse a voz. – Isso não é da conta de vocês, podem continuar com a tentativa de consertar esses rostos falsos.

Nossa. Aquela garota era fodona.

– Você é quem sabe tudo sobre ser falsa – zombou Libby. – Vamos lá, meninas, ficou cheio *demais* aqui. – Ouvi uma movimentação, e a porta se fechou novamente.

Então estávamos eu, Fodona e Tabitha no banheiro, eu ainda agachada no vaso e espremida como um limão. Eu não via outra saída a não ser me mudar oficialmente para lá e fazer da cabine meu novo lar. Eu aprenderia a amá-la, provavelmente mais do que amava minha casa de verdade.

– Tabs, é sério, sai daí – disse Fodona com a voz mais baixa. – Ele é um cretino, todos eles são. Todo mundo sabe que são cretinos, menos eles. Não deixe que afetem você.

Ouvi uma fungada e o barulho de madeira estalando conforme a porta do reservado ao lado do meu se abria.

– Estou bem – disse Tabitha. – De verdade.

– Pois não parece. Bora, vamos entender o que está acontecendo.

Ouvi torneiras sendo abertas e alguém pegando papel higiênico na cabine ao lado.

– Estão dizendo por aí que você jogou algum tipo de feitiço que fez espinhas pipocarem na cara do Callum – contou Fodona, rindo. – Isso é bem do mal. Posso te dar uma lista de outros babacas dignos de feitiço?

– Quem me dera. Eu sinceramente não sei o que aconteceu – disse Tabitha, a voz fina como papel. – Num minuto eu estava indo para a minha carteira, ele rindo enquanto eu passava, no outro, todo mundo estava enlouquecido e ele fugindo. Aparentemente ele está dizendo que fui eu que fiz isso.

– Talvez tenha sido a consciência dele finalmente se manifestando através de um problema de pele.

– Seja o que for, ele mereceu. – Tabitha fungou. – Rolou um bilhete. Me desenharam com uma pizza no lugar do rosto e… – A voz dela oscilou. – Uma nota.

– Mentira que eles ainda estão nessa! Eles são idiotas. Ah, qual é? Cabeça erguida, ignore. Não deixe uns babacas colocarem você para baixo desse jeito.

Sua voz ficava cada vez mais distante conforme ela se dirigia até a porta. Meu coração bateu mais forte com a ideia de enfim ser capaz de sair da cabine. Mas, enquanto eu silenciosamente alongava as pernas, tentando recuperar a sensibilidade, e me preparava para fugir antes que qualquer outra coisa pudesse acontecer, Fodona soltou uma frase de despedida:

– E, para quem esteve aqui o tempo todo ouvindo, espero que tenha curtido o show. Da próxima vez vou cobrar ingresso.

CAPÍTULO 3

Quando cheguei em casa depois da escola, nunca me senti tão aliviada em ver nossa porta suja e lascada. Foi a primeira vez que senti algo diferente de ódio ao vê-la. A casa, grande, velha e aos pedaços, era o mais longe que se poderia ir do nosso antigo normal: chique, elegante e minimalista. Estávamos ali fazia duas semanas, e a casa ainda não parecia nossa. Era como férias ruins, com uma agência de viagens falida e a gente lá, presa. Só que aquele era nosso lar, de acordo com Mamãe. Eu ainda tinha grandes esperanças de que fôssemos ficar um tempo naquela casa e então nos mudar, como sempre fazíamos – talvez até voltar para Manchester –, mas o fato de que aquele era o primeiro lugar que minha mãe tinha comprado, em vez de alugado, não casava bem com essa teoria.

Cinco Coisas Sobre Mamãe:
1. Ela cresceu na Ilha de Wight.
2. Ela era, até poucos meses atrás, uma poderosa advogada especializada em mídia que basicamente podia ganhar qualquer caso.
3. Ela começou a usar kaftans recentemente.
4. E a tentar cozinhar.
5. Ela definitivamente está passando por uma crise de meia-idade.

Ela levou um susto em relação à sua saúde. Um sustinho pequeno, que acabou não sendo nada, mas aparentemente gerou algum tipo de epifania de que ela precisava retornar às raízes de sua infância. Praticamente da noite para o dia ela foi de bolsas de estilistas famosos para sacolas de algodão cru, de refeições prontas para comida caseira nutritiva e de ficar encurvada diante do computador a exigir que todas passemos um tal de "tempo de qualidade em família".

Ela estava oficialmente ficando doida.

Fiz uma petição para me mudar para Dubai e morar com meu pai e sua família de comercial de margarina em seu novíssimo apartamento extravagante com piscina, mas minha mãe não comprou a ideia. Disse que tínhamos que ficar juntas, nós três.

Depois de entrar em casa, passei pelas dúzias de recebidos da Bella, como de praxe, e subi a escada correndo antes que alguém me parasse para interagir de alguma maneira. Passei o resto da tarde no quarto, alegando estar fazendo dever de casa, mas essencialmente estava me escondendo, afagando nossa enorme e velha gata preta resgatada, Dave (quando percebemos que era fêmea, o nome já tinha pegado), e sentindo dó de mim mesma. Acho que ela sabia. Ela sempre parecia saber quando eu estava chateada, e me dava carinho extra. Ela até lambeu minhas lágrimas uma vez... embora eu tivesse *acabado* de comer frango.

Tomei um banho morno e raso na banheira (sistema hidráulico antigo – nem queira saber sobre o chuveiro, é como ficar debaixo de uma formiga fazendo xixi) do glorioso banheiro verde-abacate do primeiro andar. Depois fiquei sentada embaixo do edredom no meu quarto, no sótão, tremendo, enquanto as gaivotas grasnavam para mim através da janela.

Que dia. Aquele episódio na aula de Matemática tinha sido tão... estranho. Ninguém tinha visto Callum pelo resto do dia, mas, cara, como as pessoas falaram sobre isso. Na realidade, todo mundo *só* falava disso. Além dos rumores de que Tabitha o infectou ou enfeitiçou, outras teorias que circulavam pela escola eram:

1. Era hanseníase.
2. Callum era o Paciente Zero de uma ressurgência da Peste Negra.

3. Ele tinha desenhado os pontos com canetinha para poder matar aula.
4. Era algum tipo de nova onda, uma super IST (essa era minha predileta – mas não a de Libby).

Senti pena de Tabitha. Ao que parecia, ela estava sendo alvo de muitos sussurros e atenção indesejada apenas pelo crime de ter se atrasado para a aula. Marcus (Capanga Desmiolado nº 1) estava espalhando a fofoca de que Freddie (Capanga Desmiolado nº 2) disse que Tabitha tinha visto o bilhete deles e se vingado. Em certo momento, eu a vi na cantina, parecendo completamente devastada. Parte de mim quis ir até lá e dizer alguma coisa para ela, mas a outra parte, maior e mais sensata, me falou que era melhor evitá-la. Então fiz o que faço de melhor: mantive a cabeça baixa, continuei com minha vida, me misturei à paisagem, me tornei invisível – até a hora de ir para casa.

Tentei bloquear a trilha sonora de gaivotas e esquecer o resto do dia, mas fui atingida por uma onda de cólicas menstruais – das fortes, mas nem perto das bizarramente fortes que tive mais cedo. Puxei os joelhos para o peito e respirei em meio à dor.

Dave pulou da cama com um miado que mais pareceu um uivo. Nossa, como eu odiava aquela casa estúpida, grande, velha, fria e provavelmente assombrada naquela ilha estúpida, pequena e velha no meio do nada. Lembrei que um mês atrás estava em Manchester, onde eu realmente sentia que enfim tínhamos encontrado nosso lugar. Eu me lembrei do nosso apartamento lindo no quinto andar de um armazém convertido em prédio residencial, com vista para o centro da cidade, do banheiro imaculado e em excelentes condições de funcionamento da minha suíte, da calefação que aquecia de verdade, das manhãs sem gaivotas e das minhas amigas. Hummm, amigas. Talvez não exatamente *amigas*; uma das "vantagens" de mudar de escola a cada alguns anos (valeu, Mamãe) era a dificuldade de fazer grandes amigos. Já tínhamos ido para o norte (Lake District e Manchester), leste (Suffolk), oeste (Cardiff) e agora sul, sem nunca ficar num lugar por mais de quatro anos, que era justamente quando eu começava a sentir que estava a ponto de construir laços. Então, sim… amizade não era bem o meu forte. Mas pelo menos em Ashvale ninguém tinha me ameaçado através da porta de uma cabine do banheiro.

Mamãe me chamou da escada, me convocando para o jantar. Relutante, emergi do meu casulo de edredom e me arrastei até lá embaixo. Tinha considerado seriamente não jantar, mas minha barriga fazia todo tipo de barulho cujo significado era "me alimente". Quando passei pelo quarto de Bella, a porta estava entreaberta, e a vi de relance na frente do espelho, fazendo sua mágica com a maquiagem. Minha irmã, também conhecida como "HellaBella", a instagrammer de beleza, também conhecida como aluna/filha/neta perfeita, também conhecida como autoproclamada adulta madura. Toda vez que a via, meu estômago revirava um pouquinho de raiva – raiva misturada com um pouco de saudade. Saudade da Bella de antigamente.

A gente costumava se divertir muito juntas. Aonde quer que fôssemos, nossa mãe sempre trabalhava até tarde, então éramos basicamente só nós duas, sempre. A gente colocava os vestidos chiques da Mamãe, atacava o freezer e fazia um "banquete" (que consistia basicamente de cestinhas de massa folhada vencidas, recheadas de açúcar de confeiteiro e batatas fritas chiques demais). Em Manchester, a gente ia até a loja da esquina e gastava todo o nosso dinheiro em doces e tranqueiras e se refestelava com eles na banheira, totalmente vestidas. A gente inventava coreografias e shows e colocava o som tão alto que o nosso vizinho rabugento do andar de baixo batia no teto. Aqueles eram tempos felizes, quando sentíamos que éramos um time. Tínhamos um código secreto: ser nós mesmas em casa e nos misturar na escola. Isso antes de Bella quebrá-lo ao criar aquele canal estúpido sobre maquiagem e chamar a atenção para nós. E antes que ela fosse para o Lado Sombrio e decidisse se aliar à Mamãe. Naquele tempo, éramos nós contra o mundo, e agora eram Mamãe e Bella contra mim.

Eu sabia que naquele momento Bella gravava um vídeo, porque estava usando sua voz aguda e brega do Instagram.

– Bellaaaaa! Jantar! – gritei, bem na porta do quarto dela, antes de descer correndo furtivamente o próximo lance de escada.

– Queriiiiida! – disse Nonna quando entrei com uma completa ausência de glamour da sala de jantar. Dave se aconchegou em volta do meu pé e quase me fez tropeçar. Mamãe estava debruçada sobre o fogão, mexendo alguma coisa furiosamente e olhando para a panela com uma expressão preocupada. Nonna gingou até mim, pegou meu rosto entre as mãos e fechou os olhos, o cenho franzido e a cabeça balançando. Eu fiquei parada; já sabia o diagnóstico.

– Ah, querida, ah, querida, ah, querida. Isso é ruim. Você está bloqueada. Sua aura está triste.

Cinco Coisas Sobre Nonna:

1. Ela é "curandeira". Cristais, auras, chacras, tudo nessa linha. Eu não entendo muito bem, mas ela sempre tem trabalho, então deve estar fazendo alguma coisa certa.
2. Ela conheceu o vovô quando eles tinham cinco anos. Eles moravam um na frente do outro, ficaram juntos quando tinham quinze anos, se casaram aos dezoito e foram *o* casal mais apaixonado que eu já vi.
3. Ela teve minha mãe aos dezessete (isso aí, *antes* de casar). Nem sabia que estava grávida, foi ao banheiro achando que ia fazer um cocozão e saiu de lá como mãe. Meu bisavô era maldoso e, assustado, basicamente trancou Nonna e minha mãe no quarto dela por um mês até que o vovô veio resgatá-las. Foi, tipo, o maior escândalo da ilha.
4. Ela usa tantas pulseiras que, se você as enfileirasse, elas provavelmente dariam uma volta na ilha.
5. Ela tem um cabelo grisalho incontrolável, cheio de frizz, e uma verruga no rosto que ela chama de Oscar, da qual eu costumava morrer de medo.

Resisti à vontade de dizer: é claro que a *porcaria da minha aura está triste, qualquer pessoa que foi arrancada da própria vida e levada para onde Judas perdeu as botas teria a aura triste de um peru de Natal*. Ela soltou meu rosto e começou a agitar os braços em volta de mim, sua coleção de pulseiras tilintando perto das minhas orelhas. Ela soprava o ar para longe de mim, como se fosse um pum particularmente potente. Por fim, inspirando fundo, ela sorriu.

– Bem melhor. Agora pode sentar.

– Valeu, Jessie, ajudou muito – disse Bella, entrando como um furacão.

– O quê? Eu só estava te chamando pra jantar, o que é realmente muito útil.

Ela me olhou feio, uma expressão que logo se tornou um olhar bizarro de pena e condescendência, como se eu não fosse boa o bastante nem para uma encarada.

– Você quer que eu arrume a mesa, mãe? – perguntou Bella, daquele jeito incansável de filha perfeita.

– Se você puder pegar os pratos, seria lindo, obrigada. – Minha mãe colocou na mesa uma travessa grande e pesada de alguma coisa que quase parecia comida. – Como foi o dia de vocês, meninas? – Ainda era estranho ver Mamãe num kaftan respingado de tinta, seu novo uniforme, em vez do terno de alfaiataria poderoso de antigamente.

Eu grunhi e resmunguei, resposta que sempre usava quando não queria conversar. Nonna cruzou o olhar com o meu, me encarando com uma expressão curiosa, claramente tentando acessar minha alma mais uma vez.

– Meu dia foi bom – respondeu Bella, mandando para dentro, com um pouco de hesitação, o que acho que era para ser aquele prato indiano dahl. Fosse o que fosse, estava queimado. – Ei, o que aconteceu com aquele garoto da sua sala, Jessie?

Eu olhei para o rosto perfeitamente maquiado dela, querendo entender se ela deliberadamente tentava me chatear. É um fato bem conhecido que eu tenho quase uma aversão física a falar da escola em qualquer circunstância familiar. Ela parecia genuinamente interessada, o que, em alguns sentidos, era ainda *mais* irritante, outro lembrete de que ela definitivamente tinha entrado para o time dos adultos. Eu a fuzilei com um olhar que dizia *nem tente*, mas ela não estava nem aí. Ou escolhia não estar nem aí.

– Sei não – respondi, dando de ombros enquanto me servia do mínimo possível de dahl, que eu pretendia apenas empurrar para os cantos do prato (eu já tinha comido as criações culinárias da minha mãe antes).

– Sim, você sabe. O nome dele é Callum, não? Aquele cara que se acha muito.

– Ah, o filho do nosso não tão bom e não tão honesto parlamentar Bob Henderson? – perguntou Nonna, franzindo o cenho. – Um homem horroroso.

– É, acho que sim – resmunguei. *Tal pai, tal filho.*

– Parece que ele teve algum tipo de irritação doida na pele no meio da aula ou algo do tipo – continuou Bella, ainda me olhando em busca de uma resposta. Senti que Nonna e Mamãe trocaram um olhar discreto.

– Não foi nada – falei com firmeza. – Ele só... teve um tipo de reação a alguma coisa e precisou ir pra casa. Não foi o drama que todo mundo está criando. Como estão as coisas da casa, mãe?

Eu não estava nem um pouco interessada em saber como estavam indo as reformas intermináveis da casa, mas esse era o melhor assunto se quisesse mudar o foco da conversa, e eu realmente não queria me dar ao trabalho de pensar mais em Callum Henderson, ou em qualquer outra pessoa da escola, naquele dia.

– A irritação veio do nada? – perguntou Mamãe, se recusando a mudar de assunto.

– Acho que sim, não sei, eu não fiquei olhando pra ele a cada segundo.

– Então você estava perto dele? – perguntou Nonna.

– Por que esse interrogatório, hein? Sim, eu estava sentada atrás dele, sim, foi repentino. Não sei de mais nada além disso, então vamos encerrar o assunto, por favor.

Houve um silêncio, outro olhar entre Nonna e Mamãe e o constrangedor tilintar de talheres.

– Bem, encontrei alguns empreiteiros que estão disponíveis – disse Mamãe, por fim. – E tenho voltado a me sentir criativa, lido algumas revistas de decoração... Ah, e eu estava dando uma olhada numa caixa de coisas antigas lá de Manchester e encontrei umas roupas que fiz para vocês quando eram pequenas e, sabe, fiquei pensando que eu adoraria voltar a... fazer alguma coisa daquele tipo. Eu gostava. – Ela parecia melancólica, o olhar perdido, como se fantasiasse com estampas de roupas.

– E ela tirou o papel de parede do quarto dos fundos – acrescentou Nonna enquanto tentava domar o cabelo errante que ondulava entusiasticamente por cima do rosto. – Foi-se aquela textura antiga em tom de diarreia. – Ela colocou uma garfada de dahl na boca, segurando-se para não fazer uma careta.

– Como está? – perguntou Mamãe, ansiosa.

– Hummm – disse Nonna, assentindo.

– Ah, que bom! Eu improvisei um pouco, tive receio de que não fosse dar certo. Estou curtindo essa coisa de cozinhar. Bem melhor do que refeições prontas e delivery toda noite, não é, meninas?

Mamãe estava realmente tentando abraçar aquele papel de Mãe Terra que fica em casa, mas, pelo que eu vira até então, não era o estilo dela. Esse meu palpite era baseado no estado da casa, com as costumeiras pilhas de louça suja, e na comida... uma coisa de outro mundo. Olhei para baixo, para a massa não identificável no meu prato. Minha boca aguou quando pensei no libanês Ruma, na pizza de Papa J's, no indiano Prem, ou em qualquer um dos nossos antigos deliveries favoritos, que eu e Bella comíamos em frente à TV enquanto Mamãe sentava à mesa, consumida pelo trabalho. Joguei disfarçadamente uma pequena porção de dahl no chão, para Dave, que cheirou e saiu correndo. Nada promissor. Mamãe se lançou entusiasticamente ao prato. Uma grande garfada, duas mastigadas e o que parecia uma dolorosa engolida depois, ela pegou o copo d'água e tomou num gole só.

– Isso está horrível. Sinto muito – disse ela, parecendo desanimada.

Nonna e Bella murmuraram algumas palavras de encorajamento evasivas, obviamente sem pretenderem ser tão efusivas para não terem que comer mais. Fiquei lá sentada, tentando ignorar as pizzas que passavam pela minha cabeça.

– Está bom, perfeitamente recuperável – disse Nonna, levantando-se e devolvendo o dahl de todo mundo na travessa no centro da mesa. – Posso cuidar disso, sem problemas. – Ela pegou a montanha de dahl e foi para a cozinha.

– Você *realmente* não precisa fazer isso – disse Mamãe, com um tom de advertência na voz.

– Tudo certo! – gritou Nonna no meio do caminho.

– Mãe! Não... – Suspirou. – Sinto muito mesmo – repetiu Mamãe. – Segui a receita...

— Foi uma boa primeira tentativa — comentou Bella. — E só pode melhorar.

Lá estava ela, bajulando como a maior das puxa-sacos. Afff.

— Por que a gente não pede comida? — sugeri, mais bruscamente do que pretendia.

Minha mãe suspirou de novo. A trilha sonora da nossa nova vida: suspiros e gaivotas.

— Jessie, já falamos sobre isso. Não fazemos mais esse tipo de coisa. Acabaram-se as refeições prontas e o delivery toda noite. Comida de qualidade, tempo de qualidade com a família, conexão…

— De qualidade — completei. — É, eu sei. Só queria jantar alguma coisa comível.

— Então aqui está — anunciou Nonna, voltando com uma travessa de comida soltando fumaça, com um cheiro delicioso. Era a mesma travessa, mas a comida era definitivamente diferente.

— *Mamãe!* — exclamou minha mãe, praticamente fuzilando Nonna com os olhos, o que pareceu um pouco grosseiro, considerando que ela tinha acabado de salvar o dia.

Nós avançamos. Estava incrível. Dahl e mais umas coisinhas. Superdahl, sem nenhuma semelhança com a arma de destruição em massa que estava na mesa dez minutos antes.

— Está delicioso! Como você preparou um novo prato assim tão rápido? — perguntou Bella.

— Não é novo — disse Nonna, evitando o olhar de Mamãe. — Trabalhei com o que sua mãe tinha feito e… dei uma melhoradinha. Alguns temperos, um pouco mais de caldo, essas coisas. Ela tinha preparado uma base excelente.

Olhei para a comida no meu prato e depois para Nonna e Mamãe. Aquela comida não tinha nenhum pedaço queimado. Era de uma cor quase completamente diferente. Aquilo fora mais do que uma melhoradinha.

— Enfim, não é ótimo compartilharmos uma refeição? — acrescentou Nonna num instante.

Eu estava comendo, ocupada demais para responder.

⚡

Finalmente o jantar em família forçado chegou ao fim e pude, depois de limpar meu prato, fugir para minha geladeira no sótão.

– Ah, estava me esquecendo de dizer: precisamos de mais absorventes, Mamãe – comentei quando estava a meio caminho da porta da sala de jantar.

– Comprei outro dia – disse ela. – No armário embaixo da pia do banheiro.

– Já olhei, só tem uns dois.

– Usei alguns – contou Bella. – Eu também estou.

Mamãe e Nonna trocaram mais um olhar. Dessa vez foi totalmente óbvio.

– Vocês duas ao mesmo tempo? – indagou Mamãe.

– Acho que sim – respondi. – Mas não precisamos desses olhares dramáticos, é menstruação, não Chernobyl. Só precisamos de mais absorventes.

Mamãe ficou parada com a boca levemente entreaberta. Então piscou e a fechou.

– Sim, claro. Vou comprar de manhã.

– Obrigada – falei, subindo a escada correndo, tentando não tropeçar nas laterais soltas do carpete verde-escuro manchado e quebrar meu pescoço.

CAPÍTULO 4

Minha quinta-feira foi assim:

Chamada – durante a qual um garoto estúpido aleatório fez uma estupidez aleatória (nada incomum). Dessa vez recitando em voz alta um poema que rimava "raba" com "racha" e "Greta" com "quer que eu meta" para uma garota chamada (surpreendendo um total de zero pessoas) Greta. Praticamente um Oscar Wilde de tão espirituoso.

Matemática – em que Callum voltou, de cara limpa, se deleitando com sua fama, como sempre. Parecia que o episódio anterior não fizera nada além de inflar ainda mais seu ego enorme. É um superpoder que os garotos têm: dar um jeito de tornar qualquer situação favorável. Eu sentia as risadinhas e os burburinhos direcionados a Tabitha, que foi a primeira a entrar e a última a sair. Acho que ela não queria um repeteco do atraso. Mantive a cabeça baixa, como sempre, e continuei a fingir não saber todas as respostas de cara.

Inglês – que envolveu garotos sendo bobos, inclusive especulando sobre o possível tamanho dos peitos de Jane Eyre.

Intervalo – quando caminhei devagar entre meu armário e o banheiro, e de volta até o meu armário, para não dar na cara que eu só ficava sentada num canto como uma solitária.

25

Dobradinha de Ciências – em que meu parceiro de laboratório fez *mansplaining*⚡ comigo, me explicando sobre as reações químicas (e errou quase tudo).

Almoço.

No almoço as coisas ficaram interessantes.

O problema do intervalo de almoço é que não tem como evitá-lo. A menos que você se tranque na cabine do banheiro por uma hora inteira (o que, acredite, eu considerei). Não há nada mais desesperador e estressante do que pensar no ritual de passar pelo meio da cantina da escola, carregando sua bandeja de comida bege e indigesta, e procurar um lugar "seguro" para sentar. Se acrescentarmos a essa mistura o fato de estar numa escola nova, de ter entrado no meio do ano e de saber que todo mundo está falando de você, então temos a tempestade perfeita da podridão total.

No melhor dos cenários, todos estão tão ocupados e prestando tanta atenção uns nos outros que não vão te dar uma segunda olhada, você encontra um lugar numa mesa com pessoas que conhece superficialmente e que são vagamente decentes, joga conversa fora, come depressa e então cai fora dali. No pior dos cenários, as pessoas te observam, não tem nenhum lugar para sentar perto de quem você conhece, você acaba se afundando em uma mesa com pessoas aleatórias, enrubesce furiosamente, come em silêncio e praticamente foge no final.

E então, ao que parece, existe um cenário ainda pior.

Eu estava fazendo minha costumeira caminhada da morte pelo meio da cantina, como quem vai servir de jantar para os tubarões, com um pedaço particularmente sem graça de pizza, que parecia ter acabado de perder a fé no mundo, estatelado no prato. Eu te entendo, Pizza.

Por alguma razão inexplicável, a cantina estava mais cheia do que o normal – com gente saindo pelo ladrão, tão barulhenta que eu precisava de protetores auriculares. Quase não havia lugares vazios. Olhei para os bancos da ponta externa, que eram meus favoritos: todos lotados. Olhei para as mesas indesejadas perto das lixeiras: também lotadas. Senti o

---

⚡ O termo em inglês significa algo como "explicação masculina" e costuma ser usado quando homens tentam explicar para mulheres coisas que elas já sabem, ou coisas óbvias. [N. E.]

coração acelerar. Será que era tarde demais para jogar meu almoço no lixo e cair fora dali?

Então vi um lugar vago. Quatro garotas – imaginei que fossem do sétimo ano; todas tinham a mesma aura nervosa e insegura – se levantavam da mesa. Andei depressa, mas tentando não parecer afoita demais, e depositei a bandeja na mesma hora em que duas outras meninas também fizeram isso.

Era Tabitha e uma garota que eu tinha visto antes. Essa outra garota usava o uniforme de um jeito que claramente não era o padrão da escola, mas ao mesmo tempo não estava burlando nenhuma regra. Na verdade, parecia descolado, embora as leis da física digam que é impossível ficar bonita num casaco de moletom verde-garrafa e camisa verde de botão por baixo. Ela tinha cabelo loiro, desalinhado, na altura dos ombros, com o tipo de ondulado natural que as pessoas passam horas tentando recriar, um suave bronzeado (em março?) e olhos bizarramente azul-claros e penetrantes. Fiz contato visual com ela por acidente enquanto a olhava de cima a baixo e tive que rapidamente desviar o olhar e fingir estar fascinada com minha pizza.

– Como foi a aula de Matemática? – perguntou ela a Tabitha, e eu instantaneamente reconheci a voz. Fodona! Era a Fodona que estava no banheiro.

– Não foi incrível – respondeu ela. – Callum voltou com força total. E dava para ver que todo mundo estava falando de mim.

Encarei minha pizza, tentando parecer que não estava ouvindo.

– Claro que estavam. É a coisa mais interessante que aconteceu na escola desde que os suspensórios do senhor Wright arrebentaram e a calça dele caiu no sétimo ano. Mas por fim o pessoal parou de falar no assunto. Então isso também…

– Vai passar. Sim, sim, eu sei.

– E daqui a alguns anos você vai estar polindo seu Prêmio Nobel de Literatura enquanto eles ainda vão estar na onda do cuecão, dando notas para as esposas. Isso se alguém for tonta o suficiente para casar com eles. E a gente vai rir do quanto eles são uns perdedores.

Tabitha abriu um meio sorriso, assentindo.

– Falando no seu Prêmio Nobel, já recebeu uma resposta daquela revista sobre seu conto?

– Não, ainda estou esperando.

– Tenha fé, mana. Sua escrita é impressionante, sei que eles vão amar.

Uma pausa se fez, e eu senti as duas olhando para mim. Perguntei a mim mesma se Tabitha tinha se dado conta de que eu também estava na aula de Matemática. Eu precisava falar alguma coisa. Do contrário, pareceria estranha. Aquela seria uma boa hora para arriscar algum papo-furado sem graça. Talvez algo como "Ah, aquela aula de Matemática ontem foi bizarra, não foi?", embora esse comentário pudesse dar a entender que eu estava acusando *Tabitha* de ser bizarra. Talvez algo mais aberto: "Que aula de Matemática, hein?".

Bem na hora em que eu estava criando coragem, uma onda de gritos, gargalhadas e barulhos genéricos fez com que nos virássemos. Um grupo de garotos sentados do outro lado do corredor estava enxotando alguns alunos desavisados do sétimo ano. Percebi, com o estômago revirado, que era a galera de sempre: Marcus, Eli, Freddie e, claro, Callum. Libby e Sadie, sua cachorrinha, também estavam lá, se prestando ao costumeiro papel de capacho. Os garotos estavam com o uniforme do futebol. Eu praticamente senti Tabitha estremecer perto de mim. Comecei a comer a pizza depressa.

– Almoço rápido, time, e às, quinze para uma, direto para o micro--ônibus – disse o Treinador, indo até eles. Como sempre, ele estava com roupa de academia e apitou o mais alto que pôde. Seu nome era sr. Bowd, mas ele insistia em ser chamado de "Treinador", porque ele se imaginava como professor de uma escola de Ensino Médio estadunidense. – Prontos para arrasar! – disse ele, incitando os garotos a soltar gritinhos como uma matilha enquanto ele ia embora.

– Vai ser um passeio – comentou Callum em voz alta. – Os caras da Newtown são um bando de maricas. O Treinador acha que a gente fecha em pelo menos quatro a zero, fácil, fácil.

– É só o Marcus criar colhões e jogar menos como uma garotinha que vai dar tudo certo – acrescentou Freddie, fazendo graça.

– Meu problema não foi a falta de colhões, Freddie – disse um garoto de cabelo desgrenhado que eu reconheci da aula de Estudos Midiáticos. – Foi porque eu os usei demais.

Até parece, pensei comigo mesma. Ele aparentava ter acabado de entrar na puberdade e ainda nem tinha entendido o que era uma garota, o que dirá fazer qualquer coisa com uma. Garotos se gabando, como sempre. Meu sonho era que acontecesse alguma coisa óbvia quando os garotos mentissem, como o nariz do Pinóquio, para que eles não pudessem mentir impunemente.

– Eles estavam tristes, isso sim – comentou Callum. – Ouvi dizer que Nicola te deu um fora.

Uma resposta combinada de "uuuh", risadinhas e "é" ecoou pela mesa.

– Ela só estava envergonhada porque beija mal – disse Marcus, aparentando nervosismo.

Então, enquanto eu mastigava uma garfada de uma torta de frutas morna, fui tomada por uma onda de cólicas menstruais seriamente fortes, a ponto de ter que puxar o ar entre os dentes para suportar.

– De novo, não – sussurrei.

– Eu é que tive que dar o fora *nela*, ela era péssima – contou Marcus. Ao redor dele, o burburinho e a comoção aumentavam. Algumas pessoas começaram a rir. Um zum-zum-zum de excitação invadiu toda a cantina. Olhei para ele, como todo mundo estava fazendo.

Algo estranho começou a acontecer com o rosto de Marcus.

Olhei com mais calma.

Não podia ser. De jeito nenhum.

– E não vou nem comentar que ela nem sabia o que fazer com as mãos – continuou Marcus, ganhando confiança com as risadas, pensando que todo mundo o achava hilário.

E achava, mas não pelo motivo que ele pensava.

– O quê? – disse ele, com o cenho franzido.

– Seu nariz, cara – disse Callum, chorando e engasgando de tanto rir.

Marcus pegou o nariz, sentindo quanto estava inchado e alongado. Ele ficou chocado, o contorno comicamente imenso de seu nariz despontando pomposo e proeminente. Ele caiu num choro de lágrimas confusas e saiu correndo da cantina, derrubando a bandeja no chão e espalhando comida pelo caminho.

Abaixei a cabeça, tentando controlar os pensamentos que giravam em espirais no meu cérebro. Aquilo tinha sido mais bizarro – e pior – do que a irritação de pele do dia anterior, que pareceu um incidente estranho e aleatório. Aquilo… aquilo parecia… deliberado. Como se alguém tivesse feito aquilo acontecer.

Alguém como… eu.

Mas não podia ser. Peguei minha bandeja e saí de fininho, sentindo os olhos grandes e azuis de sabe-tudo da Fodona me seguindo enquanto eu me afastava.

CAPÍTULO 5

O resto do dia – aulas de História e Francês – passou num borrão. Uma exaustão completa misturada com um pânico latejante misturado com uma sensação de não conseguir pensar direito. Mais uma vez, a escola era um antro de fofocas e rumores sussurrados levados por um maremoto generalizado de animação.

Fui embora assim que o último sinal tocou. Andei rápido, tentando abrir o máximo de distância que pude entre mim e os portões da escola. Para fugir da massa de uniformes verde-garrafa, peguei o pequeno caminho costeiro que levava à cidade. O dia tinha começado como um daqueles dias de inverno maravilhosos e gelados, ainda que ensolarados, mas naquele momento o céu estava definitivamente fechando. Afrouxei o cachecol, tentando encorajar o vento gélido a limpar a névoa da minha mente. O mar se revirava enquanto eu cruzava a esquina. Era bom sair dos confins da escola, mas, quanto mais eu tentava afastá-las, mais me vinham imagens do Marcus e de seu nariz crescendo e crescendo. E da irritação na pele de Callum, pipocando de repente em seu rosto.

Uma preocupação começou a brotar dentro de mim e ficar cada vez maior. Eu a afastei. Tabitha havia sentado bem ao meu lado. Podia ter sido ela; afinal, todo mundo achava que era. *Só que não foi Tabitha quem explicitamente desejou que o nariz dos garotos crescesse quando eles mentissem.*

É, isso fui eu.

Mas não podia ter sido eu.

Podia?

Talvez eu estivesse experimentando algum tipo de surto desencadeado pelas cólicas menstruais intensas. Só podia ser isso. Perdi tanto sangue que comecei a delirar. Mas todo mundo também tinha visto as duas coisas – a irritação na pele e o nariz. Acho que um delírio *em massa* era um pouquinho demais. Talvez tudo tivesse sido um sonho e eu acordaria a qualquer minuto, em segurança, no nosso apartamento chique e aconchegante em Manchester.

Eu me belisquei para testar essa teoria, mas doeu pra caramba.

Uma coisa era certa: aquela ilha era bizarra. Com B maiúsculo. Na verdade, com todas as letras maiúsculas: BIZARRA.

Nada desse tipo acontecia em Manchester – aliás, nem em lugar algum. Nenhuma irritação de pele repentina, nenhum nariz que crescia, nenhuma cólica intensa. Um impulso irresistível de voltar para lá – onde tudo era familiar, seguro – me dominou. *Respire fundo*, pensei. Respire fundo.

Percorri o caminho irregular ao longo da beira do mar. Nossa casa ficava na outra ponta, encarapitada no meio da grande colina, contemplando o mar com um ar fatigado; parecia pertencer a um filme de terror. Aparentemente aquela casa, aquele antigo hotel decadente e com decoração dos anos setenta, era a casa que nós *tínhamos* que ter. Quando Mamãe era criança na ilha, ela costumava observar a construção com um olhar de admiração. Todos os dias desejava poder morar lá, fantasiando sobre como seria a parte interna (mas eu aposto que as suítes com banheiros da cor de abacate e o papel de parede da cor de cocô nunca estiveram em suas fantasias). Então, quando a venda da casa coincidiu com sua crise de meia-idade, ela encarou isso como um sinal (de quê, exatamente, eu não sei).

Eu ainda não tinha estômago para voltar para casa, ainda mais que Nonna e seus poderes de percepção bizarros provavelmente levariam a uma enxurrada de perguntas, por isso sentei na areia, tão fria que parecia molhada, apoiando as costas no paredão ainda mais frio que parecia ainda mais molhado. Passei a mão pelas pedrinhas frias da praia, procurando pelas gemas azuis e verdes translúcidas de vidro marinho, o tesouro oculto que eu passava horas procurando quando visitava Nonna nas férias de verão. Minha mente girava como uma secadora de roupas e eu tive uma sensação pesada nas profundezas do estômago, como se meu navio tivesse batido num iceberg. O mar me olhava feio, salgado e furioso, se revirando com tanta violência quanto minhas tripas.

⚡

Quando tomei o caminho rumo à mansão monstruosa, já tinha conseguido pensar em uma resolução. Claramente havia algo de errado comigo, e eu precisava ir ao médico. Eu não estava bem. Talvez estivesse morrendo. Pessoas moribundas têm alucinações com irritações de pele e narizes que crescem? No quarto ano tivemos uma palestra sobre segurança contra incêndios, e tenho certeza de que eles disseram que as alucinações eram um sintoma de intoxicação por monóxido de carbono, o que faz total sentido se levar em conta nossa casa velha e caindo aos pedaços. E eu tinha lido em algum lugar sobre uma mulher que teve um tumor no cérebro e viu uma dama eduardiana sentada na cama dela. Talvez fosse *isso*, um tumor na cabeça.

Chutei a pesada porta da frente para abri-la – esse era o único jeito de desemperrá-la –, ensaiando meu anúncio e me preparando para o interrogatório que ele despertaria. Ouvi um burburinho de vozes vindas da cozinha.

– Oi? – chamei.

Dave chegou trotando, se esfregando na minha perna.

– Aqui, Jessie – respondeu Mamãe.

Elas estavam todas sentadas à mesa da cozinha: Nonna, Mamãe e Bella. A costumeira pilha de detritos domésticos aleatórios foi empurrada para o canto. Elas aninhavam xícaras de chá e pareciam surpreendentemente sérias. Bella me deu um sorriso sincero, o que me assustou um pouco.

Imaginei que eu só precisava arrancar o curativo, desembuchar de uma vez e esperar que elas me levassem pelo menos um pouquinho a sério.

– Oi, querida – disse Mamãe. – Sente-se um pouquinho, por favor. Precisamos ter uma conversa.

– Na verdade, eu realmente preciso conversar com vocês sobre uma coisa antes – falei, tentando acabar logo com tudo.

– É sobre o que aconteceu na escola hoje? – perguntou Mamãe.

– O quê? O que aconteceu? – repliquei, em pânico. Como é que ela já sabia?

– Uma coisa minha – disse Bella.

– *Você* teve uma coisa? Que coisa?

– Então não *é* sobre a *minha* coisa? – retrucou Bella, empinando o nariz.

– Não sei de nada sobre uma coisa sua!

– Então você tem uma coisa que é sua? – indagou Nonna.

Pronto, elas me confundiram toda. Que coisa Bella tinha? Eu devia me preocupar com a minha? O que eu ia contar mesmo? Todos os olhos estavam em mim.

– Bom, olha – comecei, tentando pensar na melhor forma de colocar em palavras. – Ultimamente tenho sentido cólicas menstruais muito fortes, e... bem, coisas estranhas têm acontecido. Acho que estou tendo alucinações, ou... será que eu estou com um tumor no cérebro? Basicamente, posso estar morrendo e preciso ir ao médico. Tipo agora.

Todas elas só me observaram.

Ao dizer aquilo em voz alta, percebi como soava totalmente ridícula.

– Ou então estou enlouquecendo – acrescentei. Essa era outra opção, com certeza.

Silêncio.

– Qual era *sua* coisa? – perguntei a Bella, já que ninguém me respondia.

– Hum, o quê? Ah, eu...

– Ela fez um sapo ficar roxo – contou Nonna com uma risada abafada.

– Mãe! Não tem graça – reprimiu Mamãe.

– É um pouco engraçado, sim – disse Nonna, ainda rindo, o que fez Mamãe rir também.

Bella e eu olhamos uma para a outra, para elas e de novo uma para a outra, horrorizadas. Aquilo era loucura. Todas estávamos loucas. Devia ser a água. A água da ilha contaminada pelo sal marinho.

– É melhor você sentar – disse Mamãe, tentando sufocar os risinhos para conseguir falar. – Sinto muito, não estamos rindo de você, é só que...

– Eu avisei, Allegra, você devia ter contado para elas antes de chegar a esse ponto – observou Nonna.

– Contar exatamente *o que* pra gente? – perguntou Bella.

– Vocês estão muito estranhas – acrescentei.

– Não use essa palavra. – Mamãe ficou séria, fechando o sorriso. – Essa não é uma palavra para ser usada nessa família.

Eu a encarei.

– Nós duas causamos uma irritação de pele, o crescimento de um nariz, a mudança de cor de um sapo e vocês riram da nossa cara. Como *vocês* chamariam isso?

Nonna estendeu o braço e pôs a mão sobre a de Mamãe.

– Ela só está confusa – comentou Nonna, como se "ela" não estivesse bem ao lado.

– Vamos explicar – disse Mamãe. – Mas, por favor, sente-se, Jessie, você está me deixando nervosa.

Eu estava deixando *ela* nervosa?

Puxei uma cadeira e sentei, embora quisesse desesperadamente continuar de pé, pronta para correr a qualquer momento.

– Então – disse minha mãe. – Tem uma coisa que precisamos contar a vocês. Venho tentando encontrar uma forma… A questão é que eu não sei qual é o melhor jeito de explicar… Muito tempo atrás… Não, não é por aí. Então, bem… Tem uma coisa que vocês precisam…

– Vocês duas são bruxas – cortou Nonna, direto ao ponto.

– Mãe! – disse Mamãe.

– Não tem outro jeito de dizer, meu amor – justificou Nonna.

Bella começou a rir. Eu fiquei parada, boquiaberta. Mamãe e Nonna nos olhavam, mortalmente sérias.

– Acho que elas não estão brincando – constatei, dando uma cotovelada em Bella, que parou de rir abruptamente.

– Como assim, "bruxas"? – perguntou ela. – Isso é bobagem. Bruxas não existem.

– Ah, existem, tenho certeza de que existem – disse Nonna. – Quem mais você acha que mantém a ordem natural da Terra?

Vi que Bella queria rir de novo, mas aquilo de repente não parecia nem um pouco engraçado para mim. Minha cabeça girava como uma lavadora de roupas no ciclo rápido.

– Então você está dizendo que *eu* causei uma irritação de pele em Callum e fiz o nariz de Marcus crescer porque sou uma bruxa? Quer dizer, a) isso é ridículo, e b) eu não lancei um feitiço ou encantamento ou qualquer coisa que o valha, eu só estava literalmente sentada lá, cuidando da minha vida.

– E eu definitivamente não falei para aquele sapo ficar roxo – acrescentou Bella.

– No que vocês estavam pensando quando essas coisas aconteceram? – perguntou Mamãe.

Eu me lembrei da aula de Matemática, de quando Tabitha entrou e Callum escreveu aquele bilhete com o desenho horrível dela, com uma pizza no lugar do rosto. Eu nunca desejei explicitamente que ele tivesse uma irritação de pele… mas eu pensei: *ah, se ele fizesse ideia de como era*. E na cantina… eu definitivamente desejei que o nariz de Marcus crescesse se ele estivesse mentindo…

Fiquei boquiaberta de novo. Essa expressão era meu prato do dia.

Bella arquejou levemente.

– Ah, meu Deus! Eu pensei *mesmo* que o sapo tinha um tom horroroso de verde e que o roxo ia cair melhor naquela pobre criatura.

– Está vendo? – retrucou Mamãe.

Meu coração estava começando a martelar e… aquilo era uma dor no peito? Ai, Deus, além de tudo eu estava tendo um ataque cardíaco?

– Você está falando bobagem. Nada disso faz o menor sentido – comentei.

– Acho que você sabe que faz – disse Mamãe com delicadeza.

– Mas… nada disso faz o menor sentido – eu repeti, as palavras em *looping* na minha cabeça.

– Sua mãe e eu somos bruxas – declarou Nonna, estufando o peito com orgulho e sacudindo, como um mestre de cerimônias, os braços cheios de pulseiras. – Isso está na família há gerações. Vocês são jovens bruxas, e seus poderes estão começando a aflorar. Vocês ainda não têm controle sobre eles, mas, se desejarem alguma coisa com muito fervor… – Ela moveu os dedos pelo ar com um clima de mistério, como se estivesse conduzindo uma orquestra invisível. – Bem, então vocês podem fazer essa coisa acontecer.

Eu a encarei. Encarei as duas. Eu me sentia entorpecida.

– Vocês se lembram de todas aquelas histórias sobre a Tia-Tataravó Louca Alice? Ela não era louca, era uma bruxa. Uma bruxa muito poderosa – continuou Nonna.

Eu me lembrava das histórias da Tia-Tataravó Louca Alice – a casa cheia de animais estranhos, o cabelo que chegava até o chão, uma cabana no meio da mata. Além disso, ela era reclusa, sem amigos, isolada e falava sozinha até o dia em que morreu.

– Então vocês duas são bruxas? – perguntou Bella. – Que tipo de magia vocês fazem? – Ela parecia tranquila e calma, como se não tivesse acabado de receber a notícia bombástica de que nós éramos BRUXAS que vinham de uma longa linhagem de MAIS BRUXAS.

– Nada muito grande, na verdade, só uma coisinha aqui e outra ali… – começou Mamãe.

– Aquele jantar! No outro dia! – eu praticamente gritei.

Nonna abriu um sorriso descarado.

– Ah, sim – disse Mamãe, lançando um olhar de reprovação para Nonna. – Aquilo foi uma travessura.

– Mas absolutamente necessária – completou Nonna.

– Mas por que a gente não sabia? *Como* a gente não sabia? – indagou Bella.

– Vocês não precisavam saber, eram jovens demais para entender, e eu queria que tivessem uma infância normal.

Nonna tossiu exageradamente ao ouvir aquilo.

– E sobre *como* vocês não sabiam… eu mantive o segredo o máximo que pude, eu mesma quase nunca usava mágica, ainda mais quando estava perto de vocês, meninas.

– Já eu, sim – disse Nonna em tom de desafio. – Vocês é que não eram muito observadoras.

Outro olhar fulminante vindo de Mamãe.

– Podemos inteirar vocês de tudo. Talvez depois que conseguirem… processar.

Outra imagem da Tia-Tataravó Louca Alice apareceu na minha cabeça: não a senhora grisalha e encurvada que eu conhecia das fotos de família, mas uma bruxa enrugada coberta de verrugas, com um nariz grande e nodoso e uma gargalhada maléfica. Enlouquecendo sozinha numa cabana parecida com a da bruxa de João e Maria. Ai, Deus, talvez ela até mesmo cozinhasse crianças – as bruxas cozinham crianças? Será que *eu* teria que cozinhar crianças? Balancei a cabeça para afastar a imagem. Eu não podia deixar minha mente entrar nas complexidades da nossa história familiar doida e todo o seu legado. Se aquilo fosse verdade, se aquilo estava mesmo acontecendo, o que significava para *mim*?

– Peraí – eu disse, com uma voz mais baixa do que pretendia. – O que isso significa pra nós? Daqui pra frente nós vamos causar problemas de saúde e mudar a cor de animais por acidente com a força do pensamento?

– Não, não, não, de jeito nenhum – respondeu Mamãe.

– Vocês vão aprender a controlar seus poderes, a domá-los – explicou Nonna. – Nós vamos ensinar isso a vocês.

Mamãe estendeu as mãos por cima da mesa e pegou as nossas.

– Eu sei que isso parece importante e assustador e um pouquinho demais para processar agora, mas, confiem em mim, é uma coisa incrível, e com o tempo vocês vão perceber como isso faz de vocês pessoas especiais e únicas.

– Eu não quero ser especial e única! – protestei, me levantando, a cadeira caindo no chão atrás de mim. – Quero ser mediana, ficar fora do radar e ser NORMAL! Não foi isto que você sempre falou pra gente: *nunca é bom chamar a atenção para si, mantenha a cabeça baixa, se misture?* Como é que diabos a gente vai se *misturar* se está enfeitiçando todo mundo por acidente?

Nonna fuzilou Mamãe com os olhos.

– Querida, isso foi… *antes*… eu não… – Ela hesitou, interrompendo o contato visual.

– Por que isso está acontecendo justo agora? – perguntou Bella, ainda com o semblante irritantemente calmo.

– Hum, bem… – disse Mamãe, desconfortavelmente inquieta na cadeira, olhando para o chão como se esperasse que ele fosse engoli-la. – Porque vocês estão na ilha – explicou ela num tom incerto.

– Então, se não tivéssemos vindo morar aqui, não teríamos desenvolvido esses "poderes" superúteis que temos agora? – indaguei.

– Sim, é a ilha que desencadeia a transição.

– Que ótimo! Mais uma coisa para acrescentar à lista de Por Que Nos Mudarmos Para Cá Foi a Pior Ideia de Todos os Tempos.

– Mas, agora que temos os poderes, nós os teremos mesmo se não estivermos na ilha? – perguntou Bella.

– Sim, um dia vão ter, assim como sua mãe e eu – disse Nonna. – Mas por enquanto seus poderes não são fortes o bastante para funcionarem em outros lugares. Vocês ainda precisam da ilha e da força vital que há aqui. Vocês são como filhotes de cervo cambaleando sobre as pernas trêmulas, não podem ir longe. Pensem nisso dessa forma.

Filhotes de cervo parecia uma analogia agradável *demais* para o que estávamos vivendo, fosse lá o que fosse.

– E… – Nonna meneou a cabeça para Mamãe. – Conte o resto para elas.

– E… – disse Mamãe, devagar, relutante. – Vocês só estão com os poderes agora porque é a hora certa do mês. Mas vai ser assim só por enquanto. Assim que vocês desenvolverem melhor seus poderes, como eu e Nonna, eles sempre estarão com vocês e…

– Como assim, é a hora certa do mês? – interrompeu Bella, confusa.

Mamãe se remexeu na cadeira de um jeito desconfortável e espalhafatoso, olhando para o chão.

– Quando vocês estão menstruadas.

CAPÍTULO 6

– Dave é uma gata de bruxa? – perguntei, caminhando a passos largos de volta para a cozinha, onde Mamãe e Nonna ainda estavam sentadas à mesa, curvadas, conversando em tom sério e sussurrado.

Tinha se passado mais ou menos uma hora desde que soltaram a bomba. Nesse tempo, fiquei silenciosamente fervendo e me corroendo e, no geral, tendo uma crise existencial, misturada com colapso nervoso, misturado com descontrole total e absoluto. Dave estava no meu colo. Ela estava toda atenciosa e carinhosa, e eu contei tudo para ela, e, enquanto eu falava, me ocorreu que talvez ela fosse mesmo uma gata de bruxa. E eu sabia que, se ela me respondesse, eu ia perder a cabeça e seria o meu fim. Então eu precisava confirmar, urgentemente.

– Não, querida – disse Mamãe. – Ela é só uma gata doméstica comum e um pouquinho irritante. Por favor, venha sentar para podermos conversar.

– Mas ela é preta. E os gatos das bruxas normalmente são pretos. Nos livros e tal.

– Prometo que ela não é. Por favor, Jessie, sente-se, vamos conversar.

– Eu poderia *fazê-la* falar com você se quiser – disse Nonna, sorrindo.

– Isso não ajuda – retrucou Mamãe.

– E ela sempre parece saber quando estou triste – comentei, ignorando Nonna.

– Jessie! – exclamou Mamãe, seus olhos de corça implorando. – Por favor, vamos conversar.

De jeito nenhum. Ela estava viajando se achava que eu ia sentar a bunda na cadeira e ouvir histórias de bruxa tão cedo. Depois das revelações bombásticas daquele dia, ficou claro que ela mentira para mim durante toda a minha vida. E eu ainda tinha minhas suspeitas quanto a Dave, mas não havia nenhuma outra opção além de acreditar nela por ora.

– Está bem. Só confirmando – respondi, batendo os pés escada acima.

CAPÍTULO 7

Acordei estupidamente cedo na manhã seguinte, embora eu não tivesse certeza de ter chegado a dormir, tudo por causa das novas cólicas menstruais explosivas recém-descobertas, das gaivotas grasnindo e dos violentos pesadelos de bruxa (com milhares de sapos roxos e irritações de pele e fervuras e narizes e cabanas onde crianças eram cozidas).

A manhã não trouxe um alívio da cólica menstrual. Eu achava que a dor já tivesse chegado à sua potência máxima, mas o fato é que agora estava pior. Eu queria ficar aninhada debaixo do edredom com uma bolsa de água quente e, ao mesmo tempo, sentia uma necessidade irresistível de sair de casa. Eu não podia lidar com a ideia de ver Mamãe e Nonna, mas estava cedo demais para ir à escola. Meu estômago rugia agressivamente para mim. Eu tinha pulado o jantar na noite anterior, me entrincheirando no meu quarto depois da conversa sobre Dave. Alguém tinha deixado torradas do lado de fora, mas não consegui comer na hora e, quando abri a porta para pegá-las, percebi que estavam duras como pedra, congeladas e cobertas de marcas suspeitas de uma língua que parecia ser a de Dave.

Enfiei o uniforme descartado no dia anterior, dando uma conferida em mim mesma no espelho. Eu parecia meio bruxa?

Cinco Fatos Possivelmente Reais Sobre Bruxas, Coletados do Meu Conhecimento Básico Extraído de Livros e Filmes de Bruxa:

1. Elas têm verrugas.
2. Elas voam em vassouras.
3. Elas ficam de pé diante de caldeirões fervilhantes, sussurrando feitiços e mexendo em poções feitas de coisas como olhos de salamandra e coração de sapo.
4. Elas cozinham crianças (a ser confirmado).
5. Ninguém gosta delas, são mal-amadas e condenadas ao ostracismo e vivem uma vida solitária e isolada.

– Bruxa – proferi a palavra em voz alta, sentindo a forma dela na minha boca. Eu, bruxa? Cheguei mais perto do espelho, examinando meu reflexo. O mesmo cabelo castanho liso, os mesmos olhos castanhos sem vida, a mesma pele pálida. Mas pelo menos eu não tinha nenhuma verruga no nariz, o que já era alguma coisa. Era difícil olhar para o espelho e reconciliar todo aquele papo de bruxa da noite anterior com a velha eu de sempre, sem sal nem açúcar e infeliz. De jeito nenhum eu parecia uma bruxa. Ou me sentia uma bruxa. Seja lá o que for uma bruxa. Minha mãe, uma bruxa? *Com certeza* eu teria percebido alguma coisa. Nunca teve nenhuma vassoura inexplicável ou caldeirão por aí, nenhuma poção ou sapo ou salamandra. Será que ela faz aquelas coisas, *abracadabra, pelo de cabra, sim salabim*? Será que ela enfeitiça as pessoas? Que poderes ela tem? Que poderes *nós* temos? O que podemos fazer, além de provocar irritações de pele e doenças em garotos sexistas e fazer mágicas culinárias? Será que só temos poderes quando estamos menstruadas? E, se for assim, POR QUÊ, MEU DEUS? E, se tudo isso tem a ver com a menstruação, por que Nonna ainda tem poderes? Eu tinha bastante certeza de que essa fase já tinha passado para ela…

Fiquei tonta com tantos pensamentos. Os rodopiantes e circulares pensamentos menstruais e feiticeiros. Tantas perguntas – *todas* as perguntas. Ainda assim, não tinha a menor chance de fazer qualquer uma delas à Mamãe. Eu estava muito zangada com ela, e bastante confusa. Me distrair e me afastar de casa eram definitivamente o caminho a seguir.

Ajeitei o cabelo, desci a escada rastejando o mais silenciosamente que consegui e peguei minha bolsa no corredor. A porta bateu atrás de mim, mas àquela altura eu não me importava mais, uma vez que já estava livre. Assim que pisei do lado de fora e o vento gelado deu um tapa na minha cara, me arrependi de não ter vestido um casaco pesado em vez do meu moletom fino, mas não tinha a menor chance de eu voltar para pegar. Não queria correr o risco de encontrar algum dos membros do coven e ter que conversar sobre o horror apocalíptico a que tinham me condenado.

Apressei o passo, para não acabar com uma queimadura de frio, e fui batendo o pé ao longo do caminho que beira a praia. Eu seguia para o meu lugar favorito de todos os tempos da Ilha de Wight: Steephill Cove, aonde Nonna nos levava nos velhos e bons tempos da ilha. Sempre que Bella e eu vínhamos para passar o verão, ficávamos o dia todo lá, pulando na água, subindo nas rochas, procurando caranguejos, parando rapidamente para devorar o piquenique que Nonna preparava (sempre pepino em conserva e sanduíche de queijo). Nós fazíamos Nonna ficar lá até sermos as últimas a ir embora e estarmos tremendo, com os lábios um pouco roxos. Sempre foi meu lugar feliz na ilha, e era disso que eu precisava naquele momento.

O dia não estava tão ensolarado quanto o anterior, e o mar estava mais cinza e revolto do que reluzente, mas um dia lindo não teria combinado com meu estado de espírito. Sempre prefiro quando o tempo reflete meu humor. Tem uma palavra para isso – a sra. Matthews sempre tagarelava sobre o assunto. Fosse qual fosse o nome, o tempo parecia de alguma forma certo. Apesar de que, considerando as revelações da noite anterior, uma tempestade ou um tsunami teriam sido mais apropriados.

Um barco balançava ao longe sobre a água, eu não sabia dizer se chegando ou partindo. Isso me fez pensar nas pescarias com o Vovô – querido Vovô, corado, de bochechas rosadas e sorridente, sempre nos contando alguma história sobre sereias e monstros do mar. Nonna fazia pequenos chapéus de capitão para nós e preparava suprimentos de Coca Diet e salgadinhos, aparentemente a melhor cura para meus intensos enjoos. Eu parei para pensar: se as bruxas existem, isso significava que as sereias maléficas também existiam? Estremeci, prometendo nunca mais nadar no mar de novo.

Quando fiz uma curva, a enseada entrou no meu campo de visão – uma minúscula e fotogênica baía de pescadores, adornada por um farol, barracas de praia e barcos. Eu me senti um pouco mais leve só de ver. Meu estômago roncou alto. Eu precisava de comida. E, se minha memória não estivesse falhando, ali havia um café que faria esse trabalho perfeitamente. Meus pés se moveram mais rápido quando pensei nisso. Talvez eu pudesse até pedir um café da manhã inglês completo, me dar um agrado, compensar o jantar que pulei e a família bizarra. Abaixei a cabeça e puxei o cadarço do capuz para me proteger do vento que ficava mais forte, já imaginando o aconchego do café. Mas, quando cheguei à porta e levantei a cabeça, meu estômago parou de roncar e começou a revirar. O café ainda estava lá, mas fechado.

Eu quis me jogar no chão aos prantos, fazer uma birra digna de criança pequena – depois de tudo, o café fechado?! Por que o Universo estava me castigando? Vi alguém na lateral do café, transportando caixas. Fui até lá, não sem antes invejar o casaco apropriadamente grosso e confortável que ela estava usando.

– Hum… olá – arrisquei. – Acho que vocês não devem abrir tão cedo, não é? – Notei a saia verde-garrafa tarde demais.

A garota se virou.

Ah, não.

Era Fodona.

– Receio que não – disse ela. – Nós fechamos durante o inverno. Só estou deixando algumas coisas prontas para a reabertura daqui a algumas semanas.

Assenti e me afastei. Eu esperava que ela não me reconhecesse. *Ah, não, e se sem querer desejei ficar invisível?* Isso seria tudo menos sutil, e definitivamente anormal. *Pense em coisas legais, e nada de feitiçaria. Nuvens fofas. Unicórnios. Ah, não, unicórnios não, vai que aparece um!*

– Meu nome é Summer, aliás – disse ela, seus olhos penetrantes me examinavam de cima a baixo de um jeito suspeito. – A gente sentou meio que juntas no almoço outro dia, com minha amiga Tabitha. Vocês duas estão na mesma sala de Matemática.

– Ah, é – murmurei, me afastando. – Meu nome é Jessie.

– Eu sei – disse ela, ainda me dissecando com os olhos. – Você sabe que a escola fica pro outro lado, né?

– Eu, hum… hã, precisava tomar um ar – balbuciei.

– Onde você morava antes?

Eu me senti como se estivesse sendo interrogada.

– Hum, Manchester. Mas minha mãe é daqui.

Por que acrescentei esse detalhe? Eu estava tentando provar que tinha "permissão" para estar ali e não era uma forasteira qualquer, mas tudo que fiz foi puxar mais assunto e tornar uma fuga mais embaraçosa e menos provável.

– É, parece que meus pais conhecem sua mãe da escola. Vocês compraram o antigo Hotel Beachview, que fica na colina, não foi?

– Sim – respondi de forma curta, insatisfeita com o lembrete de que todo mundo sabia de tudo ali.

Summer parecia saber exatamente o que eu estava pensando.

– A ilha é um ovo – comentou ela, se detendo em mim por muito tempo, como se eu fosse um cachorro perdido e ela não soubesse se fazia amizade com ele ou o enxotava. – Olha, vou preparar um sanduíche de bacon pra mim, se quiser, posso fazer um para você também. É minha recompensa de sexta-feira por concluir minhas tarefas sem fim. Só tenho que terminar de levar essas caixas primeiro.

Meu estômago deu uma cambalhota quando ouvi a menção a um sanduíche de bacon, mas eu não tinha energia para sustentar a conversa fiada que a situação exigia.

– Estou de boa, obrigada. Preciso ir pra escola.

Ela me olhou, os olhos azuis percebendo minha mentira.

– Ah, que pena. Uma ajudinha cairia bem. Será que você não pode ficar uns minutinhos? Quer dizer, a menos que você precise mesmo chegar na escola uma hora e meia antes do horário… – disse ela, as curvas de um sorriso de quem sacou tudo se formando.

Fiquei vermelha debaixo do capuz. Não tinha alternativa.

– Claro. O que vamos fazer com elas?

– Bem, já fiz todo o trabalho pesado, que foi trazê-las até aqui embaixo. Agora só preciso colocá-las no depósito.

Ela destrancou um pequeno barracão nos fundos do café e nós começamos a guardar as caixas; eu as levava até ela, e Fodona as colocava no depósito. Minhas tripas se contorciam e continuavam a roncar. Tentei manter meu cérebro focado em nuvens fofas e praias exóticas (substitutas do unicórnio), desesperada para não enfeitiçar Summer por acidente. Não que houvesse uma razão para isso, mas todo cuidado era pouco.

– Então você trabalha aqui? No café? – perguntei, quando o silêncio constrangedor ficou insustentável.

– É, no café e no restaurante – contou ela. – São da minha família, assim como um monte de imóveis de veraneio. E um monte de crianças. Não que as crianças sejam propriedade deles, eles só tiveram um monte delas. E eu fico tendo que carregar o bebê, literalmente.

– Uau. Você mora aqui?

– Claro. Naquela casa ali. – Ela apontou para uma casa branca com portas duplas no fim da baía. – Posso levar você para conhecer, apesar de não ser grande coisa. Aposto que Manchester devia ser bem diferente da ilha, né?

– Um pouquinho – respondi, tentando não parecer muito sarcástica.

– O lugar mais longe aonde eu fui foi Milton Keynes, para visitar um primo.

– Sério?

– É. Nossa família não viaja muito. Minha mãe diz que não precisamos nos dar ao trabalho de sair da ilha se aqui temos tudo que podemos querer. Eu mencionei florestas tropicais, montanhas e…

– Cultura – acrescentei, e logo depois me arrependi.

– Ah! – exclamou ela, rindo, para meu alívio.

– Eu não quis dizer… desculpe. Isso foi grosseiro da minha parte.

– Tudo bem, errada você não está. Mas até que acontecem algumas coisas na ilha, tem um festival de cultura alternativa e tudo. Eu aviso quando for rolar.

– Bem, então retiro o que eu disse. Aqui é um grande centro cultural.

– Eu não diria tanto, mas, sabe, um dia chegaremos lá.

Entreguei a Summer a última caixa, que ela colocou cuidadosamente no lugar apropriado.

– Obrigada pela ajuda – disse ela ao fechar e trancar o barracão. – Agora você tem que aceitar meu sanduíche de bacon como pagamento. Fato.

Só de pensar em comida, meu estômago parou de dar cambalhotas para trás e passou a dar saltos mortais. Eu precisava mesmo comer. E até que foi legal bater papo com outro ser humano da minha idade – e não *pensar* no meu Problema Que Não Deve Ser Mencionado. Além do mais, ela não tinha sido tomada por uma irritação de pele e nenhum traço de seu rosto fora deformado, então parecia que essa parte estava sob controle... pelo menos por enquanto.

– Está bem – respondi. – Se você tem certeza.

Naquele instante, uma garotinha com cabelo loiro esvoaçante veio correndo até nós, carregando um monte de pedras.

– Pedra – disse ela, me dando uma pedrinha qualquer.

– Desculpe, essa é minha irmã, Autumn. Eu sei, não precisa comentar nada sobre os nomes. Minha mãe é hippie.

– Eu não ia falar nada. Acho que os dois nomes são lindos.

Summer revirou os olhos para mim.

– Obrigada pela pedra – falei. – Quantos anos você tem, Autumn?

A garota não respondeu, só me passou outra pedra, os olhos no chão.

– Pedra – disse ela.

Summer se agachou perto dela, fazendo contato visual.

– Autumn, essa é Jessie. Fala oi, por favor. – Ela fazia gestos enquanto falava. Relutante, Autumn olhou para cima e deu oi para mim. Antes de me dar outra pedra.

– Quando ela entra na vibe das pedras, não tem nada que a distraia. Ou na vibe dos caranguejos ou das conchas. Ela tem sete anos. Meu Deus, você está tremendo – disse ela, se virando para mim. – Vem, vamos entrar, vou pegar uma xícara de chocolate quente e um cobertor pra você.

Summer me conduziu através da porta azul, e entramos numa sala de estar imensa e bem iluminada. Duas crianças loiras idênticas, de cinco ou seis anos, estavam sentadas no sofá de pijama, com pratos de torrada e copos plásticos de suco precariamente colocados perto delas, os olhos fixos na TV.

– Reigne, Topaz, essa é Jessie – disse Summer, sem obter nenhuma reação. – Afff, eles viram zumbis na frente da TV, desculpa.

Diante do sofá, havia uma mesa de centro feita de troncos, adornada com pinturas coloridas de paisagens marítimas e barcos. Do outro lado da sala, próximo à janela que dava para a baía, havia um cantinho de leitura com almofadas e estantes embutidas. Um pequeno feixe de sol invernal se derramava através das grandes janelas, os raios fazendo a sala parecer algo tirado da seção "praiano chique" de uma revista de decoração.

– Vou preparar a chaleira – disse Summer, indo para a cozinha. – Fique à vontade.

Autumn entrou pela porta da frente, deu uma olhada rápida em mim, desinteressada, e foi até a cozinha, os braços ainda cheios de tesouros da praia. Eu me acomodei no assento próximo à janela, sem querer incomodar os gêmeos, e observei a sala em seus detalhes.

Ao lado do arco havia uma parede de fotos que levava à segunda metade da sala de estar – imagino que antes devia haver uma parede de verdade ali. As fotos não eram como as que Mamãe costumava insistir que tirássemos todo ano, profissionais e sérias; aquelas eram espontâneas – trocas de olhares, risadas generosas, sorrisos de intimidade –, todas tiradas sem que os fotografados percebessem. Vi Autumn lá, assim como Reigne e Topaz, Summer e os outros (vários outros, ao que parecia), todos de cabelos bem loiros, todos muito sorridentes. O fundo era sempre o mesmo: a praia. Aquela praia, Steephill.

Ouvi batidas e barulhos vindos da cozinha, e logo o cheiro de bacon invadiu a sala. Depois do que pareceu uma eternidade, Summer voltou, trazendo uma bandeja cuidadosamente equilibrada com duas grandes canecas de chocolate quente fervilhante, cobertas por uma grossa camada de creme, e um prato de sanduíches de bacon. O programa de TV acabou, e a trilha sonora alta e enérgica do próximo episódio começou, os gêmeos ainda paralisados.

– Só mais um e acabou – disse Summer para eles, em tom severo. – Depois é hora de se arrumar. – Eles a ignoraram. – Reigne, Topaz! Uma resposta, por favor. Só mais um e acabou. – Eles assentiram em uníssono. – Esquentou um pouquinho? – perguntou ela, me entregando uma caneca com cuidado.

– Sim, obrigada – respondi, me inclinando para a frente, aninhando o chocolate quente como se fosse um precioso recém-nascido. Com a outra mão, peguei um sanduíche, incapaz de esperar mais um segundo. – Então, quantas pessoas tem sua família? – perguntei, olhando para as fotos e dando uma mordida no lanche, que era, de longe, o melhor sanduíche de bacon que eu já tinha comido na vida. Eu poderia muito bem comer dez deles.

– Ah, a parede da vergonha. Sete. Somos sete filhos.

– Sete? Nossa! Como é ter tantos irmãos? – indaguei, assoprando o chocolate quente.

– Como um eterno parque aquático. Não, isso parece divertido demais. É como estar o tempo todo na *fila* de um parque aquático. Não, isso parece calmo demais. É como uma creche lotada, barulhenta e com poucos funcionários – descreveu ela. Ouvi uma batida e um grito vindo do andar de cima, como se para provar seu argumento.

Nós duas bebericamos o chocolate quente com cuidado. O gosto estava divino – um edredom em forma de caneca. Queimei a língua um pouquinho, mas não me importei.

– É meio puxado – disse Summer. – Tem coisas legais. Mas, quando fica muito pesado, eu pego umas ondas pra fugir.

– Você surfa? – perguntei, impressionada.

– Ah, sim. Mantém a saúde mental em dia. Imagino que você não surfa, certo?

– Nunca tentei.

– Ah, típica garota da cidade. Vamos COM CERTEZA colocar você em cima de uma prancha. – Ela se debruçou no sofá com um brilho nos olhos.

– Não sei… – desconversei. – Eu não sou muito chegada a… atividades ao ar livre.

– Como assim? Não tem como não ser chegada a atividades ao ar livre aqui, essa é a melhor parte da ilha. Prometa que vai tentar, pelo menos uma vez.

– Eu fico enjoada no mar. Isso acontece em cima de uma prancha?

Summer riu.

– Promete? Só uma vez? Até Tabs já foi comigo, você precisa tentar uma vez.

– Está bem – respondi, sabendo que era o único jeito de mudar de assunto, mas também um pouco contagiada pelo entusiasmo dela. Talvez eu pudesse *mesmo* tentar surfar.

– MÃÃEEEE! Ele pegou meu sapato! – gritou uma criança loira diferente enquanto invadia a sala de estar. – MÃE? Cadê você?

– Ela está preparando o café da manhã da pousada – disse Summer. – Fala pro Jonah que, se ele não devolver, eu vou tirar dez minutos do tempo de tela dele. – A nova criança loira sorriu ao ouvir isso e voltou para o andar de cima batendo os pés. – Desculpe, foi o que eu falei: um hospício. Onde estávamos? Ah, sim, surfe. O surfe é uma das Sete Maravilhas da Ilha de Wight.

Não resisti e bufei.

– Imagino que você não esteja amando morar aqui, então? – perguntou Summer, as sobrancelhas levantadas.

– Não foi o que falei, eu só… Onde estão as outras seis maravilhas, afinal?

– Vou mostrar qualquer dia.

– Isso significa que todas as outras seis maravilhas também são relacionadas ao surfe?

– Não! – exclamou ela de um jeito pouco convincente. – Bem. Talvez três sejam.

Nós duas tomamos um golinho de chocolate quente, e o creme deixou um bigode fino no meu lábio superior. Um barulho alto veio da cozinha.

– Autumn? – chamou Summer. Não houve resposta. – Melhor eu ir lá dar uma conferida nela.

Ela se levantou com esforço, segurando com cuidado o chocolate quente, e foi até a cozinha. Tomei mais um gole do meu, desfrutando do calor. A bebida fez milagres, e eu voltei a sentir todos os meus membros. Minha atenção foi capturada por uma das pinturas na parede, a menor delas – uma pequena moldura retangular não muito maior do que um livro. Eu me levantei para olhar mais de perto, com cuidado para não ficar na frente da TV. Era uma imagem da enseada minúscula e de formas perfeitas que havia bem do lado de fora da casa. O branco e preto do mar e do céu, pintados com traços grossos, eram hipnotizantes e oníricos.

– Ah, olá – disse sorrindo uma mulher ao entrar pela porta. Ela carregava um bebê gorducho e de bochechas vermelhas que tinha um pequeno tufo do cabelo loiro da família. Eu podia dizer logo de cara, depois de ter visto as fotos, mas também pelo longo cabelo loiro e pelos olhos muito azuis idênticos aos de Summer, que aquela era a mãe dela. Eu me senti uma intrusa e no mesmo instante, irritantemente, corei. Ela ficou me olhando por tempo demais.

— Ah, oi, eu… meu nome é Jessie, sou amiga da Summer. Ela só… — gaguejei, apontando para os fundos da casa, quase cuspindo o chocolate quente.

— Mãe, é você? – chamou Summer.

— Meu nome é Kate, prazer em conhecê-la – disse a mulher, ainda me encarando, chegando mais perto e estendendo a mão livre.

Eu a apertei.

— Adorei esses quadros – comentei, torcendo para Summer voltar logo.

Parece que eu tenho alguma coisa com os pais das pessoas, quase como uma reação alérgica. Não faz sentido; eles são só adultos normais, e não é como se eu tivesse cinco anos e não pudesse falar com adultos, mas sempre que um pai ou mãe está por perto, eu congelo e viro uma idiota total, desconcertada e monossilábica.

— Ah, obrigada – disse Kate, enquanto o bebê agarrava mechas de seu cabelo. — Eu não tenho mais tanto tempo livre, mas, quando posso, gosto de pintar. — Ela ainda me olhava fixamente. Senti um desconforto tão grande que era como se meu corpo todo estivesse coçando.

— Mãe, pare de ficar olhando para Jessie, você está sendo bizarra – disse Summer, finalmente voltando.

— Desculpe, desculpe – disse Kate. — Eu só… você é filha da Allegra, não é?

— Eu mesma – respondi, querendo sumir.

— Conheço sua mãe. Você tem os olhos dela – comentou. — Ouvi dizer que ela voltou para cá. Ela comprou o Beachview, não foi?

— Foi – falei.

Kate se aproximou. Ela pôs a mão no meu ombro, os olhos muito azuis nos meus. Eu senti como se ela disparasse um laser em mim.

— Por favor, diga à sua mãe que eu mandei um oi – pediu ela. — Kate Crowley, meu nome de solteira. Eu adoraria vê-la novamente.

— Mãe! — Summer veio até nós. — Não assuste minhas amigas.

– Desculpe, desculpe – disse Kate, rindo e passando o braço ao redor da filha. Autumn entrou correndo, a toda velocidade, e se jogou em cima da mãe, quase derrubando-a. O bebê deu uma risada alegre ao vê-la.

– Ei, docinho – disse Kate –, você se comportou direitinho com a Summer?

– Pedra – disse Autumn, empurrando a mão fechada, que, imagino, segurava uma pedra, no rosto de Kate.

– Ah, hoje você está na vibe das pedras, é?

– Com certeza – respondeu Summer.

– Bem, você tem sessão de fisioterapia com a Kelly, garotinha. Papai vai levar você. – Autumn não respondeu; estava olhando para a pedra, absorta. Kate se agachou perto dela, balançando o bebê e ao mesmo tempo mantendo contato visual. – Docinho, é hora de ir para a Kelly. Vá com Papai se encontrar com a Kelly.

– Kelly! – gritou Autumn, pulando de um lado para outro.

– A menina adora fisioterapia – comentou Summer, sorrindo.

– E como você está se adaptando, Jessie? – perguntou Kate.

– Hum. Bem, obrigada – respondi.

– Ouvi dizer que as coisas andaram um tanto dramáticas na escola semana passada. Summer me contou que Callum teve uma irritação de pele e…

– Mãe – disse Summer. – Jessie é novata, ela ainda nem sabe o nome de ninguém. Não faça um interrogatório.

– E o que mais aconteceu? O nariz do garoto?

Eu senti uma pontada repentina e familiar no abdômen. *Ah, não. Não. Isso não.*

De repente, quando as nuvens cobriram o sol, a sala ficou mais escura. Através da janela, um barco ao longe parou de oscilar e começou a se sacudir. Uma onda quebrou na praia, vinda do nada.

Não, não, não.

– É, muito estranho. Preciso ir agora – falei, colocando minha caneca na mesa de centro. – Escola…

– Mas parece que vai começar a chover – disse Kate, dando uma olhada no céu já cinza. – Tem certeza de que não quer uma carona? Vou levar essa turma, e temos espaço no carro.

– Não, tudo bem, obrigada. Preciso... buscar algo em casa primeiro – argumentei, tentando disfarçar meu jeito abrupto. E para Summer: – Obrigada pelo sanduíche e pelo chocolate quente.

Houve uma pausa constrangedora. Senti a cólica piorar, ao mesmo tempo que o céu escurecia dramaticamente. Eu precisava sair dali antes que acontecesse um desastre natural completo. Dei um suspiro longo, sorrindo, do tipo que significa *foi legal, mas vamos seguir em frente*, e corri para a porta.

– Tem certeza de que não quer uma carona? – perguntou Summer enquanto me seguia até o lado de fora, o vento soprando meu cabelo na frente dos olhos. – É puxado estar com todas as crianças, mas é melhor do que se molhar.

– Não, sério, estou bem. – Olhei para o mar, com os nervos à flor da pele. As ondas estavam ficando mais altas.

– Desculpe pela minha mãe – disse Summer. – Ela é um pouco exagerada às vezes. É a artista que existe nela. Na verdade, ela é bem legal quando se comporta como um ser humano normal.

– Não, não, gostei dela – falei, distraída. – Obrigada mais uma vez pelo café da manhã! Vejo você na escola!

Eu me afastei depressa, os pés esmagando as pedrinhas no caminho. O clima bom do chocolate quente e da conversa com Summer já se dissipava enquanto meu estômago revirava, minha cabeça latejava e um enorme relâmpago em forma de forquilha iluminava o céu, quase atingindo o barco que balançava no mar revolto.

CAPÍTULO 8

A fábrica de boatos do Rainha Vitória berrou ao entrar em ação durante a chamada. Todo mundo já estava entusiasmado demais pela perspectiva da festa na casa de Sonny Patterson mais tarde; conversas animadas aconteciam em pequenas panelinhas por toda a sala de aula. Eu me afundei em cima da minha mochila e mal conseguia manter os olhos abertos; era o preço por ter passado a noite quase em claro e ter levantado muito cedo de manhã. Tentei afogar o incessante burburinho de fofocas, que, aliás, estava bem alto, já que eu estava sentada ao lado do centro da coisa toda (Marcus). Nunca desejei tanto um fone de ouvido tocando heavy metal de estourar os tímpanos.

– Na última festa de Sonny, Jenny Goldsmith ficou com Layla Ross no banheiro – disse Marcus, com um nível desnecessário de alegria na voz. – Garota com garota! Isso deu a elas dois pontos extras.

– Isso foi antes ou depois de ela ter vomitado e entupido a pia?

– Não foi Hayden que fez isso?

– Foi mesmo! Que lenda!

– E Hannah Wade estava com *a* saia mais curta de todos os tempos, praticamente pedindo pra cair de boca, por sorte o Chris aqui se prontificou. Não foi, Chris?

Chris ficou em silêncio, mas, pelas batidinhas nas costas e pelos cumprimentos que o rodearam, imaginei que a expressão dele tinha confirmado a história. Um levantar de sobrancelha, um aceno sutil com a cabeça que, se por acaso a confirmação voltasse para assombrá-lo, ele seria capaz de insistir, com toda a sinceridade, que nunca tinha *dito* nada.

Honestamente, aquilo era como olhar para um bando de chimpanzés. Não me surpreenderia se eles começassem a catar pulgas e a cheirar o traseiro uns dos outros. "Pedindo pra cair de boca"? Sério? Então, se nós quisermos usar qualquer coisa mais curta que a altura dos joelhos, estamos pedindo? O que isso faz de nós? *Afff*, pensei. *Eles são cachorros no cio pedindo pra cair de boca.*

– Talvez ela… – começou Marcus, então se calou. Ele tentou botar o resto da frase para fora, mas pareceu que algo em sua boca o impedia. Toda vez que tentava falar, parecia que outra coisa queria sair dela. Ele tinha ânsia de vômito. Uma ânsia de vômito grande e sonora, de quem está prestes a pôr os bofes para fora.

Ah, não. De novo, não.

Tentei pensar em praias calmas e ensolaradas. Desejei que a srta. Simmons aparecesse. Todo mundo já estava se aglomerando em volta de Marcus, os garotos gargalhavam histericamente, pensando que era tudo uma grande piada, as garotas parecendo curiosas. Aquela seria uma boa hora, srta. Simmons…

– Bom dia, primeiro ano! – disse ela quando finalmente chegou, maravilhosa e impecável num terno alinhado e salto alto vermelho.

Com relutância a turma parou de dar atenção a Marcus, que já estava respirando normalmente, e se virou para a frente da sala. Enquanto a srta. Simmons colocava a bolsa na mesa, um assobio baixo ecoou pela sala na mesma hora em que um dos garotos notou a roupa dela. A professora congelou, então se endireitou, olhando feio para a turma – um olhar professoral efetivo e de respeito que fez todo mundo se calar instantaneamente.

A srta. Simmons era jovem e atraente e tinha um bom senso de moda, o que, para garotos que estavam acostumados com o cecê do sr. Anstead e as meias-calças frouxas da sra. Hermitage, acho que significava que ela era basicamente uma top model. E que aparentemente estava disponível para jogo.

– Parece que alguns de vocês pensam que estamos na década de cinquenta – disse ela em tom gélido. – Na época em que esse tipo de comportamento poderia ter sido aceitável. – Houve uma pausa. A turma prendeu o fôlego. Eu sorri. – Esse tipo de comportamento não é aceitável *em lugar nenhum*, e, se eu ouvir um assobio de novo, o engraçadinho vai daqui para a diretoria.

Ah. O desapontamento de uma ameaça vazia depois de começar tão bem. Todo mundo sabia que o diretor, o sr. Harlston, era tão efetivo quanto um bule de chocolate (como diria Mamãe). Ou uma camisinha furada (como diria Nonna). Inútil, em outras palavras.

⚡

– Ah, Jessie – disse o sr. Anstead mais tarde naquela manhã, ao devolver nossas provas de Matemática. Seu hálito espesso de café foi soprado para cima de mim. Tenho certeza de que meus olhos estavam fechados e eu tecnicamente estava dormindo; não foi uma forma agradável de acordar. Ele baixou um pouco o tom de voz. – Talvez seja uma boa ideia pedir a ajuda de um colega que entende da matéria. Claramente você ficou com algumas lacunas da escola anterior.

Dei uma olhada no papel e tentei não rir. Eu podia resolver aquilo de olhos fechados. Obviamente eu tinha ido longe demais com os erros propositais. Erro de principiante.

– Eu posso te ajudar no intervalo do almoço se você quiser – sugeriu Callum, se virando na cadeira à minha frente.

– Ele não é o aluno-modelo da sala – disse o sr. Anstead, dando uma risada abafada –, mas é surpreendentemente competente.

Eu preferiria enfiar agulhas nos olhos, repetidas vezes, sentada numa banheira de gelo, mas obrigada foi a resposta que imaginei dar.

– Obrigada, mas não se preocupe, vou pesquisar na internet – foi o que eu de fato falei, querendo que Callum virasse para a frente e me deixasse em paz.

– Não é problema nenhum – disse ele, me dando uma piscadinha de provocar náusea.

Interagir diretamente com Callum, além de ser horrível no nível de revirar o estômago, provavelmente chamaria a atenção. Tanta atenção quanto ser uma nerd superinteligente. Isso porque eu queria ficar fora do radar.

– Uma e meia na biblioteca, então? – perguntou Callum.

– Comece devagar com ela, Callum, são tópicos complicados – disse o sr. Anstead.

Só então uma pontada de cólica me atingiu, e a grande pilha de papéis que o sr. Anstead estava levando caiu e se espalhou pelo chão. Ops.

⚡

No segundo em que o sinal do recreio tocou, enchi minha mochila de livros e saí da sala, determinada a não me preocupar com Callum nem arriscar ter outro incidente. Fui direto para o banheiro e me tranquei numa cabine.

Disse a mim mesma que ficaria tudo bem. Uma aula particular de Matemática com Callum durante o intervalo do almoço não era um grande desastre. Eu estava certa de que me concentraria o bastante nos números para não causar estragos. Nenhuma irritação de pele ou alterações no nariz. Eu só assentiria com a cabeça até o final. Fim da história. Saí da cabine totalmente resolvida.

Libby estava na frente do espelho, reaplicando a base – ou sei lá o que as garotas que usam maquiagem fazem na frente do espelho. Dei a ela um educado e vago cumprimento de cabeça, que pensei ser apropriado naquele tipo de situação.

– Oi – disse ela enquanto ainda olhava para o espelho.

– Oi – respondi, lavando as mãos o mais rápido possível.

– Jessie, não é? Você entrou na escola há algumas semanas. Acho que fazemos aula de Educação Física juntas. Meu nome é Libby.

Ah, é, fazemos mesmo. Educação Física. A matéria que eu mais odeio, aquela em que sou mais fraca.

– Ouvi dizer que você e Callum ficaram à vontade um com o outro na aula de Matemática hoje – comentou ela, desviando os olhos do espelho para me encarar.

À vontade um com o outro? Não sei se diria à vontade. Foi mais algo como uma troca de palavras – sem o menor entusiasmo da minha parte. E como ela descobriu tão rápido? Será que Libby tinha espiões? Seus olhos grandes e de cílios longos me encaravam. Ela não parecia nem um pouco receptiva ou amigável. Provavelmente não era a melhor hora de acrescentar que Callum me daria aula particular.

– Você é nova – disse ela. – Então, caso não saiba, Callum é meu namorado.

Olhei para o chão e senti um rubor incontrolável subir por mim – SEM RAZÃO APARENTE. Eu não tinha feito nada de errado. É bem minha cara ficar vermelha e me contorcer ao menor sinal de confronto. Senti uma pontada no estômago, e o pânico brotou no peito. *Por favor, não faça nada bizarro*, pedi para o meu útero. *Pense numa praia*, pedi para o meu cérebro. *Pense num mar de águas mornas e num dia ensolarado.*

– Eu sei – respondi, a voz mais baixa do que eu esperava.

De repente, a torneira mais perto de mim abriu sozinha. E foi seguida pela do meio e pela que estava na frente de Libby, e um pouco de água espirrou em sua saia.

– Que p…?! – Ela recuou, surpresa, e então se afastou, passando a mão na saia para tirar a água e olhando para a torneira, que já tinha fechado. – Eu juro que essa escola é assombrada – comentou ela, mais para si mesma do que para mim. – Mas, enfim, do que estávamos falando? – Seu rosto se metamorfoseou de um franzir de sobrancelhas aterrorizante para um sorriso só um pouquinho menos assustador. – Pois é, Callum é meu namorado, e, contanto que isso fique claro, qualquer amiga de Callum é minha amiga. Então, você vai à festa do Sonny hoje à noite?

Ela voltou a olhar para o espelho e passar maquiagem. Eu nem sei se ela esperava uma resposta.

– Hum, eu… ainda não…

– Vou mandar os detalhes por mensagem – disse ela. – Vai ser divertido. Ele mora numa casa enorme, e os pais dele lidam bem com todo o rolê. O esquenta vai ser na praia, como sempre. Vejo você na aula de Educação Física.

E com esse comentário ela girou nos calcanhares e saiu do banheiro, me deixando lá, parada como um poste, a cabeça girando, e eu me perguntava o que tinha acabado de acontecer, zangada comigo mesma por jogar as cartas tão mal que acabei exatamente nas garras das pessoas que tinha tentado evitar.

CAPÍTULO 9

– Então, basicamente, você tem que voltar à expressão original, levando esse número inteiro até aqui, veja. E agora essa equação aqui precisa ser igualada – disse Callum, debruçado sobre o meu livro. Ele tinha um cheiro forte de desodorante misturado a um leve odor de suor de menino e gel de cabelo.

Eu assenti como um daqueles enfeites de cachorrinho que ficam no painel dos carros, embora o que estivesse me explicando fosse tão básico quanto o alfabeto.

– Ah, certo, sim. Acho que entendi – respondi. Preenchi as lacunas com alguns números, de forma correta dessa vez. Quanto antes aquilo acabasse, melhor.

– Pronto! – Ele parecia satisfeito consigo mesmo. – Acho que você está pronta para tentar equações mais difíceis agora.

Eu me forcei a encarar algumas delas por um tempo. Até fiz uma cara pensativa, como a de um desenho animado.

– E aí, o que você está achando daqui? – perguntou ele, chegando mais perto de mim.

– É, legal, obrigada – menti.

– Sua família comprou o antigo Hotel Beachview, não foi?

– É, foi.

– Aposto que tem muito trabalho pra fazer na casa. Parece que é assombrada. A Velha Louca Senhora Fletcher administrava o hotel. Segundo os boatos, ela matou o marido e o enterrou no pátio depois que ele tentou deixá-la para ficar com uma mulher mais nova. Eles não receberam nenhum hóspede por anos, todos com muito medo do fantasma. Você já viu?

– Um fantasma? Não – respondi, sem acreditar numa palavra do que ele disse, ao mesmo tempo que senti um arrepio irritante descer pela espinha.

– E você é uma Downer, né? – indagou ele, os olhos brilhando.

– Meu sobrenome? Sim. Bem, meu sobrenome é Jones, mas o nome de solteira da minha mãe é Downer. Por quê?

– Ah, por nada – desconversou ele, que claramente queria muito que eu fizesse mais perguntas, então eu o ignorei e continuei o trabalho.

No segundo seguinte, ele continuou, bem como imaginei que faria:

– É que, você sabe, a ilha é um ovo, as histórias correm. Dizem as lendas que as Downer podem ser um pouco trabalhosas… São mulheres combativas e tal. No bom sentido. – Ele piscou de novo. Uma piscada horrível e pegajosa de velho bizarro que me deu vontade de vomitar na cara dele. Encarei meu trabalho com tanta convicção que meus olhos doeram.

– Você deveria sentar com a gente no almoço, sabe? – sugeriu ele. – Fazer amigos decentes. Você pode pegar alguma coisa sentando com aquelas aberrações.

Eu parei, querendo muito mandá-lo ir pastar, mas sabia que não seria sensato. *Se misture, Jessie.*

– Obrigada – falei com a voz baixa, pensando que, não importava quanto eu estivesse desesperada, nunca sentaria com aquele bando de bebezões neandertais e suas tietes.

– Você vai na casa do Sonny? Libby falou que convidou você.

Que ótimo, eles falaram de mim.

– Talvez. Vou ter que falar com a minha mãe. Pode ser que tenhamos planos – murmurei. – Pronto, terminei – acrescentei ao concluir a última equação.

Ele parecia surpreso. Talvez eu quisesse tanto acabar com aquilo que fiz as contas rápido demais. Ele conferiu cada uma.

– Todas estão certas. Muito bem. – A deixa para um sorriso condescendente.

Comecei a guardar meus livros, me sentindo poderosamente aliviada. Sobrevivi. Tudo estava bem. Eu não tinha revelado sem querer que era um prodígio da Matemática, nem tinha quebrado sem querer nenhum membro dele, por mais que tivesse adorado fazer isso.

– Se precisar de ajuda mais uma vez, é só falar – disse Callum. – Sou muito bom em Matemática. – Sua mão roçou no meu joelho por baixo da mesa, e eu senti uma cólica abdominal. Ele soltou um gemidinho, afastando a mão de uma vez. – Nossa, acho que soltamos faísca – comentou ele, sorrindo e esfregando a mão.

– Deve ser a estática – desconversei, envergonhada por dentro e enrubescida por fora, sabendo que precisava ir embora, e já. – Obrigada por toda a ajuda. Acho que você fez uma mágica.

Peguei minha mochila e parti em direção à porta.

– Vejo você na casa do Sonny – disse ele atrás de mim.

Até parece.

⚡

À tarde, quando chegou a hora da aula de Educação Física, Libby já tinha aparentemente decidido que éramos as novas melhores amigas. Ela me procurou no vestiário e se recusou a sair do meu lado, apesar dos meus esforços.

– Cal contou que a aula particular foi boa – disse ela, enlaçando o braço no meu enquanto caminhávamos até o campo. Eu não sabia dizer se ela estava fazendo uma ameaça, sendo sarcástica, ou (Deus me ajude) genuína, no entanto, não gostei. – Mas que ainda falta você se inteirar de muita coisa, então provavelmente vai precisar de mais aulas.

Meu coração apertou tanto que quase sumiu no peito.

– Na verdade, acho que estou de boa – respondi, tentando soar esperançosamente positiva mas não arrogantemente autoconfiante; é uma linha tênue. – Agora peguei o jeito.

– Às vezes eu finjo que sou burra perto dele, pra ele me ajudar e inflar o ego dele. Típico dos homens!

Meu coração começou a martelar – aquilo tinha sido uma indireta? Será que ela sabia que eu estava me fingindo de burra? Ai, Deus, será que ela achava que eu estava fazendo isso para me aproximar de Callum? Eca!

– E aí, qual vai ser o seu look de hoje à noite? – perguntou ela, mudando completamente de assunto.

– Hoje à noite? – repliquei, na esperança de ganhar tempo para pensar numa saída segura.

– Na casa do Sonny, lembra? Você vai com certeza, você precisa ir! As festas dele são sempre incríveis. Os pais dele têm o melhor estoque de bebidas.

– Ah, é que hoje não posso… eu tenho…

– Vamos lá, garotas! – gritou o Treinador. Ele girava uma bola na ponta do dedo, como se fosse uma imitação barata de Michael Jordan. – Acabou o Clube da Luluzinha! Em fila, por favor.

Corri entusiasticamente para a fila e foquei no aquecimento como nunca antes, listando todas as desculpas possíveis e imagináveis para não ir àquela maldita festa mais tarde. Eu definitivamente não curtia aquele repentino clima de BFF que Libby estava tentando criar, e isso me deixava cada vez mais sob pressão – o que achei não ser possível.

Depois de quase eletrocutar Callum mais cedo, fiquei me sentindo bastante insegura. Considerei ir para casa correndo, me jogar na cama e me isolar de tudo, para que eu não fosse um risco nem para mim mesma nem para mais ninguém. Mas, embora eu não tivesse ideia do que estava fazendo (ou, pior, do que eu era *capaz* de fazer), estava determinada a persistir com a meta de ser uma garota adolescente normal. Se eu pudesse sobreviver ao primeiro dia sendo, bem… feiticeira – e eu estava tão perto disso –, seria uma vitória. E, quando eu chegasse em casa, contanto que evitasse Mamãe e Nonna, talvez pudesse praticar em algum lugar seguro dali, onde ninguém poderia sofrer nenhum dano.

Como entrei no meio do semestre, eles me colocaram numa turma aleatória de Educação Física, até poderem avaliar minhas habilidades. Então calhou de ser uma turma avançada, e, como minhas habilidades eram absolutamente inexistentes, não tive o melhor resultado. Eu estava rezando para eles perceberem isso logo e me colocarem no lugar certo com as outras pessoas que não tinham coordenação entre olho e mão, não lembravam as regras e não conseguiam correr atrás de um ônibus.

Quando estávamos na metade do treino de arremessos (que tédio), os garotos da turma avançada passaram pela quadra voltando de sabe-se lá que esporte mais legal tivessem praticado – basquete, eu chutaria. Eles pararam na cerca para assistir. Perfeito. Se tinha uma coisa que eu amava mais do que fazer esportes de maneira inadequada, era ter pessoas *me assistindo* enquanto eu fazia esportes de maneira inadequada. Voltei a olhar para a cesta, tentando ignorá-los, mas então ouvi as risadas. Risadas altas, vaias de menino – do tipo que geralmente é reservado para quando se é maldoso ou grosseiro com outra pessoa.

E com certeza era exatamente aquilo que estavam fazendo. De alguma forma, tinham conseguido arrumar um bloquinho de papel e uma caneta. Estavam anotando números. Notas.

Eles apontavam, criticavam e riam. Foi difícil determinar exatamente quem era o alvo das notas, mas na verdade não importava. Eles estavam sendo cretinos. Algumas das garotas riam nervosamente, outras coravam com fúria ou pareciam irritadas. Mas ninguém disse nada. Senti a raiva crescendo dentro de mim. Olhei para Libby, na esperança de que, por ser tagarela e direta, ela falasse alguma coisa. Ela pareceu levemente irritada, mas não como se estivesse prestes a peitar alguém. Claro que não; os principais culpados eram Callum e Marcus. O namorado dela e o melhor amigo dele.

As cólicas deram uma pontada. Caramba. Não era daquilo que eu precisava. Fiz algumas respirações profundas, tentei me virar de costas – talvez, se eu não visse, não ficasse tão indignada. Não podia correr o risco de fazer alguma coisa por acidente. Mas eu ainda os ouvia, tão nitidamente quanto a luz do dia. Os números sendo anunciados, as risadas que se seguiam…

Não. Por favor, não, respirações profundas.

Talvez, se eu pudesse lidar com aquilo de um jeito tradicional, totalmente não bruxo, as cólicas passassem. Mas não era meu papel começar. Eu só tinha que ficar ali. É uma verdade bem conhecida que reclamar para os professores sobre garotos irritantes não ajuda você a ficar fora do radar. Mas talvez fosse uma alternativa melhor do que atear algum tipo de fogo mágico inexplicável neles. De repente desejei que Summer estivesse ali; eu tinha certeza de que ela não iria se conter. Mas ela não estava lá, e ninguém dizia nem fazia nada. Eu não tinha escolha. As cólicas estavam piorando.

– Senhor – chamei, indo até o sr. Bowd; eu me recusava a entrar na fantasia e chamá-lo de Treinador. – Aqueles garotos ali, não sei se você viu, mas eles estão nos dando notas.

Ele olhou desinteressadamente. Claro que tinha visto; todo mundo viu.

– É só uma brincadeira – disse ele, sorrindo.

– Não estou achando muito engraçado – comentei, sem acreditar na resposta dele e, ao mesmo tempo, também acreditando nela com tristeza. – E não sei se eles estão dando notas para nossas habilidades com arremessos.

– Bem, talvez você precise aprimorar seu senso de humor para se virar nesta escola, senhorita Jones – disse ele. – Enfim, já estamos no fim da aula. Garotas! – gritou ele. – Hora de entrar.

Todo mundo começou a voltar para o prédio da escola. Fiquei parada sem acreditar, fuzilando com os olhos o Treinador e os garotos, que se afastavam numa agitação de gargalhadas e high fives. De repente senti uma cólica, forte e aguda. Desviei o olhar, na esperança de evitar qualquer retaliação de bruxa que meus ovários quisessem fazer.

– ARGH!

Ouvi um grito de dor vindo de trás de mim. Eu me virei. Marcus estava no chão, o resto dos garotos em volta rindo dele, de uma maneira que poderia ser considerada histérica, e uma única bola jazia ao lado dele na grama.

– Quem jogou isso? – perguntou o Treinador.

Agora ele estava revoltado.

CAPÍTULO 10

Felizmente, a casa estava silenciosa e vazia quando entrei, o que foi uma bênção. Eu continuava querendo fugir de qualquer conversa – ou contato visual – com Mamãe ou Nonna. Meu coração parecia pronto para implodir, martelando com os eventos do dia. Callum, Libby e Marcus – engasgos, bolas e choques elétricos. Eu queria me enfiar debaixo do edredom e mergulhar de cabeça na reprise de *Kardashians*, mas eu sabia que meu sagrado tempo sozinha era limitado e eu precisava aproveitar ao máximo.

Era inegável que eu tinha alguns poderes bizarros e estava sujeita a causar sérios danos se não tivesse cuidado. E, por mais que eu adorasse a ideia de atear fogo em Callum, isso provavelmente atrairia perguntas e atenção indesejadas. Meus poderes não combinavam muito com meu superplano de ficar fora do radar, mas estava claro que eu precisava aprender a *não* usar meus poderes. Precisava aprender sobre controle. O que obviamente me faltava. Se eu pudesse me ensinar a ter controle, sem a ajuda e a intervenção de Mamãe ou Nonna, estaria livre de casa e de volta aos trilhos da normalidade, da não bizarrice, do nada fora do comum.

Como faria isso, eu não sabia. Mas o que eu *sabia* era que estava morrendo de fome, e outra vantagem de estar sozinha em casa era não ter ninguém para restringir minha ingestão de tranqueiras. Joguei minha mochila no corredor e abri caminho pelo que parecia ter sido um dia o saguão do hotel, completo com balcão de recepção e escaninho para chaves retrô (atualmente usado como depósito de sapatos), até a cozinha.

Revirei a geladeira – ou melhor, dei uma olhada rápida em seu escasso conteúdo. Não tinha comida suficiente para revirar de verdade. Ovos. Pelo menos havia ovos. Uma rápida conferida no pacote de pão de fôrma revelou poucas fatias sem mofo. Bingo.

Olhei a cozinha com seus armários de pinho cor de laranja bem forte e papel de parede floral por todos os lados, provavelmente à altura da moda dos anos setenta. O fogão era grande, industrial, imagino que para preparar refeições na época em que a casa era um hotel. Tudo tinha uma camada pegajosa de óleo e um cheiro profundamente mofado e incrustado de gordura, de hóspedes e de sujeira. O cheiro grudava em todas as minhas roupas e no meu cabelo, não importava quanto eu tentasse lavá-lo com xampus bem cheirosos. Um lembrete constante e desagradável. Quase me deu vontade de chorar. Por que raios Mamãe tinha feito aquilo conosco? Trazido a gente até ali, para aquela casa indesejada, aquela ilha indesejada, sabendo muito bem que isso desencadearia nossos poderes e nos tornaria párias. Minha chateação se tornou raiva.

Respirações profundas.

Fiquei olhando para o ovo que eu tinha tirado da geladeira.

E comecei a imaginar…

Mamãe e Nonna disseram que os poderes eram bons e úteis e nos tornavam especiais. *Então vamos ver?*

Eu me concentrei no ovo. Com força. Imaginei um pintinho emergindo do ovo. Um pintinho amarelinho, fofinho e pequenininho sendo fofo por aí, como fazem os pintinhos.

Nada.

Tentei de novo, dessa vez segurando o ovo e pensando no pintinho.

Nada.

Então o levei para perto do meu útero – isso pareceu fazer sentido, já que era dali que todo o meu "poder" vinha.

Nada.

Claramente, criar num passe de mágica um pintinho de verdade a partir de um ovo estava além do meu limitado conjunto de habilidades, o que era justo. Talvez eu devesse tentar algo mais simples, mais direto, menos divino do que dar vida. Desenterrei (milagrosamente) uma frigideira limpa, quebrei o ovo, joguei o conteúdo ali e tentei acessar minha inconstante magia uma última vez. Eu me concentrei tanto no ovo cru e líquido que meus olhos quase saltaram da órbita, imaginando-o sendo frito, o calor, a clara se tornando branca, o gosto de um ovo frito fresquinho. Fechei os olhos, pus a mão na barriga, tentando desesperadamente canalizar toda a minha bruxaria mágica baseada na menstruação para criar um lanche frito saboroso.

Uma ondulação de cólica; bom sinal.

Um cacarejo bem fininho e pequenininho; mau sinal.

Abri os olhos.

No meio da frigideira, todo amarelinho, novinho e fofinho, estava um pintinho minúsculo.

Ele me olhava como se eu fosse sua mãe, os olhos pretos brilhantes e ávidos, o pequeno bico aberto, cacarejando.

Porcaria. Aquilo não era ideal. Os fios da minha magia estavam seriamente cruzados – ou funcionavam com atraso. Eu tinha pensado num ovo frito! Um ovo frito delicioso, fresco, saboroso, com a gema mole e apetitosa. Ai, minha nossa, melhor não permitir que aquilo passasse pela minha cabeça mais uma vez – quem sabia o que poderia acontecer? Eu definitivamente não queria fritar por acidente meu pintinho recém-nascido. Que eu tinha criado. Minha pele arrepiou – me senti poderosa e em pânico.

Eu não tinha pensado direito naquilo. O que diabos faria com um pintinho? Um pintinho mágico que estava claramente faminto e procurando a mãe. Ele continuou piando para mim, agora com mais insistência.

– Então venha cá, Pintinho – falei, estendendo a mão para ele cautelosamente.

Ele parou, parecendo refletir sobre o que fazer, então subiu a bordo. Ele era quentinho e parecia surpreendentemente leve na palma da minha mão.

– Você até que é bem fofinho – comentei, trazendo-o devagar até o meu rosto.

Por um momento me perguntei se ele me responderia.

Não respondeu.

Meu tempo estava acabando – alguém chegaria em casa dali a pouco e eu precisava tirar de lá a prova da minha mancada. Com o estômago ainda roncando, procurei saber como diabos manter Pintinho vivo.

Encontrei algumas orientações conflitantes, inclusive um site que dizia para dar café frio, o que não me pareceu certo, e outro aconselhando a dar pedaços de ovo cozido bem duro, o que me pareceu ainda menos certo. No fim coloquei Pintinho numa caixa de papelão no meu quarto, trancando do lado de fora uma Dave muito curiosa, e fui ao jardim desenterrar minhocas, que são mais difíceis de encontrar do que você poderia imaginar.

Demorei séculos. No fim, encontrei duas miseráveis criaturas para oferecer ao Pintinho, que as cheirou e então se recolheu num canto da caixa. Àquela altura ouvi o carro de Mamãe estacionar, então rapidamente tirei o uniforme, vesti uma calça jeans e um moletom e, assim que soube que Mamãe estava em segurança na cozinha, saí na ponta dos pés pela porta da frente como uma ninja ridícula e furtiva, deixando Pintinho e seu jantar de minhoca para trás.

CAPÍTULO 11

Foi bom sair da casa velha e bolorenta, embora estivesse gelado e ventasse muito do lado de fora. O ar fresco era bom, e quando estava violento e salgado era melhor ainda em alguns sentidos – perfeito para limpar as teias de aranha e essas coisas todas. Eu estava tentando evitar esses pensamentos, mas minha mente continuava vagando para os lugares com teias de aranha.

Por exemplo, os eventos não muito gloriosos do dia e a raiva subjacente que aparentemente tinha se tornado minha base. Eu odiava que tínhamos nos mudado *de novo*, odiava que tínhamos nos mudado para *lá*, odiava a casa, odiava que todo mundo sabia da nossa vida. Mamãe sempre nos falou para nos encaixarmos o melhor que pudéssemos – em cada nova escola, em cada evento, em cada produção escolar, em cada lugar ou situação onde houvesse outras pessoas; se misturar era basicamente o mote da família. Ainda assim, ela conscientemente nos trouxe para o único lugar onde se misturar seria completamente, totalmente, cem por cento impossível. Eu não tinha uma mísera chance de ser normal e me camuflar ali.

Uma das coisas que eu adorava em Manchester era a facilidade de ficar anônima. Na verdade, essa é a questão com todas as cidades grandes onde já moramos: elas são tão cheias de todos os tipos de formatos e tamanhos e personalidades que você sempre pode encontrar sua turma – ou não, se não quiser. Não me entenda mal, uma escola é uma escola em qualquer lugar – um poço de concursos de popularidade e bullying velado ou explícito –, mas numa escola de cidade grande nem todo mundo sabe da sua vida antes de você se apresentar.

Eu já tinha morado em lugares pequenos antes – por causa de uma das mudanças repentinas de Mamãe (essa foi porque "ela sentiu que estar no campo nos cairia bem"), fomos parar numa vila minúscula nos arredores de Lake District. Mas aquela vez foi diferente. Talvez porque fosse uma escola primária, antes que a força total do julgamento pelos pares, a condenação ao ostracismo e os garotos estúpidos e arruaceiros chegassem com tudo. Mas, para ser justa, garotos estúpidos são estúpidos desde que nascem; eles só não se manifestam plenamente até que os hormônios os transformem num Frankenstein por volta dos doze anos.

A ilha era pequena num sentido diferente. Todo mundo conhecia todo mundo – e todo mundo também conhecia os filhos e tios e tias, meios-irmãos, irmãos postiços e primos de segundo grau renegados de todo mundo. Até Mamãe e Nonna. Toda vez que eu mencionava alguém da escola – o que eu fazia o mínimo possível e apenas por acidente – elas me perguntavam o sobrenome da pessoa, o que normalmente era seguido por um olhar compartilhado ou uma sobrancelha levantada em sinal de reconhecimento, ou muito de vez em quando um pequeno "ooh" ou "ah". Era como morar num aquário. Um aquário pequeno e levemente fétido, onde os outros peixes nadam em círculos há séculos.

Enquanto eu me sentia mal, vaguei pela beira-mar. Caminhei ao longo da faixa principal, que estava completamente deserta – nem mesmo pessoas passeando com cachorros – em direção ao pequeno pedaço de praia que eu sabia que havia logo depois da península. Fora da vista, fora do caminho. Eu estava muito ocupada em olhar para baixo, e assim via minhas pegadas deixarem uma marca na areia e procurava o cintilar de vidro marinho, de modo que não notei as pessoas à minha frente.

Quando fiz isso, foi tarde demais.

– Jessie! – gritou Libby. – Jessie!

Ela veio correndo pela areia até mim, sorrindo como se fôssemos melhores amigas se encontrando depois de uma viagem de anos.

– Ah, oi – respondi, ajeitando o rosto para que o receio não fosse aparente.

– Eu sabia que você viria pra festa – disse ela.

Ai, Deus. A festa.

– Ah, eu não posso, só estou indo pra casa…

Ela levantou as sobrancelhas sem entender nada. Claramente eu não estava indo para casa – minha casa ficava na outra direção.

– Vamos lá, não aceito um não como resposta. A não ser que você esteja indo para um encontro. Está?

Considerei mentir, mas sabia que acabaria ficando complicado demais, então optei por um vago dar de ombros. Ela pegou minha mão e me puxou para onde seus amigos estavam sentados, amontoados nos degraus que levavam ao mirante. Havia outras três garotas, todas versões de Libby, mas com pequenas diferenças. A mesma maquiagem com base demais (em tons variados), a mesma jaqueta puffer (em cores variadas), o mesmo potencial para olhares maldosos (em ferocidades variadas).

– Pessoal, essa é Jessie. Jessie, você já conhece Sadie – disse Libby, apontando para a loira de jaqueta verde –, e essas são Phoebe e Caz.

Elas me deram uma olhada rápida, levantando levemente as sobrancelhas pintadas enquanto reparavam no meu jeans rasgado, no meu moletom manchado e no meu cabelo preto. Eu me senti a Cinderela antes da transformação pela fada madrinha. Talvez eu pudesse usar mágica para conjurar uma fada madrinha para me ajudar. Eu me senti totalmente inadequada e fora de lugar, como um suricato jogado no meio dos macacos – ou num tanque de tubarão. Desejei estar com Summer. Não me sentia assim com ela.

– Jessie é irmã da HellaBella – disse Libby com orgulho, como se estivesse apresentando um javali premiado num leilão. As outras arquejaram, claramente impressionadas.

Ah, de repente o interesse de Libby em mim fez muito mais sentido.

– Ai, meu Deus, você é tão sortuda. Ela faz maquiagem em você? – perguntou Phoebe, franzindo o cenho levemente para minha cara distintamente lavada em toda a sua glória.

– Ela é muito legal? – indagou Caz. – Ela parece muito legal. E divertida.

— Tão divertida — comentou Sadie.

— Se sua ideia de legal é ser puxa-saco da mãe.

— Eu vi você almoçando com as Irmãs Estranhas no outro dia — disse Sadie. Demorei um segundo para entender que ela falava de Summer e Tabitha. — Você não quer fazer disso um hábito. Andar com a Aspirante a Campeã de Surfe do filme *A onda dos sonhos* e a Aprendiz de Jane Austen não é uma boa estratégia se quiser que pessoas decentes gostem de você.

Notei que Libby se encolheu ligeiramente.

— Aqui, tome um pouco do meu café — disse ela, me oferecendo seu copo ecológico.

— Hum, não, obrigada — respondi, ainda impactada pelo comentário de Sadie e sem sentir que já estávamos na fase de compartilhar café.

— É sério, tome um pouquinho. — Ela empurrou o copo para mim.

Aceitei, tomei um golinho nervoso enquanto todas assistiam, depois recuei. Era café — mas não só. Tinha sido misturado com sabe lá Deus que tipo de bebida alcóolica forte. Se não estivessem todas me olhando, eu teria cuspido. Engoli e ofereci o copo de volta a Libby.

— Tome mais! — ordenou ela. — Você precisa entrar no clima.

Eu estava prestes a recusar, pedir licença e sair correndo. Mas, conforme o álcool foi descendo pela garganta e pelo peito, deixando um rastro aconchegante, me dei conta de que eu não estava com pressa de voltar para lugar nenhum. Vinte minutos com aquelas Garotas Malvadas e uns goles de um licor aleatório de repente pareceram uma perspectiva bem mais atraente do que voltar para casa e sentir Mamãe ficar no meu pé tentando fazer com que eu me abrisse e conversasse com ela. Libby e álcool ou Mamãe e a dura realidade? Eu ficaria com Libby e álcool, obrigada. Então tomei mais um gole.

— Verdade — falei, sabendo que não toparia uma consequência.

Foi algum tempo mais tarde, não sei especificamente quanto. Tempo bastante para começar a escurecer e, percebi, esfriar muito. Eu fiquei basicamente recostada observando tudo, tentando me manter reservada, mas sabia que uma hora chegaria minha vez.

– Chato – comentou Sadie, e revirou os olhos.

– Está bem, até onde você já foi com um garoto? – perguntou Phoebe, esfregando as mãos, ou de empolgação ou para se aquecer, não dava para saber.

– Você não consegue pensar em nada mais original? – retrucou Libby.

– Não, não consigo. E não finja que não está interessada em saber.

Eu odiava aquela pergunta. Eu odiava com todas as minhas forças, no nível de me contorcer na cadeira, de preferir comer vermes. Como deveria responder? Eu tinha acabado de conhecer aquelas pessoas. Não queria admitir que nunca tinha beijado ninguém direito e já me tornar motivo de riso, mas, da mesma forma, não sabia o que era aceitável para elas. Eu não queria parecer que era fácil e dada para os namorados delas. Eu precisava de um meio-termo seguro, ainda que o meio-termo para uma pessoa pudesse ser a definição de vadia para outra. Me perguntei se deveria dizer que eu era uma daquelas pessoas que faziam voto de castidade – eu tinha lido em algum lugar que elas eram uma novidade descolada.

– Hum, bem, um cavalheiro não revela essas coisas – respondi com o que esperava ser uma voz intrigante.

Todas só pareceram confusas.

– Mas você não é um cavalheiro – disse Sadie.

– Ai, meu Deus, você já foi até o final? – sugeriu Caz.

Pensei em Pete Knowles, meu namorado no oitavo ano, tentando me beijar nos portões da escola e eu surtando e desviando a cabeça, de modo que ele acabou beijando o muro. Não, eu definitivamente não tinha ido até o final.

Ouvi passos amassando a areia na nossa direção, com gritos, gargalhadas e barulhos generalizados de brincadeiras de garotos. Todas as garotas olharam.

– Salva pelo gongo – comentou Libby em voz baixa para mim, com uma piscadela. Ela não estava errada; nunca achei que ficaria feliz em ver Callum e seus alegres companheiros. Voltei a respirar.

– Por que demoraram tanto? – perguntou Libby.

– Ah, que é isso? Nasceu grudada, foi? Não enche – disse Callum, segurando duas sacolas que, pelo tilintar, presumi conterem bebidas alcoólicas.

75

Havia outros três garotos com Callum: Marcus, Freddie e Eli. Todos estavam embrulhados em capuzes e jaquetas, o que me lembrou, novamente, de que estava frio a ponto de congelar. Todas as outras pessoas estavam de pé, então tratei de levantar também, minhas costas dormentes de ficar tanto tempo sentada em degraus de concreto, minha visão ondulante e incerta. Olhei para a praia vazia, para o mar, que era então uma massa escura, o céu naquele ponto de virada, prestes a dar espaço para a noite completa. Conferi a hora no celular, surpresa em ver como estava tarde. A quantidade de álcool que me subiu à cabeça foi muito maior do que eu me dera conta. Senti o início de uma dor de cabeça bem na base do crânio, como uma noz pequena e dura.

– Olha só, quem poderia imaginar? Jessie está aqui – comentou Callum, olhando diretamente para mim.

– Falei que daria um jeito de trazê-la aqui! – exclamou Libby.

– Carne fresca – disse ele com um sorriso presunçoso que eu não gostei muito.

Os outros garotos deram uma risadinha.

– Seja legal – pediu Libby. – Ela é minha amiga agora. – Ela pôs o braço em volta de mim.

De repente toda a alegria inesperada de fugir de casa e da Mamãe se dissipou. Foi como se um bando de hienas me cercasse. Eu estava com frio e muito sozinha e sentindo que aquela situação era demais para mim. O mar, tão convidativo e refrescante mais cedo, parecia ameaçador; as ondas quebravam caoticamente perto demais de mim, o cheiro salgado queimava o interior das minhas narinas. Até mesmo Mamãe e suas tentativas de conversas ou Nonna e suas ervas fedidas sacudidas na minha cara para limpar minha aura seriam mais divertidas do que aquilo. Senti um desejo irresistível de estar em casa, na minha geladeira do sótão, agarrada a Dave.

– Está bem, então, quem vai beber o quê? – perguntou Callum enquanto sentava nos degraus e abria as sacolas.

– Preciso ir de verdade – declarei, escapando do abraço de Libby e abrindo caminho em direção à calçada e à liberdade.

– Você não pode ir ainda! – exclamou Libby. – Ainda nem fomos para a festa.

Eu tinha que ser firme. Andar com firmeza.

– Desculpe, minha mãe está me esperando.

– Tudo bem, você já mandou uma mensagem para sua mãe falando que somos amigas. Agora é só mandar outra dizendo que você vai lá pra casa – insistiu Libby.

Eu só tinha uma vaga lembrança de mandar mensagem para Mamãe, o que também me lembrou que eu tinha bebido demais. Libby começou a andar na minha direção. Será que eu deveria correr? Aquilo poderia parecer um pouco idiota, pagar de Usain Bolt só para fugir da galera descolada.

– Pra ser sincera, eu esqueci completamente, nós temos um… lance de família hoje à noite. Ela vai ficar furiosa se eu não chegar em casa logo, e aí vou ficar de castigo e não vou poder mais sair – argumentei, imaginando que essa era uma boa forma de balançar uma cenoura na frente de um cavalo, não que eu planejasse entregar a dita cenoura. – Vejo vocês na segunda! – afirmei e finalmente consegui abrir o que me pareceu uma distância segura entre nós.

– Tchau, Desmancha-Prazeres! – falou Libby atrás de mim, enquanto eu acelerava o ritmo pela praia.

Ao me arrastar pela estrada em direção à minha casa, senti um arrependimento florescer na barriga, como quando, na aula de Biologia, você deposita uma gotícula de bactérias numa placa de Petri e as observa crescendo e se espalhando. Eu devia ter apresentado minhas desculpas assim que vi Libby, ido para casa de qualquer forma e ignorado Mamãe como de costume. Evitar qualquer diálogo em casa e me trancar no quarto teria sido melhor do que ficar com aquelas Barbies desmioladas, que – desastre – achavam que eu estava feliz em entrar na onda delas e fazer parte da gangue do mal. Eu estava com um gosto ruim na boca, e não era por causa do *latte* alcoólico.

Estava tudo bem, racionalizei. Eu não tinha feito compromissos profundos de amizade a ponto de estar fadada a sentar com elas na cantina todos os dias e dormir na casa delas. Foi um episódio isolado e eu pretendia mantê-lo assim, retomar a distância no dia seguinte.

Eu já tinha subido a colina e estava no topo da rua. Havia um leve burburinho de sexta-feira à noite – casais arrumados para jantar, pubs cheios de pessoas rindo e bebendo. Ouvi alguém chamar meu nome e instintivamente olhei para trás. Callum.

Callum? O que Callum estava fazendo, subindo a colina atrás de mim? Meu estômago pesou. Eu estava tão perto de casa. Talvez *aquele* fosse o momento certo de correr.

– Ei – disse ele me alcançando, com esforço e sem fôlego depois de subir correndo a colina. – Você esqueceu isso – disse, segurando um gorro preto com o logo de uma aranha. Eu nunca tinha visto aquilo, certamente não era meu. Ele deu um passo à frente, me encurralando na soleira profunda da porta da agência dos correios.

– Não é meu – respondi, me desviando dele.

– Sério? Eu jurava que era – comentou ele. – Putz, cara, que idiota! – Ele voltou a dar um passo à frente, e meu coração começou a bater mais forte. – Mas que cavalheiro eu sou, né? – comentou ele. – Você devia... me recompensar de alguma forma. – O rosto dele parecia diferente, pretensioso e cheio de expectativa como sempre, mas com uma dose de ousadia. O cheiro de cerveja choca me atingiu conforme ele se aproximava ainda mais.

Eu me afastei, até não ter mais para onde ir, e senti a parede da agência dos correios fria e dura contra meus ombros. Respirei fundo e tentei focar na raiva, na repulsa. Eu ainda devia ter magia suficiente em mim, com certeza – era apenas o terceiro dia do meu ciclo. *Por favor, que eu ainda tenha magia suficiente...*

E então, antes que eu sentisse o menor sinal de cólica, Callum se inclinou e me beijou, seus lábios molhados e insolentes.

– O que você está fazendo? – questionei. – Saia de cima de mim! – Eu o afastei, a única opção que me restava depois que meus poderes estúpidos e incontroláveis me desapontaram.

Os olhos dele comunicaram surpresa por meio segundo, então se encheram de pura raiva.

– Vadia estúpida – retrucou. – Era só um pouquinho de diversão. Você estava pedindo, está dando em cima de mim desde que chegou aqui.

Aí, sim, eu fugi.

CAPÍTULO 12

Passei o fim de semana transitando por algo como os sete estágios do luto: dor de cabeça, negação, descrédito, raiva, mais negação, mais raiva, medo.

Callum tinha me beijado.

Era a droga do meu primeiro beijo, e eu tinha sido privada de qualquer atitude ativa por aquele cretino de cabelo ensebado. Comecei a me questionar – será que eu tinha, como ele disse, dado em cima dele? Me lembrei da nossa "aula particular" – será que eu tinha feito alguma coisa que pudesse ter dado a impressão de que gostava dele? Quase o eletrocutei quando ele me tocou sem querer querendo. Então caí fora na primeira chance que tive. Não estava exatamente sugerindo um clima de "me leve pra cama". Será que ele achou que era porque eu estava sendo recatada, pagando de difícil?

Não. De jeito nenhum. Nenhuma parte do meu subconsciente mandou um sinal de chega mais. Callum era presunçoso e arrogante e astuto e maldoso e eu já tinha conhecido uns cem garotos com tons variados de Callum, e eles não eram meu tipo. E como ele se atrevia a fazer com que eu me questionasse desse jeito! Aquilo não era minha culpa. Ele era um garoto estúpido e cheio de si, que estava acostumado a ter o que queria, decidindo, por pura piada, ir atrás de carne fresca sem se importar com o que a carne fresca achava disso. Quer dizer, nós tínhamos acabado de ter uma aula de Educação Sexual sobre consentimento. Eles mostraram aquele vídeo da xícara de chá. Se você oferece uma xícara de chá a alguém, a pessoa pode dizer "sim, por favor", pode dizer "não", pode dizer "sim" e, quando o chá fica pronto, mudar de ideia, e, se isso acontecer, você não deve obrigá-la a beber. VOCÊ ME FEZ TOMAR A XÍCARA DE CHÁ, CALLUM, E EU ODEIO CHÁ.

Quando a manhã de segunda-feira chegou, eu já tinha me acalmado, com a ajuda dos sérios e consistentes afagos de Dave. (Apesar de que a gata estava com pontos negativos comigo; quando cheguei em casa na noite de sexta não havia nenhum Pintinho no meu quarto, apenas Dave – que tinha conseguido entrar de alguma forma – e algumas penas fofinhas. A janela ficou aberta, então não era nada conclusivo, mas também não era esperançoso.)

Summer tinha me mandado mensagem no fim de semana, e conversamos um pouco sobre coisas aleatórias – como era surfar (ela estava na missão de me levar para fazer isso), comparações de irmãs irritantes, esse tipo de coisa. Foi bom e, eu diria, estranhamente estressante. Parte de mim queria desesperadamente se abrir e contar a ela o que aconteceu com Callum, mas me contive – eu não conhecia aquelas pessoas, nem aquelas amizades, nem o histórico entre elas. Sim, ela teve um desentendimento com Libby no banheiro, e elas definitivamente não pareceram melhores amigas. Eu era uma completa novata, e, na minha experiência, novatos sempre começam na base da pirâmide, não importa o que aconteça. Recusei seu convite para ir surfar no sábado e almoçar com ela e Tabitha no domingo, citando uma desculpa vaga a respeito de "questões familiares", mas a ideia de encontrar com as duas na segunda fez com que eu me sentisse melhor em ir para a escola. Não que me sentisse *bem*, repare, mas melhor.

Os fatos eram os seguintes:
1. Callum tinha *me* beijado – uma distinção importante.
2. Não foi consentido, nem desejado, nem provocado.
3. Eu o rejeitei, deixando claro como me sentia.
4. Mais importante, conhecendo garotos como Callum, ele nunca iria querer que o fato de que eu o rejeitei viesse a público, então

era pouquíssimo provável que alguém além de nós dois soubesse o que tinha acontecido.

E esse último fato era basicamente a única coisa que me fez levantar da cama na manhã de segunda. Eu não precisava me preocupar com a possibilidade de as pessoas descobrirem, porque não havia a menor chance de ele contar a alguém – era definitivamente constrangedor demais. Eu só precisava descobrir se devia ter a consideração de contar para Libby que o namorado dela tinha tentado ficar comigo. Apesar do Código das Garotas, minha resposta pendia para um *não*.

⚡

– Aqui está ela – disse Nonna quando entrei na cozinha. – Estávamos justamente falando de você.

Eu não suportaria uma reunião de família profunda e significativa naquela manhã. Minha mente já estava confusa demais sem ser lembrada de todo o lance de ser bruxa – todo o lance completamente *inútil* de ser bruxa. De que serve ser bruxa se os seus poderes não conseguiam nem afastar avanços indesejados de um garoto repugnante? E no terceiro dia do meu ciclo – era de imaginar que ainda seria a hora ideal para um pouco de feitiçaria!

Mas eu não estava mais menstruada. E, graças ao meu ciclo de vinte e oito dias certinho como um relógio, eu sabia que tinha vinte e dois dias sem menstruação e sem bruxaria pela frente. Eu podia relegar tudo ao recanto mais diminuto e escondido da minha mente – pelo menos por um tempo.

Mamãe e Nonna estavam à mesa, Bella usando as redes sociais, como sempre, Mamãe com a máquina de costura, concentrada enquanto deslizava o tecido sob a agulha.

– Ótimo, é sempre bom saber que estão falando de mim pelas costas. – Peguei a última tigela limpa no armário e me servi de cereal.

– Dave me contou que você estava um pouco chateada durante o fim de semana – disse Nonna.

Parei de derramar o leite na tigela para me virar e olhar para ela. Dave estava deitada no chão ao lado da cadeira, lambendo suas partes íntimas. Será que ela tinha me traído?

– Brincadeirinha. Só queria ver sua cara! – exclamou Nonna, caindo na gargalhada. – Isso eu percebi por conta própria.

Ha-ha, muito engraçado. Pode rir às minhas custas, por que não?

– Mãe, isso não foi legal – disse Mamãe, com a voz quase inaudível.

– Ela precisa descobrir onde o senso de humor dela foi parar – comentou Nonna. – Ele SUMIU nas últimas semanas. Venha cá, florzinha.

Eu queria resistir enquanto ela me enchia o saco, mas na verdade tê-la ali com sua blusa de flores, o cabelo solto e o rosto convidativo, os braços esticados... De repente senti uma vontade imensa de dar um abraço em Nonna. Abandonei o cereal e fui até ela, amassando meu rosto em seu peito, inspirando o familiar aroma de Nonna, patchouli e lavanda.

– Você está me enfeitiçando? Porque já me sinto melhor – resmunguei de algum lugar perto dos peitos dela.

– Só estou te dando um abraço – disse ela, me devolvendo ao cereal.

– Terminei! – Mamãe mostrou um minimacacão com uma estampa floral delicada. – O que você acha? – perguntou ela, com um sorriso orgulhoso no rosto.

– Mamãe! É muito fofo – elogiou Bella.

É claro que ela diria isso.

– Para quem é? – perguntei. – Porque, não sei se você percebeu, mas nenhuma de nós é um bebê.

– Bem, pra ninguém em especial – gaguejou Mamãe. – Eu só... da última vez que costurei alguma coisa pra vocês, meninas, foi quando eram pequenas, então pensei...

Bella me olhou feio por um instante e me falou alguma coisa sem emitir som, mas não consegui entender.

– Está lindo, Mamãe. Muito legal – disse ela.

– Obrigada, querida. É melhor eu repensar no que mais posso fazer – disse Mamãe. – Tenho estado tão ocupada com tudo, arrumar a mudança, entender o que precisa ser reformado... Desculpem, a casa está uma zona.

– Sempre – resmunguei.

– Isso de ser dona de casa não é tão fácil quanto parece.

– Tarefa doméstica não tem fim! – exclamou Nonna, balançando as mãos. – Faça o que faz seu coração cantar, meu bem. Todas nós somos crescidas, podemos lavar alguns pratos.

Fale por você mesma, pensei.

– O que você acha desse visual? – perguntou Bella, sem a menor lógica, me mostrando a tela do celular. – Estou pensando em fazer um tutorial de algo parecido… Olho tudo, boca nada, esse tipo de coisa. Convenci algumas das meninas a serem minhas cobaias.

Algumas das meninas? Ela já tinha um séquito? Típico de Bella, um grupinho de meninas sempre disponíveis a aproximadamente cinco segundos de onde quer que estejamos. Olhei para a tela do celular. Era um vídeo de uma passarela, mostrando modelos com sombra amarela brilhante e lábios quase brancos. Tirando o fato de que eu tinha zero interesse em qualquer coisa a ver com alta-costura ou maquiagem, todas elas pareciam bizarras. Por que Bella estava me mostrando aquilo e tentando puxar assunto? Aquele não era um comportamento normal da versão mais recente da minha irmã.

– Hum, quer dizer, eu particularmente não usaria, mas é… interessante?

– Vou passar esse recado para Versace: Jessie Jones acha que suas criações são "interessantes".

– Vou mandar um e-mail direto para ele, somos amigos íntimos – retruquei.

– Tão íntimos que você nem sabe que ela é mulher? Como é que eu e você somos irmãs?

Olhei feio para ela.

Eu não aguentava mais. Teria que preparar meu café da manhã para viagem. Abandonei minha tigela de cereal e fiz o caminho mais curto até o cesto de pão, torcendo para que Mamãe não tivesse banido nossa tradicional torrada recheada de café da manhã em favor de um pão integral. Não que eu fosse dizer qualquer coisa sobre isso para ela agora. Mamãe e eu mal tínhamos nos falado durante o fim de semana. Ela pisava em ovos comigo, enquanto eu a evitava, desviando do elefante branco em forma de bruxa na sala, determinada a não ser encurralada na parede por aquela profundidade para a qual eu definitivamente ainda não estava preparada.

– Vamos andando juntas? – perguntou Bella enquanto eu pegava minha mochila e ao mesmo tempo enfiava torrada na boca.

– Beleza – respondi, querendo dar um chega pra lá nela, mas sem energia para isso.

– Você está bem? – indagou Bella no caminho colina abaixo. – Você ficou meio zumbi o fim de semana inteiro.

– Tive um monte de tarefa de casa pra fazer. – Minha desculpa imbatível.

– Ouvi você chorando sexta à noite – disse ela com cuidado, como se estivesse entregando um pedaço de carne crua para um leão que poderia arrancar sua mão com uma mordida.

Como foi que ela me ouviu? Eu achava que tinha feito um casulo bastante seguro com o edredom, à prova de som. Olhei para ela. Uma parte minúscula minha queria desesperadamente falar com ela, contar sobre Callum, sobre o horror da noite de sexta. A necessidade de falar em voz alta, colocar em palavras e dar àquilo uma forma para que eu pudesse entendê-la havia aumentado. Olhei nos olhos dela e pensei ter visto um lampejo da antiga Bella, a Bella que me entendia, que ficava do meu lado.

– As coisas parecem meio estranhas entre você e Mamãe. Mais do que o normal. Era por isso que você estava chateada? – continuou ela, aparentemente encorajada por meu contato visual.

Eu fiz um som sem compromisso.

– Eu acho que você devia conversar com ela, de verdade – prosseguiu minha irmã, incansável. – Ou então escutar… Ouça o que ela tem a dizer, não a afaste.

E lá estava ela, a nova Bella, falsamente sábia e madura, sempre puxando o saco de Mamãe. Eu não queria mais ser incomodada por aquela conversa, pois sabia exatamente aonde ia dar. Os corpos com roupas verdes estavam se avolumando conforme nos aproximávamos da escola. Apertei o passo.

– Não mais do que o normal, estou bem. Eu só tive um dia ruim na sexta – respondi, lançando mão do meu eu taciturno e emburrado que parecia ter se tornado meu padrão.

CAPÍTULO 13

Eu estava convencida de que Callum não tinha contado a ninguém sobre o que havia acontecido na noite de sexta.

E me enganei.

Soube que estava errada no minuto em que entrei na escola.

Foi como uma cena de um daqueles filmes estadunidenses que se passam na escola, em que todo mundo está em grupinhos diante dos armários – os atletas com suas jaquetas esportivas e as garotas reluzentes e bonitas como a Lindsay Lohan das antigas – e, quando a personagem principal entra, todos ficam em silêncio e depois começam a sussurrar e apontar enquanto caminham pelo corredor brilhante. Daquele jeito, só que uma versão encardida da ilha, com carpete de escritório surrado e uniformes verde-garrafa.

Para começo de conversa, não foi um silêncio completo, tipo uma bola de feno passando no meio do deserto; foi mais uma mudança de ares. Algumas pessoas, principalmente de outros anos, estavam cuidando de sua vida, sem prestar a menor atenção em mim. Mas, quando cheguei ao corredor do décimo ano, aconteceu – uma pausa preenchida, os olhares, seguidos de um burburinho que chegou a mim como um enxame de vespas. Abaixei a cabeça e marchei o mais rápido possível para a sala onde responderia à chamada antes de seguir para a primeira aula, pensando que não podia ser sobre mim, sobre *aquilo*. Com certeza eram outras coisas dignas de fofoca que aconteceram no fim de semana, certo?

– *Vaca* – ouvi alguém sussurrar para mim enquanto eu seguia até a sala de aula.

Está bem, talvez não fosse outra coisa. Senti uma onda de calor me atravessar. Não era para aquilo acontecer. Por que Callum teria contado para todo mundo? De jeito nenhum iria querer que as pessoas soubessem que ele fora rejeitado. Não fazia sentido.

– *Ladra de namorado* – murmurou outra voz.

A não ser… a não ser que ele não tenha contado a história completa. *Claro.*

Ele não tinha contado a história completa.

Por que contaria? Ele podia inventar qualquer besteira e os outros acreditariam.

Eu me perguntei o que ele teria dito – que *eu* tinha dado em cima *dele*, provavelmente.

Como pude ser tão burra?

Será que Libby sabia? Provavelmente sim, parecia que todo mundo estava sabendo. Aquilo não era bom, nada bom, nada bom.

– Bom dia, pessoal – disse a srta. Simmons (mais cedo hoje, graças a Deus).

Sentei no meu lugar e tentei acalmar os nervos, grata pelas pequenas bênçãos, como o fato de que nem Callum nem Libby faziam aquela aula. Então lembrei, com um revirar do estômago, que eu tinha aula tanto de Matemática quanto de Educação Física mais tarde. De um lado e de outro chegavam a mim murmúrios e sussurros e risos abafados. Tentei ignorá-los como pude, mas as vozes vinham:

– *Libby está furiosa.*

– *Que punhalada nas costas.*

– *Até parece que Callum iria atrás dela.*

Eu queria gritar. Ou sair correndo porta afora. Ou chorar. Parte de mim desejava que eu ainda estivesse menstruada e tivesse meus poderes erráticos para calar a boca deles, enquanto a outra estava grata por não os ter, já que eu poderia fazer algo dramático por acidente, como selar a boca deles para sempre.

– Vamos nos acalmar, nos ajeitar, esse foi o segundo sinal! – gritou a srta. Simmons acima do barulho.

Durante a chamada, fiquei num estado de pânico cego, o coração martelando, o ouvido zumbindo, de modo que, quando as pessoas se levantaram e começaram a sair da sala e um novo conjunto de alunos entrou, eu mal notei.

– Rápido, entrem, sentem-se – disse a srta. Simmons. – Temos muita matéria para trabalhar hoje.

Era a aula de Estudos Midiáticos, geralmente minha disciplina favorita, mas naquele dia eu não via graça em nenhuma atividade. Eu teria preferido limpar privadas com as mãos sem luvas a estar em qualquer lugar próximo daquela escola. Perguntei a mim mesma se as coisas piorariam se eu fosse até o chão, ficasse em posição fetal e começasse a me balançar e chorar baixinho. Provavelmente.

– Como sabem – disse a srta. Simmons –, estamos chegando ao fim do nosso módulo sobre documentários, e só está faltando trabalhar na produção de um filme, que vai ser um projeto em grupo. Nas nossas aulas desta semana, vocês vão planejar suas obras-primas.

Ela fez um diagrama de planejamento no quadro. Antes eu estava muito animada para o projeto, para me envolver de verdade e fazer gravações, colocando em prática toda aquela teoria. Mas naquele momento a ideia de trabalhar em grupo me deu vontade de vomitar.

– Eu dividi vocês em grupos e, a não ser que haja alguma questão grave, como uma ameaça à saúde ou segurança de vocês, não vai ser permitido mexer nesses grupos. – Como esperado, os alunos resmungaram. – Não quero ouvir mais reclamações. Conviver com pessoas que não necessariamente são seus melhores amigos é uma habilidade vital de que vão precisar no futuro, prometo.

Eu me preparei.

– Grupo Um: Freddie, Sadie, Hayden, Tara e Oscar. Grupo Dois: Marcus, Harry, Tabitha, Tom e Jessie.

– Cuidado, pessoal, ela vai tentar dar o bote em vocês – disse alguém baixinho.

A srta. Simmons parou para olhar feio e então continuou, mas eu já estava longe. Eu fora colocada no mesmo grupo que Marcus, também conhecido como Capanga Desmiolado nº 1. Sem contar os dois outros camaradas do time de futebol (a matéria de Estudos Midiáticos era considerada fácil, por isso a grande quantidade de atletas). Aquilo não era bom. Nada naquele dia estava bom. Nada naquele ano estava bom, se eu fosse parar para pensar – e nós não estávamos nem na metade.

– Fiz o esforço de digitar um lembrete útil da apresentação aqui em cima: vocês farão um filme sobre um assunto que considerem relevante, como os jovens dos dias de hoje. Vocês precisarão desenvolver um argumento para se assegurar de que escolham algo apropriado. Vocês só poderão começar as filmagens quando eu aprovar o tópico.

– Por que os jovens precisam de mais pornô! – gritou Marcus, para a alegria de todos.

– Também precisa ser apropriado para maiores de oito anos. Obrigada pelo lembrete, Marcus. E, como eu disse antes, vocês precisam da minha autorização. Então não percam meu tempo com algum tópico ridículo. Agora podem começar.

Sentindo como se estivesse diante de um pelotão de fuzilamento, arrastei minha cadeira até onde o grupo estava se formando – ao redor de Marcus, obviamente. Até parece que ele se mexeria por causa de outra pessoa.

– Fique de olho no seu namorado, Tabitha – comentou Sadie ao passar por mim. – Ah, peraí. Você não tem namorado. – Marcus riu, seguido por Tom e Harry.

– Callum me falou que você foi uma menina muito malvada – disse Marcus. – E olha que eu estava achando que na sexta você só tinha ido embora pra casa como uma desmancha-prazeres normal.

Tabitha cruzou olhares comigo e me deu um sorriso sutil e empático.

– Foco no trabalho, por favor – disse a srta. Simmons, ao nos entregar as folhas.

– Desculpe, professora – respondeu Marcus. – Só estou botando o papo do fim de semana em dia.

– Não na minha aula, obrigada.

Ele a saudou, ao mesmo tempo que deu uma piscadinha para os garotos.

– Então, vamos lá, o que podemos fazer? Tirando minha ideia brilhante do pornô, que eu acho que não iria para a frente.

– Está tendo um grande debate sobre a construção de uma ponte entre a ilha e o continente – sugeriu Tabitha. – A proposta foi engatilhada depois que aquele parlamentar entrou com uma petição no Parlamento.

– Chato – comentou Tom.

– Obrigado. Próximo – disse Marcus, trocando um soquinho com Tom.

Tabitha revirou os olhos, frustrada, e abriu a boca para falar novamente.

– Já sei. – Marcus praticamente espalmou a mão no rosto de Tabitha para fazê-la parar de falar. – Todos gostamos de esportes. – *Ah, não.* – E o esporte é o futuro. – *Mais uma vez, não.* – Então, que tal fazermos algo sobre o sucesso dos times esportivos da escola?

– Não sei se esse tema é particularmente abrangente, se nos mostra usando nossa voz, como juventude de hoje, ou se chega mesmo a ser um tópico.

As palavras saíram da minha boca antes que eu tivesse a chance de impedi-las. Todos olharam para mim, Tabitha assentindo, os garotos me encarando. Marcus com um brilho no olhar.

– Essa coisa fala – disse ele.

– Não só beija as pessoas sem consentimento – falou Tom, piscando.

Tentei manter contato visual com Marcus, sem querer deixá-lo vencer, mas senti minhas bochechas queimarem e as lágrimas mordendo minha garganta mais uma vez.

– Que tal mudança climática? – sugeriu Tabitha, claramente tentando dissipar a tensão. – É basicamente o maior problema que nossa geração enfrenta. Nós poderíamos mostrar a perspectiva da ilha, que iniciativas estão acontecendo aqui para que a ilha seja um lugar o mais sustentável possível e o que mais podemos fazer.

Eu quis ser encorajadora e dizer que era uma ótima ideia (e era mesmo), mas minha voz tinha desaparecido em algum lugar do buraco profundo da minha alma.

– Está bem – disse Harry, como se Tabitha não tivesse falado nada. – Se precisarmos de algo mais amplo, pode ser sobre as iniciativas esportivas e como elas contribuem para a cena esportiva do país. E podemos colocar os times da escola de alguma forma, nos dar um pouco de glória.

– Gostei – comentou Marcus. – Vamos votar. Todos a favor, levantem a mão.

Claro, todos os três levantaram a mão, e, claro, Tabitha e eu não levantamos, já que a ideia dela era muito melhor. Eu sabia que deveria protestar, deveria travar um bom combate, mas não tinha energia, e, pela expressão desanimada no rosto de Tabitha, ela também não.

– Pelo menos temos uma à outra – disse ela com a voz baixa.

⚡

O dia piorou, como tende a acontecer com todos os dias na ilha, e na aula de Matemática não houve escapatória. O cara da bola estava lá, com um sorrisinho presunçoso e um brilho no olhar. Cara, como eu queria confrontá-lo, bem ali mesmo, na frente de todo mundo – minha cabeça latejava por causa de todas as coisas que eu teria adorado dizer a ele. Mas, claro, não falei nada. Que bem faria? Seria a palavra dele (estrela do futebol, o Sr. Popular) contra a minha (garota nova estranha e quieta com a família bizarra que não fala com ninguém). Nem fazia sentido tentar.

Eu me sentei rapidamente, conseguindo mostrar um sorriso amarelo em resposta a Tabitha. Na verdade ansiava por me desligar e entrar no mundo da Matemática, algo mais direto, fácil, lógico e desprovido de emoções. A droga foi que, quando o sr. Anstead começou a escrever no quadro, o babaca de cabelo penteado para trás sentado à minha frente passou para Freddie um bilhete de forma muito óbvia, especialmente apontado na minha direção.

JJ
-1
Definitivamente não. Fácil demais.

CAPÍTULO 14

Uma bolada na minha cara. Foi assim a primeira vez que vi Libby naquele dia.

Ignorei as mensagens de Summer me chamando para encontrar com ela na cantina e fiquei escondida na cabine do banheiro durante todo o intervalo do almoço, desenterrando os restos de um Twix e um pacote de uva-passa das profundezas da minha mochila. Eu sabia que Libby iria me procurar, sentia isso nos ossos, e também sabia que não estava no clima de participar de uma cena pública. Eu esperava que pudesse me trocar cedo para evitar qualquer percalço no vestiário e ficar em segurança na aula de Educação Física.

Tinha me esquecido de acrescentar à equação o Treinador e seu então aparente ódio por mim. Não havia espaço seguro. Ele nem piscou quando Libby jogou a bola bem na minha cara.

– Desculpe, escapuliu. – Libby me olhou feio enquanto eu levava a mão ao nariz, com dor.

O jogo acontecia na outra ponta da quadra. Eu observei enquanto ela correu para lá, as outras garotas rindo com ela, e a injustiça da situação tomou conta de mim. Corri atrás dela, subitamente determinada.

– Libby, podemos conversar, por favor? – perguntei, arfando por causa da corrida de trinta segundos, torcendo mais uma vez para que me colocassem num grupo menos avançado.

– Não tenho nada pra falar com você, sua vaca – murmurou ela.

– Acho que não te contaram a história toda – arrisquei.

Ela pegou a bola e girou para me encarar, os olhos tão brilhantes que eu quase esperei que um feixe de raio laser saísse deles e me fritasse. Se ela jogasse a bola na minha cara daquela distância, provavelmente quebraria meu nariz. Ela parou, enfim decidindo não me mutilar, e jogou a bola por cima da minha cabeça.

– Ah, já me contaram a história toda, sim. Ele foi atrás de você para devolver seu gorro e você o imprensou contra a porta da agência dos correios e tentou beijá-lo. Ele disse que teve que afastar você.

– Não foi nada disso que aconteceu.

– Então, primeiro você finge que é minha amiga, depois dá em cima do meu namorado e agora está dizendo que ele é mentiroso? Quanta classe!

– Eu não dei em cima dele. Absolutamente, de forma alguma eu dei em cima dele. Por que daria? – E lá estava eu novamente, falando antes de pensar. O olhar de Libby tinha se tornado radioativo.

– Ah, é? Você é boa demais pra ele, por acaso? Boa demais pra esta ilha com sua irmã blogueira e seu jeito de cidade grande? Você e sua família são todas párias, aberrações bizarras. Eu tenho certeza de que Callum não se rebaixaria ao seu nível. Quem quer sardinha quando pode ter caviar?

Isso é que era o Código das Garotas. Desejei que ela tivesse acreditado em mim – de mulher para mulher, de uma garota que mal dava conta de si mesma para outra garota aparentemente equilibrada –, confiado em mim, em vez de num garoto que ela devia ter percebido que era superficial. Mas ela havia sido clara como o dia: aquele era nosso fim, minha vida agora era um inferno ainda pior do que antes.

E com uma última olhada feia ela saiu correndo e se juntou novamente ao jogo, me deixando, literalmente, sozinha no frio.

CAPÍTULO 15

Entrar nas redes sociais quando se está para baixo nunca é uma boa ideia. Eu sabia disso, todo mundo sabia disso – faz parte do conteúdo de Introdução à Saúde Mental –, mas lá estava eu, no fundo do poço, rolando o feed das redes sociais. Já era quase hora de ir para a escola e eu ainda estava na cama, adiando o inevitável, as gaivotas grasnindo raivosamente para mim, Dave empurrando meu celular com a cabeça para pedir atenção. Eu sabia que tinha que encarar o mundo exterior, mas não conseguia fazer com que meu corpo reconhecesse esse fato.

Já fazia uma semana – uma semana inteira com a cabeça baixa, na tentativa de sobreviver sem grandes traumas e ignorar tudo que aparecesse no meu caminho. E olha quanta coisa aparecia no meu caminho, o tempo todo. Sussurros, chacotas, sorrisinhos maliciosos, observações, comentários, olhares fulminantes de Libby que ofuscavam o mais maldoso de todos os vilões maldosos da Disney.

A poeira iria baixar, disse a mim mesma – ou melhor, Summer me disse repetidas vezes. Eu revelei a ela e Tabitha o que realmente tinha acontecido, embora elas já imaginassem desde o minuto em que ouviram a fofoca. Summer usou todos os palavrões e sinônimos de sacana que pôde encontrar para falar de Callum, ao passo que Tabs usou Michelle Obama para me encorajar a fazer a coisa certa. E as duas repetiram, como mantras: "Isso também vai passar", "Ignore", "Eles logo vão encontrar um novo alvo". Fiquei com a impressão de que Tabitha afirmava isso por experiência própria. Elas provavelmente estavam certas; aquelas pessoas uma hora ou outra encontrariam um novo alvo. Mas, por ora, estavam curtindo bastante focar em mim.

Eu chafurdei na lama, me trancando quando estava em casa, respondendo às tentativas de Mamãe de puxar papo com apenas breves resmungos não comprometedores e basicamente me tornando reclusa social. O lado bom — eu tinha que continuar lembrando disso — era que pelo menos minha menstruação só viria dali a duas semanas, o que significava que ao menos eu não tinha que adicionar um furacão de bruxaria àquela tempestade de bosta.

Rolando o feed do Instagram, vi fotos de Shireen e Nadia numa festa em Manchester. Todo mundo parecia feliz, sorridente e íntimo. A visão fez meu estômago doer, embora eu soubesse que se estivesse lá provavelmente não teria ido. Shireen e Nadia eram minhas amigas, mas não tão próximas — nós íamos andando para a escola e às vezes almoçávamos juntas. Acho que Shireen foi ao meu apartamento uma vez para buscar um livro. Não éramos íntimas; mas elas também não me odiavam. Senti saudades.

Então fiz algo ainda mais estúpido e péssimo para minha saúde mental: fucei o Instagram da Libby. Havia uma foto dela com Callum. Ele estava tentando parecer descolado e despreocupado, virado para o lado, olhando para longe, o braço em volta de Libby como quem se recosta num poste; e ela, com mil filtros, estava depositando um beijo na bochecha dele, marcando território. A legenda dizia: "*Mais fortes que nunca. Nada (ninguém) vai nos separar*". Quase vomitei na minha boca.

Já que eu não podia fugir da ilha, precisava pelo menos fugir da minha mente. Eu não conseguia encarar Mamãe ou qualquer outra pessoa de casa, mas precisava de algo familiar.

Papai.

Cinco Coisas Sobre Papai:
1. Ele inventa nomes idiotas para as coisas — como "pratolimpe" em vez de lava-louças e "chauchicha" em vez de salsicha.

2. Ele é advogado, como Mamãe. Eles se conheceram na faculdade, trocando olhares durante algum quiz chato de Direito Societário.

3. Papai mandou para Mamãe uma pergunta de múltipla escolha todo dia até ela concordar em sair com ele, o que ele diz que achou ter sido romântico na época, mas hoje percebe que foi assédio e pede mil desculpas.

4. Eles se separaram porque… bem, não sei por que eles se separaram. Só sei que a coisa passou de risadas para gritaria e um cenário da Guerra Fria que o levou direto para a saída dele de casa.

5. Há quatro anos, ele se mudou para Dubai por causa do emprego da nova esposa. (Nunca fui lá.)

Fazia um tempo desde a última vez que nos falamos. E, com a diferença no fuso horário, o trabalho e mais as crianças, ele não estava muito disponível para ligações, e sim para mensagens desconfortáveis no WhatsApp, com algum meme besta (os de gato eram seus favoritos) ou frase motivacional. Dei uma rápida olhada no relógio e fiz uma chamada de vídeo. A primeira tentativa foi frustrada. Tentei de novo. Quatro toques e ele atendeu. Apareceu seu rosto pixelado, com uma piscina azul-clara ao fundo.

– Pai? Está me ouvindo?

– Oi, JJ. Tudo bem? – disse ele.

O peso da pergunta e o som da voz dele quase me fizeram chorar. Se estava tudo *bem*? Debati comigo mesma se deveria ser sincera e, em caso afirmativo, *quanto*.

– Bem, na verdade… – comecei, sem saber muito bem aonde estava indo com aquilo. – Eu…

– Papai! Sua vez, sua vez! – disse uma vozinha de fundo.

– Um instante, querida, estou só falando com a JJ! – gritou ele em resposta.

– JJ! – disse a voz. Darcey veio gingando com suas boias de braço, o maiô da *Frozen* esticado sobre a barriguinha de criança pequena.

– É a JJ? – perguntou outra voz, a de Dashel, de fora do alcance da câmera. – Quero dar oi!

Eles se agruparam diante da câmera e falaram animadamente comigo ao mesmo tempo, se pendurando no Papai com aquela intimidade de criança pequena que me deixou triste.

– Ei, JJ – disse a esposa dele, Pippa, dando um beijo no alto da cabeça do Papai. Ela estava bronzeada e tonificada e usava óculos escuros de grife.

– Desculpe – disse Papai –, estávamos no meio de uma brincadeira na piscina. Posso te ligar outra hora? Era algo importante?

Eu olhei para os quatro, a imagem da família perfeita extraída diretamente de um porta-retrato comprado em loja. Engoli meus sentimentos, pressionando a ponta da língua no céu da boca para me impedir de chorar.

– Não, não se preocupe – respondi, tentando soar leve e alegre. – Aproveitem a brincadeira.

– Te amo – disse Papai, sendo ecoado por todos os outros.

– Eu te amo mais – falei, repetindo nosso bordão de sempre.

Então joguei meu celular do outro lado do quarto, assustando a pobre Dave, e mergulhei num poço profundo de desamor por mim mesma. Ou por todo mundo.

⚡

Não pude ficar escondida por muito tempo. Mamãe praticamente me forçou a sair para ir à escola. Eu estava cansada. Não conseguia sentir meu rosto, CANSADA como quem está com *jet-lag*, os eventos da última semana pesando sobre cada átomo da minha mente e do meu corpo. Eu não vinha dormindo bem, só transpirava freneticamente noite adentro, fragmentos caóticos de sonhos giravam na minha cabeça. Parecia que meu cérebro tinha feito um passeio de montanha-russa e ainda estava balançando.

O único benefício de tudo aquilo é que eu não me importava nem um pouco com o que o dia de aula traria. Era como se meu chip de censura, o filtro minúsculo no cérebro que faz você se importar com o que as pessoas estão achando, não tivesse sido ligado.

O que não fazia tanta diferença, pois no minuto em que entrei algo aconteceu. No final do corredor, eu já podia ver algo diferente no meu armário, o que foi confirmado pela quantidade de pessoas que zanzavam em torno dele, rindo e tirando selfies. Conforme eu me aproximava, um "xiiii" começou a se espalhar e todos olharam para mim. Alguns tiveram a decência de ir embora, mas a maioria ficou lá para assistir ao espetáculo.

Era bem patético, para ser sincera. Um monte de post-its grudados no armário onde se lia -1 e uma página arrancada de uma agenda em que tinham escrito LADRA DE NAMORADO à caneta em letras gordinhas coloridas. Quando cheguei ainda mais perto, avistei outro recado, dessa vez mais longo, com letra cursiva perfeita e disposta em linhas impecáveis:

Jessie é uma vadia,
Que tem uma bundona,
Ela dá em cima de qualquer um,
Porque ela é uma putona

Foi essa que me deixou triste, e não porque eu estava preocupada com o tamanho do meu traseiro. Deve ter levado bastante tempo para fazer – a ideia, a rima, a caligrafia perfeita. Alguém tinha realmente investido naquilo.

– Ai, meu Deus, é *sério*? – Ouvi Summer dizer, abrindo caminho até mim, com Tabitha a reboque. – Caiam fora, todos vocês! – esbravejou ela, fazendo os passantes se dispersarem. – Shakespeare deve estar se revirando no túmulo, não acham? Não que aquela galera entenda alguma coisa de Shakespeare.

Senti uma onda de alívio ao vê-las lá.

– Oi – falei, começando a descolar os papéis do armário.

– Espere! – Summer me impediu. – Evidência fotográfica. – Ela pegou o celular e tirou fotos do armário, incluindo closes de cada post-it. – Não dá para as pessoas se safarem – declarou ela. – Isso tem que acabar.

– Você tá bem? – perguntou Tabitha, retirando os papéis junto comigo, parecendo tão cabisbaixa quanto eu me sentia.

– Não muito – respondi.

– Tentei falar com você ontem, mas você desapareceu. Não recebeu minhas mensagens? – indagou Summer.

– Almocei na cabine – comentei.

– Eu procurei lá! Foi o primeiro lugar onde procurei.

– Fui para o bloco do sétimo ano, uma opção mais segura.

Tabitha assentiu, como se soubesse muito bem como era. Summer me olhou com uma mistura de desapontamento e pena. Tive que desviar o olhar. Não suportava me ver daquele jeito nos olhos dela.

– Qual é o problema de vocês, garotas, se escondendo assim? – disse ela, num tom parental. Tabitha e eu ficamos vermelhas e olhamos para o chão, como crianças culpadas sendo repreendidas. – Cara, me procure quando você se sentir assim. Não deixe que eles atinjam você a ponto de ter que ir para o bloco do sétimo ano. Aqueles animais nem dão descarga boa parte das vezes.

Nós rimos. Então o sinal tocou e meu coração ficou pesado. Queria ficar com elas. Eu me sentia mais forte perto delas, como se tivesse uma vaga chance de sobreviver ao dia.

– Pelo menos hoje é dia de Aula Para Além dos Muros – comentou Summer. – Então pelo menos você não vai precisar lidar com o Sacana do Século na aula de Matemática. Vamos tentar guardar um lugar pra você no auditório.

⚡

Quando Dante escreveu sobre os Nove Círculos do Inferno, ele deixou de fora os dias de Aula Para Além dos Muros, quando as atividades da escola são transferidas para fora da sala de aula.

Toda a escola se junta, numa concentração infernal, para os dias de Educação Social. O único aspecto vagamente reconfortante daquele evento era que pelo menos os garotos não estavam presentes; eles certamente aumentariam em cinquenta por cento seu jogo idiota nos momentos de Aula Para Além dos Muros.

Depois da conversa sobre menstruação na escola, quando eu estava no sexto ano, os garotos conseguiram pegar alguns dos absorventes que as garotas receberam e os pintaram de vermelho com caneta hidrográfica, então os colocaram em posições estratégicas por toda a escola, inclusive na cadeira da sra. Wilson, na bolsa de Lucy Morton e até mesmo na frente do púlpito do auditório. O absorvente ficou preso lá durante uma reunião na presença da escola inteira.

Agora, as garotas da nossa turma se deslocavam para o auditório. A srta. Simmons nos conduziu aos nossos assentos fileira por fileira, sem espaço para movimentação. Procurei por Summer. Se eu ficasse atenta, no momento certo, no milissegundo em que a srta. Simmons não estivesse observando, talvez eu pudesse começar a correr. Mas Summer ainda não tinha chegado, e a srta. Simmons é uma daquelas professoras que não desgrudam os olhos dos alunos nem por um milissegundo. Eu me desloquei para o fim da fila, só para garantir. Eu estava enfiada entre Lily Ross e Caitlyn Havers. Nem sinal de Summer, mas podia ser pior.

E só porque pensei nisso, piorou.

A turma de Libby foi a próxima a entrar e, como eu obviamente tinha enfurecido os deuses, ela acabou sentando bem atrás de mim. Eu podia sentir todos ao meu redor se deleitando com o arranjo, o drama em potencial. Cabeças se viraram, sussurros se espalharam. Eu me fingi de morta, como os ratos que Dave traz para dentro de casa – não me virei, não mexi um músculo, mal respirei.

– Vadia – tossiu Sadie, um tanto sem jeito. Chamar de vadia enquanto tosse é uma arte, e você bem que pensaria que ela tinha bastante prática nisso, considerando o terrorismo generalizado que fazia.

Ouvi risadinhas. Tentei me concentrar na respiração e me retirar mentalmente da situação, mas era difícil. Impossível, até. Eu era uma gazela ferida, e os leões estavam fechando o cerco. A meditação não ia me salvar agora.

– Boa tarde, garotas! – gritou finalmente a sra. Metcalfe, alto demais, no microfone. – Obrigada pela presteza. A aula de hoje é sobre… Vamos conversar sobre… – Ela se dispersou, mexeu no botão de cima de sua blusa fechada até o último botão e ficou vermelha. – Bem, vou deixar vocês com nossas palestrantes convidadas de Informação sobre Saúde.

Ela saiu do palco como um foguete – um foguete afetado e afobado. As luzes diminuíram levemente, e nós ficamos esperando, nos perguntando quais ensinamentos e alegrias estavam por vir.

Alguém subiu ao palco. Uma mulher de uniforme escolar masculino, mochila pendurada num dos ombros, usando um boné de beisebol e fingindo mascar chiclete e olhar para o celular enquanto caminhava. Do outro lado do palco, uma segunda pessoa apareceu – dessa vez uma mulher de uniforme escolar feminino, também olhando para o celular enquanto andava. As duas pararam em lados diferentes do palco e se viraram para a frente, ainda de olho nos celulares. O "garoto" fingiu digitar uma mensagem que apareceu projetada na grande tela atrás delas.

> **Oi, linda. Adorei o encontro. Saudade de você.**

A garota, ao supostamente receber a mensagem, sorriu e levou o telefone ao peito, então respondeu:

> **Também tô com saudade.**

De repente, um efeito sonoro explodiu dos alto-falantes, um monte de garotos barulhentos, todos com vozes abafadas:

– Está mandando mensagem para a crush?

– Já fizeram?

– Até onde já foram?

– Ela é frígida?

– Peça pra ela mandar nude.

– Isso aí!

O "garoto" fez uma expressão "desconfortável, mas tentando parecer descolado". Mais zombaria. Então os dois fingiram digitar mensagens dramaticamente.

> **O que está fazendo?**

> **Acabei de chegar em casa.**

> **Pensando em você.**

> **Eu também.**

> **Você estava tão linda hoje.**

> ♥ 😄

> **Seu corpo é tão bonito.**

> **Você acha mesmo?**

> **Com certeza! Eu adoraria ver mais um pouquinho dele...** 😉

> **Talvez só um nudezinho.**

> **Mas não se preocupe, não é porque minhas ex-namoradas me mandavam nudes que você tem que mandar também.**

> **Talvez só um?**

Pausa dramática.

– Jessie ficaria muito à vontade com isso – comentou Sadie, sem nem mesmo tentar manter a voz baixa, causando uma explosão de risadinhas.

Felizmente as luzes estavam desligadas, por isso ninguém me viu ficar vermelha. A "garota" no palco olhou para a plateia, assustada, com uma expressão de quem não sabe o que fazer, o dedo no queixo como se estivesse refletindo seriamente. Ouvimos um efeito sonoro repentino – um relâmpago? E então uma voz muito alta gritou "PARE". E então... Ah, não, meu Deus, não... Começou a tocar uma música e a dupla no palco tirou o uniforme, revelando camisetas com uma câmera com um sinal de "proibido" por cima. E então (horror atrás horror) elas começaram a cantar.

Ele parece muito interessado nos seus seios,
Você não precisa mostrar seus seios,
Você acha que ele está sendo legal,
Mas não está, ele é apenas grosseiro.

Elas cantaram no ritmo da música "Big For Your Boots", de Stormzy.

O silêncio invadiu o auditório enquanto todo mundo tentava entender se o que achávamos que estava acontecendo estava de fato acontecendo, então uma onda de gargalhadas começou, e a mulher quicou de um lado a outro do palco, com empolgação, e nós percebemos que sim, aquilo estava acontecendo. Senti uma pontada de dó delas, mas, fala sério, elas eram mulheres adultas, deviam saber que aquilo era ridículo.

Vi a sra. Metcalfe na lateral do palco, parecendo tão confusa quanto perplexa, e a srta. Simmons ao lado, com a cabeça entre as mãos. O auditório inteiro estava alvoroçado, mas as atrizes nem pareciam notar. Talvez estivessem acostumadas. Nós ríamos tanto que estávamos sem fôlego. Ainda assim, elas continuaram até os últimos versos, que tinham sérios problemas poéticos.

Não deixe ele chegar perto dos seus seios,
Seu corpo é seu, e seus seios,
Sua vagina, e tudo no meio do caminho,
Pode acabar no YouTube.

CAPÍTULO 16

– Que mico! – exclamou Summer, abrindo caminho pela multidão para me encontrar. O mar verde nos embalava, como tartarugas numa corrente marítima. – Minhas bochechas estavam doendo de tanto rir. Se Stormzy estivesse morto, ele com certeza estaria se revirando no túmulo.

Foi tão bom ver o rosto sorridente e genuíno dela de novo – um porto seguro numa tempestade de bosta –, mas eu não queria parecer carente demais, grudar nela como uma craca da qual ela não conseguisse se livrar, por mais desesperada que eu estivesse. Mas foi boa a sensação de poder rir pela primeira vez depois do que pareceu uma eternidade.

– Mas lembre-se, Summer, você nunca precisa mostrar seus seios pra ele.

– Desculpe por não ter conseguido guardar lugar pra você. Foi uma sacanagem Libby sentar justamente atrás de você. Ela ficou pegando no seu pé?

– Na verdade, Sadie é que foi uma babaca, mas, enfim, vou sobreviver – respondi, encontrando não sei onde algum senso de humor para tirar sarro.

– Ela é uma cobrinha. Quer dizer, uma ovelha desmiolada, mas também uma cobra. – Alguma coisa capturou a atenção de Summer e ela parou, dando uma conferida em mim, então estendeu a mão e tocou meu cabelo. – Que p…! Venha comigo. – Ela pegou minha mão e me puxou para fora do fluxo de alunos, me levando até um banheiro na quadra.

– O que é? – perguntei, confusa.

– Aquelas garotas idiotas. Sinceramente, elas não reconheceriam o Código das Garotas nem se estivesse escrito num absorvente usado na cara delas.

– O que é, Summer? – indaguei, dessa vez com mais vigor.

Ela respirou fundo.

– Alguma cretina grudou chiclete no seu cabelo.

Eu arfei com a boca aberta, minha mão instintivamente indo para trás, a fim de sentir o estrago. Meus dedos tocaram a pelota grudenta e ainda morna enterrada entre as mechas. As lágrimas fizeram meus olhos arderem.

– Está tudo bem, podemos consertar – disse Summer, de um jeito não tão convincente. – Aqui. – Ela balançou o cabelo e me entregou seu prendedor de cabelo. – Amarre o resto das mechas no alto. Nós vamos passar água quente na parte que está com chiclete.

Ela levou minha cabeça com delicadeza até a pia. A torneira era do tipo que você precisa apertar a cada dez segundos para obter um jato de água quente, então ela teve que fazer um malabarismo para apertar a torneira e passar a água no meu cabelo. Fechei os olhos, sem querer examinar de perto a sujeira na pia.

– Sério, parece que elas têm cinco anos. Elas têm cabelo. Até parece que elas não sabem como dói tirar esse tipo de porcaria do cabelo.

Eu não mencionei que foi exatamente por isso que elas tinham feito aquilo.

– É um golpe baixo – disse ela, esfregando meu cabelo freneticamente.

A água estava ficando quente demais para suportar. Eu sabia que era uma causa perdida e também sabia que Summer nunca desistiria. Já fazia pelo menos cinco minutos que o sinal havia tocado. Eu disse a ela que precisava fazer um intervalo e ergui a cabeça alguns centímetros, torcendo o amontoado de cabelo molhado.

– Sem boas notícias? – perguntei, tentando manter a voz baixa.

– Acho que se eu continuar tentando…

Meus dedos tatearam o cabelo de novo, com relutância. O chiclete parecia tão grudado quanto antes, só que mais sólido.

– Você precisa ir pra aula – falei. – Posso resolver isso.

– Como? Isso definitivamente é um trabalho para duas mulheres.

— Acho que minha mãe tem um negócio de spray mágico em casa — comentei, embora fosse uma mentira completa e também uma ironia, considerando a questão "mágica". Eu sabia que teria que cortar o cabelo e fiquei enjoada só de pensar.

— Sério, pode ir. Eu te encontro no almoço — insisti, outra mentira.

— Certeza? — indagou ela, chateada.

— Absoluta, estou bem. Se eu amarrar o cabelo, nem dá pra ver, ninguém vai reparar.

— Está bem. Mas não hesite em ir atrás de mim. Invente alguma desculpa aleatória se precisar que eu saia da aula. Seu cachorro morreu ou algo assim, tanto faz, eu não me importo. — Ela pegou a mochila e me deu um abraço rápido e apertado. — Você realmente deveria denunciá-las por isso, sabia? Se deixar que se safem com esse tipo de coisa, elas não vão parar.

— É, talvez eu faça isso — respondi, as mentiras se avolumando como amuletos pendurados num colar pesado em volta do meu pescoço.

CAPÍTULO 17

Não havia a mais remota possibilidade neste mundo, por tudo que existe de errado na vida, de eu voltar para o auditório, ou para a aula, ou para qualquer coisa que envolvesse ser vista por outras pessoas. Aquelas garotas malvadas e nojentas estariam esperando que eu reaparecesse com um chiclete coberto pelo cuspe de outra pessoa grudado permanentemente no cabelo. Ansiosas para ver meu rosto perturbado e com os olhos vermelhos, meu cabelo desgrenhado depois de tantas tentativas de remover o chiclete, meu ego destruído. Eu não daria a elas essa satisfação.

Saí de fininho pelo portão do estacionamento dos funcionários. Na minha primeira semana de aula, eu já tinha percebido que aquela era uma boa rota de fuga; um dos professores sempre esquecia o cartão de entrada, então volta e meia o portão ficava destrancado. Fui para casa. Eu sabia que Mamãe não estava e esperava que Nonna estivesse em seu ateliê de cerâmica trabalhando em alguma de suas curas ou com alguma cliente. Ela tinha um misterioso sexto sentido, mas, por outro lado, não tinha bons ouvidos, então se eu não fizesse barulho talvez até escapasse do interrogatório. Além do mais, eu poderia lidar com um interrogatório se isso significasse não ter que voltar para a escola e encarar minha execução. Eu poderia sobreviver à tempestade sem grandes traumas, mas para isso a tempestade tinha que passar – minha tempestade ainda parecia estar ganhando força, como um furacão, e não havia outra solução a não ser sair de sua rota. Se eu não estivesse no caminho, elas não poderiam fazer nada comigo.

Espreitei pela porta da frente e, como não ouvi nenhuma voz, tratei de subir as escadas. O patamar gigante da escada estava uma zona. Faixas de papel de parede texturizado haviam sido arrancadas, revelando por baixo outro papel de parede texturizado, de estampa floral, e pequenos testes de cores completamente diferentes espalhados por todo canto. Todas me pareciam ruins – eu não conseguia imaginar aquela casa parecendo nada além de feia.

Passei pela porta de Bella, que estava ligeiramente aberta, e pelo vão olhei de relance o quarto perfeitamente organizado e razoavelmente bem iluminado. A cama arrumada, o chão limpo, a penteadeira disposta com fileiras perfeitas de escovas de cabelo e produtos de maquiagem organizados e etiquetados. Era estranho o quanto éramos diferentes – tipo, tão opostas quanto a noite e o dia. Será que a gente ainda tinha alguma coisa em comum, tirando nossos pais?

Enfim cheguei ao doce recanto da minha cama. Dave já estava enrolada no meu edredom, uma bola fofa e quente de relaxamento. Eu me aninhei ao lado dela, enterrando a cabeça em seu pelo, me deixando dissolver em lágrimas. Ela soltou um miado preguiçoso e pela metade, esticou as patas num gesto de satisfação e nem deu a mínima para o meu drama.

Arrisquei colocar a mão na parte de trás da minha cabeça, os dedos esfregando o caroço sólido de cabelo no qual o chiclete estava enterrado. Mais do que tudo, eu queria ignorá-lo. Ficar ali com Dave e esquecer tudo. Mas eu sabia que tinha que lidar com isso mais cedo ou mais tarde.

Acontece que é impossível tirar chiclete do cabelo. Já tinha se passado uma hora e eu ainda estava trancada no banheiro. Havia tentado de tudo: lavar, passar metade do frasco de condicionador no local, pentear com cuidado. Nada funcionou e agora eu estava com o cabelo ensebado, a cabeça dolorida e uma severa dor no braço (alcançar a parte de trás da cabeça por tanto tempo é quase uma aula de ginástica). Não ajudou o fato de que eu não conseguia *ver* onde o chiclete estava, não importava como me reclinasse para olhar através dos variados espelhos que eu tinha roubado do quarto de Bella. Eu estava ficando cada vez mais cansada, a ponto de quase me convencer a cortar curtinho, quando alguém bateu na porta.

– Jessie? Está aí? – perguntou Bella.

Droga. Esqueci que ela tinha alguns horários livres. Considerei ignorar, mas imaginei que era óbvio que alguém estava no banheiro, e, uma vez que Mamãe e Nonna tinham um banheiro próprio, se eu não respondesse, ela poderia achar que eu era algum ladrão de produtos de higiene.

– Vou sair num minuto – disse eu.

– O que você está fazendo em casa?

– Estou doente – respondi, acrescentando uma pequena rouquidão à voz para dar um efeito.

Não houve resposta.

– Vá embora, estou ocupada – afirmei.

– Você pegou os espelhos do meu quarto? – perguntou ela, parecendo irritada.

– Eu só... peguei emprestado.

– Bem, eu preciso deles, vou gravar um vídeo.

Agora? Ela *tinha* que gravar um vídeo naquele instante?

– Pode esperar? Vou sair num minuto.

– Na verdade, não. O que você está fazendo com eles, afinal?

– Não é da sua conta – retruquei, me sentindo acuada e estúpida. – Eu vou... entregar pra você.

Experimentei abrir um pouco a porta, uma pequena fresta pela qual pudesse passar minha mão e um espelho, mantendo minha cabeça escondida.

– O que está acontecendo? – perguntou ela em tom suspeito.

– Nada. Pegue seu espelho.

– E o outro? – indagou ela.

Num movimento inseguro, dei um breve passo para o lado, a fim de pegar o outro espelho na prateleira, e ela aproveitou a oportunidade para entrar. Seu olhar escrutinou os detritos do banheiro – um exame completo, inquisitivo, de detetive. Ela se virou para mim, estreitando os olhos.

– Qual é o problema com o seu cabelo? Você está passando uma máscara?

Instantaneamente levei as mãos à parte de trás da cabeça.

– Nada.

– Espera… isso é chiclete? – perguntou ela, se aproximando.

– Não, não é nada, é… – desconversei. Não havia nenhuma explicação razoável para a bagunça nojenta no meu cabelo.

– O que houve? – inquiriu ela, num tom que passou de irritante para irritantemente empático.

– Apoiei a cabeça numa… parede. Onde tinha um chiclete grudado.

Ela me olhou sem acreditar.

– Quer ajuda pra tirar?

Meu instinto era conduzi-la com seu olhar piedoso e condescendente e sua vida perfeita sem problemas para fora do banheiro e bater a porta. Mas outra parte de mim estava gritando: *sim, eu queria TANTO uma ajuda!* Queria alguém que me acolhesse e resolvesse tudo pra mim, me envolvesse num abraço apertado, me dissesse que tudo ia ficar BEM, me consertasse – e tirasse aquela droga de chiclete do meu cabelo.

– Venha – disse ela, como se ouvindo meu grito interno. – Sente-se na beirada da banheira.

Eu fiz o que ela mandou, feliz em delegar a responsabilidade. Senti seus dedos mexerem com delicadeza no caroço e ao redor dele.

– Nossa, está uma zona – disse ela.

– Eu sei – retruquei.

– Poderíamos pedir ajuda para Nonna. Tenho certeza de que ela poderia fazer um feitiço pra resolver isso em trinta segundos.

– Não!

Ela deu um passo para trás, tentando me entender.

– Não sei por que você está levando todo esse lance de um jeito tão estranho. Você vai ter que conversar com elas em algum momento, e não vai demorar. Tem o reloginho da menstruação e tal.

Eu bufei. Ainda faltavam quinze dias para a minha próxima menstruação. Bastante tempo.

– Eu disse não. Não estou pronta para… conversar sobre isso. E se você não for me ajudar com o chiclete, então vou ter que resolver sozinha.

– Ah, é, e isso está dando muito certo – disse ela sorrindo. – Vou ajudar. Só fique aqui, volto num minuto.

– Mas sem a Nonna – pedi, entrando em pânico.

– Sem a Nonna.

Ela voltou alguns minutos depois, balançando orgulhosamente um pote de pasta de amendoim.

– Tcharam! – exclamou ela. – Arma secreta.

– Hã, o quê? Até parece que você vai passar pasta de amendoim no meu cabelo!

– Confie em mim – pediu ela, remexendo no armário do banheiro, a voz abafada. – Segundo o YouTube, é assim que se faz. – Ela ressurgiu com uma escova de dente novinha em folha.

– Como se o YouTube fosse a fonte de todo o conhecimento do mundo.

– Bem, até parece que temos outras opções, considerando sua recusa em optar pelo caminho mais fácil. Então morda a língua e me deixe botar a mão na massa.

Não tinha muita coisa que eu pudesse dizer, então fechei a boca e virei a parte de trás da cabeça para ela. Logo o cheiro de pasta de amendoim veio até mim.

– Vai me dizer o que *realmente* aconteceu? – perguntou Bella, enquanto gentilmente passava a pasta de amendoim no emaranhado do meu cabelo.

Refleti. Poderia ser bom tirar isso do peito. Mas ela só teria uma reação exagerada. Além do mais, eu não queria pensar muito naquilo, quanto mais dizer em voz alta. Queria fingir que nunca tinha acontecido.

– Prefiro não contar, se não se importar – respondi.

– Sei que estão pegando um pouco no seu pé na escola – disse Bella em voz baixa. – E conheço você bem o suficiente pra saber que o que eu ouvi não é verdade.

– Não é – retruquei. A ideia de que a fofoca sobre mim chegou até os últimos anos da escola me deixou enjoada.

– Isso é uma droga – continuou ela. – Desculpe por não estar perto para…

– Para o quê? Usar seu conhecimento sobre maquiagem pra enfrentar quem está fazendo bullying comigo? – retruquei, como um animal ferido atacando. Ela não disse nada, e eu senti uma pontada de culpa. – Você não pode fazer nada se os últimos anos ficam em outro bloco. Mas, enfim, não é culpa sua a gente ter mudado para este buraco. Não é *você* quem tem que se desculpar. É a Mamãe.

Bella começou a encher a pia com água quente, então veio e sentou no vaso, de frente para mim.

– Precisamos deixar assim por alguns minutos – disse ela. – Você devia mesmo conversar com a Mamãe, sabia?

– Ainda estou muito brava com ela.

Silêncio.

– Eu só não entendo – prossegui. – Por que ela nos arrastou pra cá, ainda mais sabendo o que aconteceria? Estávamos perfeitamente bem antes.

– É por isso que você precisa conversar com ela – disse Bella, ainda com aquela voz irritantemente gentil. – Você precisa fazer essa pergunta pra ela. Ela não achava que estivéssemos perfeitamente *bem*, nenhuma de nós. E, se quer saber, eu meio que concordo.

– Claro que concorda – resmunguei.

– Não seja imatura – disse ela.

ARGH. Tem alguma coisa pior e que dê mais vontade de se comportar mal do que alguém *dizer* que você está se comportando mal? Não seja rabugenta, não seja emburrada, não seja imatura. Olhei para Bella sentada ali, toda falsamente madura e sábia. Eu sentia falta da Bella antiga.

– Certo, vamos dar uma olhada nesse cabelo agora – anunciou ela, segurando a escova de dente e se aproximando de mim.

– Todo esse negócio de bruxa é muito doido – murmurei, enquanto ela passava a escova de dente pelo meu cabelo.

– Eu entendo – disse ela. – Entendo mesmo. E vou repetir, fale com a Mamãe. Ouça os motivos dela, fale como você está se sentindo. – Ela parou, molhando a escova de dente. – Sabia que somos de uma linhagem antiga de bruxas da ilha? É irado. As mulheres da família Downer são bem fodonas.

– Ótimo. Então você andou batendo um papo ótimo e aconchegante sobre bruxaria com a Mamãe e eu fiquei de fora, pra variar.

– Jessie Jones! Não ouse! – exclamou ela, espirrando água com pasta de amendoim em mim. – Isso foi uma escolha inteiramente sua. Nem vem com esse papo de ter sido tratada injustamente.

Bella tinha razão. Não que eu tivesse qualquer intenção de revelar isso para ela.

– Certo, acho que você está pronta. – Ela se afastou e contemplou sua obra. – Você vai precisar lavar bem e talvez fique sentindo um pouco o cheiro de pasta de amendoim por um dia ou dois, mas o chiclete já era.

Coloquei os dedos no cabelo, sentindo os fios macios – se não oleosos –, em vez de um emaranhado duro e raivoso. Senti uma onda de gratidão e amor de irmã e me virei para dar um abraço nela.

– Você sabe que pode contar comigo pra qualquer coisa, não sabe? – disse Bella, toda séria e sentida. – Eu sei que não somos mais… melhores amigas… mas estou sempre aqui pra você. Só pra você saber.

– Foi só um abraço, não exagere – retruquei, sorrindo. – Mas pode me fazer um favor?

– Diga – respondeu ela, de um jeito suspeito.

– Pode falar pra elas que não estou bem e não quero jantar?

Ela abriu a boca para dizer alguma coisa, mas eu falei primeiro:

– Vou falar com a Mamãe, prometo. Só não posso olhar pra cara delas hoje. – Abri meu melhor sorriso, o mais significativo e sincero, que pareceu dar conta do recado.

– Está bem – disse Bella. – Mas prometa que vai falar com ela.

– Prometo – confirmei, satisfeita comigo mesma. – E mais uma coisa: pode me trazer uns salgadinhos?

– Jessie!

CAPÍTULO 18

Eu tinha planejado ir à escola na manhã seguinte. Mas, quando a manhã chegou, eu não consegui me convencer a me mexer. A ideia de vestir aquele uniforme horrível, de entrar pelos portões e abrir caminho até o armário, sem saber qual novo cenário infernal me aguardava... eu não consegui. Este era o meu jeito de sobreviver à tempestade sem grandes traumas: saindo do caminho dela. E eu planejava fazer isso por um tempo.

– Querida, sou eu – disse Mamãe, batendo na porta. – Posso entrar?

Eu tinha mandado mensagem para ela dizendo que estava doente, precisamente porque não queria vê-la. Mas, pelo visto, não tinha funcionado.

– Eu gostaria que você não entrasse – respondi.

Ela abriu a porta mesmo assim. Eu me afundei ainda mais debaixo do edredom.

– Eu falei que gostaria que você não entrasse.

– Sim, eu ouvi, mas, sabe, sou sua mãe e preciso pelo menos ver com meus próprios olhos se você ainda está viva.

– Eu estou falando, não estou?

Ela pôs a mão na minha testa, apesar de eu ter virado a cabeça.

– Você não está com febre, o que é um bom sinal. Você está precisando de alguma coisa? Água gelada? Torrada? Onde está doendo?

– Tudo – respondi, e não era mentira. – Tudo dói.

Pude senti-la me olhando mais de perto, sem dúvida querendo dizer algo atencioso, mas por fim decidindo ser pragmática.

– Nonna e eu vamos sair, ela tem uma consulta médica e depois vamos encontrar um pedreiro.

– Vão lançar uns feitiços, isso sim – resmunguei.

Sabe quando você fala uma coisa estúpida sem ser necessariamente sua intenção e isso faz você se sentir como se tivesse cinco anos de idade? Pois é.

– O que você disse, querida? Não consigo ouvir você direito por causa do edredom.

Não repeti. Por fim, ela continuou:

– Liguei para a escola avisando que você não vai. Sei que teve que lidar com muita coisa, por isso vou deixar você passar o dia na cama hoje. Mas tenho *certeza* de que vai estar bem amanhã.

Silêncio. Mas eu sabia que ela ainda estava pairando ao meu redor.

– Estou sempre aqui, se precisar. Para buscar um remédio para resfriado ou uma torrada. Ou para conversar.

Continuei sem responder.

– Faça algum gesto de confirmação, por favor. Um chute, um grunhido, qualquer coisa.

– Está bem – respondi, alto o bastante para o som atravessar o edredom.

– Ótimo. Tchau, te amo. E, por favor, abra a janela.

⚡

Um dia sem ir à escola se transformou em dois, como eu sabia que aconteceria, depois em três, até eu conseguir matar a semana inteira. Uma das qualidades da Mamãe é sua maternagem suave e consistente, além da Culpa Materna, que ela tem em quantidade suficiente para encher barris.

Fiquei um bom tempo afogada naquilo, sentindo pena de mim mesma, odiando o mundo, vendo todo tipo de reality show, o que, para ser sincera, foi incrível. Me fechar para o mundo e me concentrar no drama de outras pessoas era exatamente o que eu precisava. Eu me senti um pouquinho mal por ignorar as mensagens e as ligações preocupadas de Summer e

Tabs dizendo que eu estava gripada, mas no geral eu estava feliz na minha solitária bolha de negação.

Ou achei que estivesse, até que uma vozinha começou a sussurrar:

Uma longa linhagem de bruxas da ilha?

As mulheres da família Downer são bem fodonas?

Tentei calar a voz – não queria ter nada a ver com aquela insanidade. Eu poderia tomar pílula anticoncepcional de maneira contínua e usá-la para pular minhas menstruações se isso significasse não precisar aceitar o fato de que tinha algo bizarro a meu respeito. Mas, por mais que eu tentasse ignorar, a droga da voz não se calava. Eu não conseguiria perguntar a Mamãe ou Nonna sobre o assunto. Isso seria ceder. Eu não queria admitir minha curiosidade e ter que me envolver com elas quanto à bomba que tinham jogado.

Mas… eu poderia ir atrás dessa história por conta própria. Talvez até me aventurar fora da minha prisão autoimposta e ir pesquisar na biblioteca. Já vi programas de TV em que as pessoas vão à biblioteca e olham matérias de jornais antigos naquelas máquinas especiais. Eu poderia fazer isso. Só que… eu não tinha o cartão da biblioteca nem fazia ideia de onde ela ficava. Meu notebook me olhava fixamente na mesa de cabeceira, ofendido por eu ter considerado outra opção.

Assim que abrisse aquele vespeiro mágico, não conseguiria mais fechá-lo. Mas a curiosidade, a vozinha incômoda, era muito insistente. Além disso, pesquisar minha história não significava me inscrever na escola de bruxaria.

– Vamos lá, então – falei para Dave, pegando meu notebook e me sentando apoiada em alguns travesseiros. Ela levantou um pouco a cabeça e me deu uma olhada desinteressada.

Entrei no Google e digitei *"Bruxas Downer Ilha de Wight"*.

Apareceram 49.600 ocorrências. Certo, então a coisa era definitivamente relevante.

Um nome estava na primeira das ocorrências: Molly Downer. Cliquei no link que levava à Wikipédia.

Molly Downer – supostamente a última bruxa da Ilha de Wight.

Ah! Já começou errado. Continuei a ler.

Filha ilegítima de um vigário local.

Meu Deus, que marco decepcionante.

Downer seduzia clientes do sexo masculino para conseguir bebida alcóolica de graça.

Que preconceito, hein?

Ela não se casou e se tornou reclusa. Habitantes locais a considera-vam uma bruxa, e uma mulher chamada Harriet começou a provocá--la e assediá-la, o que levou Molly a impor sobre ela uma maldição: "Caso ela seja abençoada com boa fortuna, a morte deverá alcançá-la antes da posse", o que aconteceu em 1847.

Nossa! A linguagem era um pouco confusa, mas acho que entendi. Uma mulher, esnobada por seu pai, um vigário que não conseguia manter o pinto dentro da calça, vive sozinha e não se interessa por nenhuma das opções de maridos provavelmente abaixo do padrão que a vila tem a oferecer. Os homens e seus egos ficam de saco cheio da rejeição, outra mulher fica com ciúme porque Molly está recebendo toda a atenção (embora Molly não quei-ra), então começa a ser maldosa com ela e fazer as pessoas se virarem contra ela. Inventa alguma bobagem sobre o fato de Molly ter jogado uma maldição nela e, infelizmente para Molly, a mulher morre justo quando ia receber al-gum dinheiro, o que faz parecer que a maldição era verdadeira. E assim uma mulher é relegada ao ostracismo e perseguida por essencialmente escolher viver sozinha e não se casar. Uma história do arco da velha − basicamente um incidente prematuro com um celibatário involuntário, antes mesmo que começássemos a chamar de incel esses homens que não conseguem transar.

Muitos habitantes locais atestaram os poderes curativos de Molly como "encantadora" de pequenas enfermidades. Por fim, ela foi encontrada morta por uma mulher que lhe emprestava livros e foi enterrada sem quaisquer ritos no cemitério Brading.

Então Molly Downer era curandeira, como Nonna. Eu sei que nem todo mundo acredita no que Nonna faz com suas ervas e remédios naturais, mas, no pior dos casos, as pessoas acham que ela é uma velha meio louca. Só que lá naquela época era outra história. Molly era completamente sozinha, atormentada por ser diferente, por não ser "normal".

Fechei o notebook e o afastei de mim, me entocando novamente na segurança do edredom. Parecia informação demais para digerir. Era um fardo – o legado, o poder, a ancestralidade. Não era algo que eu tinha pedido, e eu só queria ignorar isso.

Mas tinha uma parte de mim, aquela voz sussurrante, que sentia como se eu estivesse traindo Molly por virar as costas para a minha bruxaria. Mamãe sempre explicou para mim e para Bella como era importante para nós, como mulheres, votar. Não votar é desrespeitar os esforços e as vidas perdidas de todas as mulheres que lutaram para que tivéssemos direito ao voto – como ela diz, é praticamente cuspir em suas covas. Aquilo parecia a mesma coisa. Molly Downer, minha tatatataravó (sabe-se lá quantos "ta"), foi uma pessoa de verdade. Perseguida, atormentada e isolada. Ela jaz num túmulo sem nome em algum lugar, largada ao ostracismo por causa de seus poderes, e aqui estou eu, negando os meus e não querendo ter nada a ver com eles.

Será que Molly se sentia como eu? Quem pode dizer que ela gostava de ter poderes e de curar as pessoas? Talvez ela odiasse e visse isso como uma maldição. Talvez, se pudesse falar comigo do além-túmulo – e eu rezo a Deus para que não possa –, ela me dissesse para fugir de tudo. Ou talvez me sugerisse abraçar esse dom. De qualquer forma, descobrir sobre Molly fez tudo parecer menos uma bizarrice suspeita de Mamãe e Nonna e mais algo real.

Muito real.

CAPÍTULO 19

– Toc, toc – disse Bella, entrando no meu quarto, o notebook na mão.

Eu a encarei da cama.

– Acho que a ideia é bater *antes* de entrar – retruquei. Fazia tanto tempo desde a última vez que eu tinha falado que minha mandíbula pareceu estalar.

– Oi, mana – disse ela. – O que está rolando?

Ela veio e sentou na beirada da cama, colocando o notebook cuidadosamente sobre a colcha e a mão na minha perna.

– Nada. Estou bem – respondi.

– Você não parece bem. Ah, meu Deus, você está doente *de verdade*? Achei que você só estivesse… sabe como é… evitando. – Ela suspirou. – Já faz uma semana, Jessie. Seu plano é ficar no quarto para sempre?

– Sim, cem por cento do tempo. Estou vivendo no País das Maravilhas. Um País das Maravilhas que fica numa ilha, tem bullying na escola e bruxas. E não, não quero conversar sobre isso.

– Ah – disse ela se aproximando.

– E o que você quer, afinal? Você nunca vem aqui.

– Agora que estou aqui me lembrei do motivo de não vir. Aqui faz um frio de congelar os ossos. E é um risco à segurança. Eu nem consigo ver o chão por baixo de todas as suas tralhas. Pode ser que tenha uma família de ratos vivendo debaixo de tudo.

– Bem, então fique à vontade pra cair fora. Ninguém está prendendo você aqui.

– Está tudo bem, serei corajosa – disse ela, chegando mais perto de mim, se recostando na cabeceira. – Então, me escute antes de dizer qualquer coisa.

– Hummm – resmunguei, achando aquilo suspeito.

– Promete?

– Tanto faz, fala logo.

– Não falta muito tempo até a nossa próxima menstruação.

Eu soltei um longo e vazio gemido.

– Você prometeu que ouviria.

– "Tanto faz" não constitui uma promessa. Os tribunais concordariam comigo.

– Por favor, Jessie – disse ela com uma voz séria. – É importante. Não temos muito tempo. Pensei em fazermos algumas pesquisas.

– Ainda não estou pronta. E não quero conversar com a Mamãe sobre isso.

– Eu não sou a Mamãe! Sou *eu*, sua irmã, que está na mesma situação que você e está tendo um pequeno surto. E você, por acaso, é a única pessoa que está passando exatamente pela mesma coisa.

Eu virei para ela. Para ser justa, havia medo em seus olhos. Não me lembrava da última vez que a vira parecer qualquer outra coisa que não totalmente íntegra e equilibrada.

– Olha, eu sei que não sou sua pessoa favorita no mundo, e, acredite, você também não é a minha em boa parte do tempo, mas, gostemos ou não, estamos juntas nessa, e eu me sentiria bem melhor se nos uníssemos para enfrentá-la.

Era um bom argumento. E eu me senti bem por ter alguém vagamente do meu lado, com os mesmos interesses, para variar.

– Eu me dei até sábado – declarei. – Vou ignorar tudo até lá, o que me dá quatro dias pra me preparar.

– Não, não. Temos uns *dois* dias a partir de hoje, talvez mais alguns se tivermos sorte – disse Bella. – Achei que você era um gênio da matemática escondido.

– Eu sou e sei contar até vinte e oito.

– Só que normalmente a *minha* menstruação vem a cada três semanas. E às vezes eu tenho uma minimenstruação dentro de um ciclo, o que é superdivertido. Então, basicamente, pode ser em qualquer dia a partir de agora...

– É uma pena pra você, mas eu ainda tenho pelo menos uma semana – retruquei em um tom convencido. *Será que tinha mesmo?* Um pensamento horrível estava se formando. Normalmente meu ciclo é como um reloginho, a não ser pela última vez. Da última vez não foi. Da última vez veio antes. O que poderia significar...

– Desculpe – disse Bella, me oferecendo um sorriso amarelo. – Estamos sincronizadas agora. Como uma banda. Mamãe disse que é um ciclo lunar poderoso de bruxa. – Ela forçou uma risada. – Quer dizer, parece que acontece com a maioria das mulheres que vivem juntas há um tempo, mas como as bruxas são superligadas em natureza, questões lunares e ciclos, é mais provável ainda. E também acho que isso tem consequências maiores para nós duas. Achei que você soubesse.

Eu deveria ter mais uma semana pela frente. E agora...

– Não! – lamentei. – Não, não, não, não, não! Você e seus ciclos irregulares idiotas! Eu deveria ter mais tempo!

Aquela era provavelmente a pior hora para ter meus incontroláveis poderes de bruxa. Com as coisas como estavam, se eu voltasse para a escola, possivelmente explodiria Callum e transformaria Libby numa rã adoentada. Isso não era bom.

– Desculpe – repetiu Bella em voz baixa. – Também é um saco pra mim. Acredite, eu preferia que fosse regular. Se isso serve de consolo.

– Não serve.

Com hesitação, ela colocou a mão no meu braço.

– Você traz alguma boa notícia além de toda essa ladainha apocalíptica? – perguntei por fim.

– Não. Mas bolei um plano.

– Hummm.

– Baixei tudo que encontrei sobre bruxaria. Tudo: *Sabrina* (a antiga e a nova), *A feiticeira*, *Charmed*, *Convenção das bruxas*, *Jovens bruxas* e outros filmes dos anos noventa que parecem bem bizarros... Pensei que esta pode ser uma forma gentil e divertida de entrar no clima. Podemos assistir, fazer anotações e então, quando nos sentarmos com a Mamãe e a Nonna, teremos um ponto de partida. Teremos perguntas específicas a fazer: "Podemos fazer isso ou aquilo?", "No armário da lavanderia tem um portal que leva a outra dimensão?". Esse tipo de coisa. O que acha?

Eu achava que queria me jogar no mar, eu achava que queria fugir de volta para Manchester, eu achava que toda aquela coisa parecia um pesadelo do qual eu esperava acordar.

– Falando sério, Jess, acho que pode ser uma forma divertida de começar! – Bella viu minha expressão. – Tudo bem, talvez *divertida* não seja a palavra…

E pelo menos era um plano, o que era mais do que eu tinha.

– Está bem – respondi com relutância, me ajeitando nos travesseiros. – Mas não posso prometer que vou aguentar por muito tempo. Pode ser que eu fique ainda mais grilada.

– Entendido – disse ela, radiante, abrindo o notebook e pegando um caderno (claro que ela tinha um caderno).

– Na verdade eu fiz algumas pesquisas por conta própria – contei, satisfeita comigo mesma.

Ela sorriu, obviamente impressionada.

– Deixe eu contar sobre Molly Downer. – Finalmente eu tinha algo para levar para a festa.

Eu a inteirei sobre tudo que tinha descoberto acerca de Molly e nós vimos alguns filmes; Nonna trouxe nosso jantar e depois chocolate quente e pão doce caseiro. Nós vimos filmes sobre bruxas com gatos falantes e namorados ressuscitados e questões sérias de magias macabras e acidentes com feitiços e (sempre) delineador em excesso e conversamos e tivemos alguns surtos moderados juntas, e o tempo todo Bella fez anotações. Por fim, as gaivotas pararam de guinchar e Mamãe veio nos dizer que precisávamos de verdade ir para a cama.

Naquela noite, não consegui dormir com toda a bruxaria girando em minha mente: Sabrina (a primeira), lidando com sua herança de bruxa, duas tias bizarras mas amáveis, um gato falante e situações cômicas na escola – sem falar na cretina da escola, Libby (um nome apropriado).

Sabrina (a segunda), lutando contra um mundo mágico bem mais obscuro e, você sabe, o Diabo em pessoa. Willow em *Buffy*, vivendo num mundo onde as bruxas coexistem com vampiros e demônios e toda espécie de criatura assustadora de outro mundo, do tipo, por favor, Deus, que nada disso seja real.

Foi surpreendente assistir a todos aqueles filmes e saber que tudo que eu pensava ser pura ficção tinha um fundo de verdade. Surpreendente – mas também, em certo sentido, até mais agradável. Como saber um segredo muito especial.

CAPÍTULO 20

– Não entendo por que você precisa que eu vá – falei, batendo a porta do carro com mais força do que pretendia e depois tentando fingir surpresa. – Estou doente!

Mamãe revirou os olhos ao ouvir isso.

– Você parece estar bem melhor – argumentou ela. – E, já que está fora da escola, você pelo menos poderia fazer alguma coisa construtiva. E eu falei que adoraria saber sua opinião, pois você tem muito bom gosto.

Nós duas sabíamos que isso não era verdade. Não sou conhecida pelo meu bom gosto. Em nada – programas de TV, música, roupas, móveis, amigos –, nada mesmo. Ninguém que me conhece diria "Ah, vamos perguntar pra Jessie, ela tem muito bom gosto". Mamãe estava obviamente aprontando alguma coisa.

Mas eu podia sentir que estava numa posição precária. Estava claro para todo mundo que eu não estava doente de verdade e que abusava da sorte. Até mesmo Mamãe, tolerante e delicada, tem limites, e eu sabia que estava chegando perto deles.

Ficamos em silêncio enquanto ela dava ré no carro para sair da entrada e navegar pela costa. A alta temporada ainda não tinha começado, mas, com a proximidade da Páscoa, era notável que havia mais pessoas a cada fim de semana. Alguns dos cafés que ficavam fechados durante o inverno estavam começando a abrir, e havia alguns clientes corajosos sentados nas mesas do lado de fora, embrulhados em grandes casacos acolchoados, aproveitando ao máximo a luz do sol. Havia pessoas passeando com cachorros e famílias caminhando pela calçada, o vento bagunçando os cabelos em volta dos rostos. Abri a janela e, quando viramos para a estrada que dava para o penhasco, olhei para baixo e vi o mar. O ar estava frio, mas fresco e convidativo.

— O que estamos fazendo exatamente? — perguntei enfim.

— Eu já falei. O pedreiro que estou pensando em contratar para a reforma quer que a gente veja o projeto que ele acabou de terminar — explicou Mamãe. — É em Freshwater. Podemos parar e tomar café no caminho se você quiser.

— Freshwater! É muito longe!

Quando você mora no continente e diz que alguma coisa fica "muito longe", você geralmente quer dizer mais de três horas. Quando você mora na ilha, onde nada fica a mais de vinte e cinco minutos de qualquer lugar, "muito longe" significa mais de vinte minutos. E, nossa, como as pessoas hesitam em dirigir por mais de vinte minutos. É impressionante a rapidez com que seu estado de espírito — sua percepção de tempo e distância — muda.

— Vai ser um passeio legal. Um tempo de qualidade juntas — disse Mamãe.

Eu nem me dignei a responder.

— Então — insistiu ela —, como está se sentindo?

— Não muito bem.

— Você faltou a muitas aulas. A escola andou me ligando. Você acha que vai estar pronta pra voltar logo?

Estou pronta pra enfiar agulhas nos olhos, isso sim, quis responder.

— Ainda não estou me sentindo totalmente bem — arrisquei.

— Como estavam as coisas na escola antes de você… adoecer? — perguntou Mamãe, enfatizando o "adoecer". — Você estava conseguindo acompanhar? Acha que perdeu muita coisa com a transferência no meio do ano?

— *Mais uma vez* — resmunguei de forma assertiva. — Estava tudo bem.

— E como está a busca por novas amigas?

— Bem.

Bem, se por "amigas" ela queria dizer pessoas que escreveram coisas maldosas no meu armário e colocaram chiclete no meu cabelo. Pensei em Summer, que tinha me mandado várias mensagens e perguntado se poderia dar uma passada para ver se eu estava bem. Eu a dispensei, uma e outra vez. Não estava certa do motivo. Talvez eu estivesse envergonhada por causa do episódio do chiclete, talvez achasse que, se ela conhecesse minha família, ia sair correndo, ou talvez eu não quisesse começar a gostar de uma pessoa e então correr o risco de perdê-la quando (e se) meus "talentos" ocultos viessem à tona.

Silêncio. Observei um pássaro planando acima de uma cerca ao lado da estrada, atrás de sua presa.

– Jessie, você precisa estar melhor do que "bem" – disse Mamãe. – Estou tentando aqui. Tentando estar mais envolvida, mais presente. *Bem* não é mais suficiente.

Suspirei, me virando para ela. O que ela esperava de mim? Eu não ia discorrer sobre os prós e contras do Colégio de Bosta, e não era melhor para ela se eu não fizesse isso? Ela queria mesmo mexer naquele vespeiro? Tudo aquilo, aquela bagunça, era culpa dela mesmo, e não era como se houvesse qualquer coisa que ela pudesse fazer, ou desfazer, em relação a isso agora.

– Está tudo genuinamente bem – declarei com firmeza. – Quando digo bem, quero dizer bem mesmo. É a escola, até parece que eu vou ficar toda saltitante ressaltando as alegrias. A transferência no meio do ano não foi ideal, mas estou *bem* com os deveres. Como falei, está tudo bem. Mas, enfim – disse eu, mudando de assunto –, como estão suas costuras?

Mamãe ficou radiante.

– Muito bem. Encontrei um tecido vintage maravilhoso...

Bingo. E lá foi ela com aquele papo de costura que se transformou em planos para a casa, e isso rendeu por todo o caminho.

Distração baseada em tecidos. Um movimento à prova de falhas.

– Certo, então acho que é isso – disse Mamãe quando entramos no estacionamento de cascalho.

A casa à nossa frente parecia um celeiro convertido – uma construção comprida de pedra com um anexo recente de madeira ao lado e portas duplas imensas que se abriam para o quintal da frente, onde havia uma área de lazer ao redor de um espaço para uma fogueira. A casa era bem bonita, aliás. Havia uma van estacionada na entrada com SERVIÇOS DE CONSTRUÇÃO DE ANDY FAZ-TUDO pintado na lateral e um adesivo menor embaixo: VIM, VI E RESOLVI. Eu achei graça.

Mamãe deu uma olhada no espelho retrovisor e ajeitou o cabelo antes de sair. Espere. Ela estava usando batom? Não podia ser, Mamãe não usava mais batom. Agora que ela não precisava se arrumar todos os dias para esfregar seu poder na cara do patriarcado em reuniões de diretoria, Mamãe havia abraçado o look natural que a Mãe Terra lhe dera. Como eu não tinha notado ao longo de todo o trajeto?

Só então um homem (que imaginei ser o próprio Andy Faz-Tudo) saiu da casa-celeiro e caminhou até Mamãe, a mão estendida, sorrindo.

Eu me perguntei se podia me safar ficando no carro, mas antes que eu pudesse terminar o pensamento Mamãe me cutucou para sair.

– Essa é minha filha, Jessie – disse Mamãe. – Pensei em trazê-la comigo, ela tem um olho bom para essas coisas.

PODERÍAMOS, POR FAVOR, PARAR COM ESSE TEATRINHO DE DIZER QUE EU TENHO QUALQUER TIPO DE OLHO PARA QUALQUER TIPO DE COISA?

– Oi – resmunguei, estendendo a mão, que ele apertou profusamente.

Andy era alto e desengonçado, com uma barriguinha de cerveja protuberante que parecia totalmente fora de lugar nele, como se tivesse crescido no corpo errado. Ele obviamente tentava cobrir o recuo da linha do cabelo e tinha o rosto corado e envelhecido de alguém que passa muito tempo trabalhando ao ar livre.

– Pois bem, vamos lá, então? – disse ele, gesticulando para a casa. – Primeiro as damas.

Eu me arrastei na cola de Mamãe, com Andy Faz-Tudo atrás de nós, o que me pareceu um pouco idiota, considerando que não sabíamos aonde estávamos indo.

– Vire à esquerda no corredor – instruiu ele enquanto entrávamos pela porta da frente. – A cozinha é logo ali.

Emergimos numa cozinha maravilhosa de conceito aberto, com uma parede de pedras expostas de um lado, assentos embutidos e uma mesa de madeira robusta do outro lado. Havia uma enorme ilha no meio do cômodo e um teto de vidro que inundava de luz o ambiente. As portas duplas que eu tinha visto no carro levavam para o pátio.

– Nossa! – exclamou Mamãe, olhando de um lado para o outro. – Está lindo!

Andy Faz-Tudo sorriu.

– Nada mau, né?

– Nada mau? Está maravilhoso – disse Mamãe. – O que você acha, Jessie?

O que ela achava que eu achava? Pô, claro que estava maravilhoso! Não precisava do meu gosto aparentemente impecável para ver isso.

– Gracinha – resmunguei.

– Então, antes a casa acabava ali – contou Andy Faz-Tudo, apontando para uma parede de pedra grossa. – Nós construímos toda aquela estrutura, derrubando a parede. Os tijolos expostos, o teto abobadado…

Eu desliguei os ouvidos. Ele continuou a falar, falar e falar. Azulejos, tijolos, ardósia, bomba de calor de fonte terrestre, isso equipado, aquilo ajustado, blá-blá-blá. Era um belo ambiente, mas eu realmente não precisava estar ali, mesmo quando Mamãe despejou seus planos e suas anotações e as amostras de azulejo que tinha pegado no carro e fingiu querer minha contribuição. Eu ainda não conseguia entender por que ela tinha me levado – se o que ela queria era tempo de qualidade, com certeza havia opções menos sofridas.

Com Mamãe e Andy Faz-Tudo envolvidos numa conversa particularmente apaixonada sobre pias, dei um jeito de escapar para o pátio e me joguei no sofá. Fechei os olhos e ergui o rosto para o sol.

O som da risada de Mamãe veio flutuando da cozinha. Olhei para dentro. Eu tinha certeza de que eles estavam sentados um pouco mais perto um do outro do que o necessário. Ela estava *flertando* com Andy Faz-Tudo? Mamãe tinha namorado poucos homens depois de Papai, mas os poucos que eu conheci (ou pelo menos que vi o perfil) eram lindos e bem-sucedidos e… tinham uma quantidade decente de cabelo na cabeça. Aquela crise de meia-idade estava saindo do controle.

Tentei me desligar, me concentrar no canto dos pássaros e na minha respiração, mas minha mente não conseguia – estava empacada como um disco riscado. Molly, a reverenda atrevida, a vaca Harriet, Libby, Callum – isso cobria todas as bases sombrias do meu pensamento. Eu sabia que teria que voltar para a escola em algum momento, e essa ideia, a de passar por aqueles portões e corredores, fez meu estômago revirar.

Desejei nunca ter saído de Manchester. Desejei que Mamãe nunca tivesse largado o emprego e comprado aquela casa velha e fria. Mais do que qualquer outra coisa, eu queria voltar à normalidade. Antes da ilha. Antes da bomba da bruxaria.

Se não tivéssemos nos mudado para a ilha, meus poderes nunca teriam aflorado. E havia apenas uma pessoa a quem culpar por isso.

– Olha, muito obrigada, Andy, sou realmente muito grata. – Ouvi Mamãe dizer. – Vou refletir sobre isso e dou um retorno pra você na terça. Queremos muito começar logo, como você deve imaginar. – Ela soltou o que pareceu uma risadinha e apertou a mão dele. Finalmente podíamos ir embora.

– Tudo bem – disse ele, levando Mamãe até o pátio. – Prazer em conhecer você também, Jessie – acrescentou ele, voltando a atenção para mim. – Você está se adaptando bem à ilha?

– Ahã, sim, obrigada – respondi, nem um pouco a fim de bater papo.

– As crianças daqui são geralmente uma turma legal. Posso colocar você em contato com os meus três filhos. Eles têm por volta da sua idade, eu acho. Minha ex-mulher fica com eles a maior parte do tempo. – Muita ênfase na parte da "ex", direcionada a Mamãe, sem dúvida. – Mas podemos combinar alguma coisa.

Eu me remexi no sofá desconfortavelmente.

– Parece ótimo, que boa ideia – interferiu Mamãe, compensando em excesso minha falta de entusiasmo.

Ele se voltou para Mamãe.

– Maravilha, vamos pensar em alguma coisa. E eu não vejo a hora de ter notícias suas sobre o trabalho. – Então ele piscou. Piscou de verdade.

Eca.

⚡

– Andy parece legal – disse Mamãe enquanto saíamos com o carro.

– Só se for do tipo que se acha e que provavelmente ainda mora com a mãe – retruquei.

– Jessie! Isso não foi legal. Ele foi muito prestativo e divertido… e eu achei que foi simpático da parte dele sugerir um encontro entre você e os filhos dele.

– Mãe, não sei o que aconteceu com seu radar de homens desde que nos mudamos, mas ele não é nem um pouco o seu tipo.

Ficamos em silêncio por um minuto, eu me perguntando se tinha sido cruel demais, ela provavelmente fantasiando sobre jantares românticos pré--prontos encarando a careca dele.

– Então acho que precisamos conversar – declarou Mamãe por fim.

– Eu só estava brincando – desconversei.

– Não é sobre isso – disse ela. – É sobre toda essa… revelação de sermos bruxas.

De repente percebi que aquele tinha sido o objetivo da viagem; eu estava encurralada, sem chance de escapar, a não ser que saltasse para fora do carro como num filme de ação.

– Li num dos meus livros sobre criação de filhos que…

– *Livros sobre criação de filhos?* – repeti, de forma cruel, incapaz de manter a raiva fora da voz. – Não é um pouquinho tarde pra isso?

Mamãe corou.

– Isso machuca, Jessie. Eu sei que estive ausente em vários sentidos nos últimos dez anos, mas parte da razão por trás da mudança para cá foi lidar com isso. Estou tentando melhorar. Então, sim, livros sobre criação de filhos.

Olhei para meu reflexo no espelho retrovisor lateral, impressionada com a ferocidade da minha expressão.

– Então… eu li num dos meus *livros sobre criação de filhos* que uma boa forma de abordar um assunto difícil é fazê-lo estando lado a lado, para não precisar manter contato visual. Caminhando ou dirigindo, por exemplo. Isso pode encorajar uma comunicação mais aberta.

Silêncio.

Fizemos uma curva na estrada, a praia comprida e as falésias brancas entrando no nosso campo de visão. Alguns carros esparsos e campistas estavam estacionados na beira da grama, surfistas com roupas molhadas indo e voltando do mar com pranchas debaixo do braço.

– A questão é que sua próxima menstruação está chegando. E você precisa sair desse buraco de negação em que se enfiou.

Eu podia sentir meu coração batendo mais forte, a fúria latejando nos meus ouvidos. *Ela só podia estar brincando, certo?*

– Negação? – retruquei. – *Eu?* Não tenho nada a ver com essa bagunça. Está tudo na sua conta. NA SUA CONTA. Nós finalmente tínhamos encontrado algum lugar em que poderia ter dado certo. Eu tinha pessoas que quase podia chamar de amigos, você tinha um ótimo emprego, Bella... bem, ela sempre está bem. Eu estaria perfeitamente bem se tivéssemos ficado em Manchester, sem saber de nada, vivendo minha vida como uma adolescente normal. NORMAL. E agora? Agora, como *você* foi egoísta e decidiu que *você* queria voltar pra cá, sabendo muito bem o que aconteceria, eu estou no meio de um pesadelo de bruxa de bosta do qual não posso escapar. Acho que tenho o direito de estar em negação.

– Olha como fala, Jessie. E esse tom.

– Senão você vai fazer o quê? Vai me enfeitiçar?

Mamãe visivelmente estremeceu. Não foi minha intenção falar aquilo ou me expressar daquele jeito. Eu estava perdendo o controle. Meus punhos estavam fechados, as unhas enfiadas na palma das mãos.

– Não. Por mais que eu quisesse, não vou enfeitiçar você – disse ela com a voz baixa. – Podemos, por favor, tentar ter essa conversa como adultas?

Eu tinha me virado para o outro lado e olhava através da janela. Meus olhos tinham se fixado num ponto no horizonte, uma falésia distante, enquanto eu me concentrava em não chorar.

– Por que você fez isso? – perguntei quando consegui controlar minha voz. – Para que voltar pra cá?

Ela suspirou.

Continuei olhando fixamente para a falésia, usando a paisagem como meu talismã.

– Você podia achar que estávamos bem, mas não era verdade – disse ela com gentileza na voz. – Eu estava fugindo, vivendo em negação, e privando vocês do seu verdadeiro eu. Eu não estava bem fazia um tempo, não sentia que nenhum lugar ou emprego ou relacionamento era o certo. Tentei, sempre pensando que a próxima coisa que eu mudasse poderia resolver. Só não me dei conta disso até encontrar aquele caroço.

— Aquele caroço que acabou não sendo nada — ressalvei.

— Graças a Deus que não foi nada. Mas, quando pensei que pudesse ser algo mais sério, bem, coloquei as coisas em perspectiva.

— Então você estava pensando em si mesma? — perguntei, de um jeito amargo.

— Não, Jessie — disse ela num suspiro. — Eu estava pensando em *todas nós*, como família. De repente fui forçada a ver as coisas de uma forma mais ampla. Eu tinha uma visão clara do que era importante. Tinha sido tão consumida pela fuga de mim mesma, do meu verdadeiro eu, que não parei para pensar no que aquilo estava fazendo comigo. E, por extensão, com vocês. Eu estava privando vocês da chance de se conhecerem. Privando vocês de sua verdadeira natureza, do que faz vocês serem *vocês*. Sei que é difícil entender, mas você tem que aceitar minha explicação. É melhor que todas nós estejamos de volta à ilha.

— Aceitar sua explicação? Então, quando você diz "ter essa conversa como adultas", quer dizer que você é a adulta e eu não tenho voz. Só tenho que aceitar sua explicação. Estou de boa, obrigada.

Eu estava farta daquilo. O carro tinha começado a parecer uma prisão. Eu precisava de ar. Não só ar pela janela, uma rajada de ar de verdade vinda do mar.

— Você pode me deixar em Steephill? — perguntei. — Quero ir andando pra casa.

— Não — disse ela. — Sou eu que dou as cartas. Precisamos conversar.

Paramos num sinal vermelho. Era agora ou nunca. Conferi o espelho, então tentei abrir a porta. Ela não se mexeu.

— Você está de brincadeira? — retruquei, puxando a maçaneta com mais força. — Você está usando magia pra me manter prisioneira aqui? Isso é loucura. Vou denunciar você ao conselho tutelar.

Eu percebi que ela segurou um sorriso, o que me deixou ainda mais furiosa. Não havia *nada* de engraçado naquilo.

131

– Estou usando o sistema de travamento pra manter você prisioneira – disse ela calmamente. – E você está sendo ridícula, mas pode me denunciar se quiser. Boa sorte.

Puxei minhas pernas para o banco, abraçando-as bem apertado. Senti lágrimas surgindo, mas me recusei a chorar, especialmente na frente dela.

– Só quero conversar, Jessie – disse ela em tom gentil.

Não respondi. Tive receio de a minha voz falhar. O sinal ficou verde, ela deu seta para a direita, na direção de Steephill, e o alívio tomou conta de mim. Ela levou o carro para o acostamento e parou. Senti que ela se virou e olhou para mim, soltando um longo suspiro.

– Pode ir. Mas, por favor, pense no que eu falei. Sua próxima menstruação não está longe, e eu acho de verdade que precisamos conversar antes disso. E eu te amo. Muito.

Ai, preguiça. Eu já estava a meio caminho e tive que usar cada milímetro de autocontrole para não bater a porta com a força que eu gostaria.

– E você vai voltar para a escola amanhã – disse ela atrás de mim enquanto eu saía. – Você não pode fugir para sempre. E estou falando como alguém que tentou.

CAPÍTULO 21

Acabei não indo para Steephill. Mudei de ideia sobre querer ver o mar. Estava sem saco para o seu vaivém naquele dia. Como se de alguma forma ele fosse responsável por minha situação atual, como se tivesse me levado até ali numa onda e me largado, sem defesa, para lidar com a loucura.

Então fui andando para uma parte mais elevada. Subi pelos campos, passei pelas casas bonitas de pedra no caminho da costa. O vento tinha ficado mais forte, jogando meu cabelo no rosto, me empurrando para cima e para longe.

Meus pensamentos estavam viciados, como rodadas sem fim de flechas envenenadas. Eu estava muito brava com a Mamãe. Ela era egoísta e estava errada. Mas… também tinha razão. Minha próxima menstruação estava chegando, e, infelizmente, não era como se eu pudesse fugir dela.

Se Bella estivesse certa, se eu estivesse ligada ao seu ciclo estúpido e errático, eu teria muito menos tempo do que imaginava para lidar com essa coisa. E eu definitivamente não queria um repeteco dos atos aleatórios de destruição que aconteceram da última vez. Mas eu também não estava totalmente pronta para focar a cabeça nos prós e contras dessa herança insondável que me fora entregue.

AFF. Eu não sabia o que fazer. Queria ser como um flamingo e enterrar a cabeça na areia. (Espere, é um flamingo que faz isso? Um avestruz, talvez. Fosse qual fosse a grande ave em negação, eu queria ser como ela.) Só por mais um dia. Então eu lidaria com isso. Um último dia de relativa paz, sem bruxaria.

Quando cheguei ao ponto mais alto do caminho, saí do transe. Parei, sentindo os músculos queimarem. Olhei para o mar lá embaixo e avistei algumas pessoas, pequenas como formigas, cuidando de suas vidas, completamente inconscientes da garota com poderes especiais e um buraco negro no estômago acima delas. O mar, em toda a sua glória cinzenta e infinita, ondulava para a frente e para trás abaixo de mim, uma faca de dois gumes. A cara da liberdade, e, no entanto, era a coisa, ou uma das coisas, que estava efetivamente fazendo de mim uma prisioneira.

Eu me perguntei se outras garotas como eu estavam tendo esses mesmos pensamentos, sentindo a mesma raiva e confusão que me arrastavam como areia movediça? Em Bolton talvez? Ou Skegness? Abu Dhabi ou mesmo Azerbaijão? Obviamente havia garotas em todo o mundo sendo assediadas e castigadas todo dia por garotos ignorantes, mas será que também havia aquelas que estavam aguardando, aterrorizadas, a chegada de poderes incontroláveis de bruxa junto com a menstruação? Absorvente noturno reforçado com feitiçaria como acompanhamento?

– Kimye! Kimye! Volte aqui! – Ouvi uma voz gritar quando uma cadela pequena, preta e branca, com uma cara amassada, correu até mim e pulou nas minhas pernas. Eu me ajoelhei para oferecer minha mão para ela cheirar, e um vulto apareceu correndo atrás dela.

– Desculpa, ela é amigável até demais – disse ele, enquanto a cachorra rolava para que eu fizesse carinho em sua barriga.

– Está tudo bem, ela é linda – falei.

– Ah, agora ela é sua melhor amiga.

Olhei para cima, e meu estômago revirou.

– Ah, oi, Jessie – disse o garoto, Freddie, parecendo desconfortável. – Você está viva! Achamos que você talvez tivesse ido embora. Por que não está indo pra escola?

Perfeito, porque o que eu com certeza precisava naquele dia era de um dos capangas de Callum Henderson na minha frente. Eu me lembrei de quando Callum passou aquele bilhete sobre Tabitha e Freddie respondeu com uma risadinha estúpida.

— Eu podia perguntar a mesma coisa a você — falei, focando em Kimye.

— Eu, hum, machuquei o ombro. — Ele abriu um sorriso estranho e surpreso. — Eu deveria… — E não completou a frase.

Eu devia ter parecido intrigada, porque ele sentiu a necessidade de acrescentar:

— Por favor, não fale pra ninguém que você me viu, vai ter uma partida importante mais tarde e Callum não vai me contar o resultado se souber que eu estava evitando… Às vezes eu só preciso…

— Ele não vai ouvir nada de mim — garanti rapidamente, querendo que o encontro acabasse.

Kimye estava sentada a meus pés, olhando para mim com ternura.

— Ela quer mais carinho. — Freddie estava visivelmente mais relaxado. — Ela *realmente* gosta de você. Kimye! Venha cá, deixe a Jessie em paz. — Ele deu tapinhas nas próprias pernas.

Kimye esfregou a cabeça em mim com mais determinação. Eu fiz um carinho rápido nela e me afastei.

— Não foi escolha minha, aliás — disse Freddie. — O nome, quero dizer.

Eu olhei para ele, arriscando manter contato visual. Ele era mais alto do que parecia na escola, os ombros largos o bastante para contrabalançar a altura. Seus olhos eram de um tom de avelã impressionante. Ou pelo menos o que eu podia ver era assim, o outro estava escondido pelo cabelo escuro. Freddie tinha uma pequena pinta em cima do lábio, numa posição perfeita, estilo Marilyn Monroe, que, por alguma razão, deixava seu rosto um pouco mais suave.

— Vou abrir o jogo com você: não sou totalmente avesso a ver um episódio de *Kardashians* — continuou ele, tirando o cabelo de cima do olho —, mas eu não teria escolhido o nome da pobre cadela por causa delas. Isso foi coisa da minha mãe e da minha irmãzinha. Mas sou eu que a levo pra passear e me sinto bem quando a chamo, o que sempre tenho que fazer, já que ela adora fazer amizade com pessoas aleatórias e se recusa a voltar pra mim.

Levantei as sobrancelhas.

– Foi mal! Não que você seja uma pessoa aleatória ou algo assim. Caramba, estou cavando minha própria cova. Estávamos indo naquela direção – disse ele, apontando para a direita. – Quer ir com a gente?

Minha reação inicial foi correr para o outro lado – eu não queria jogar conversa fora com um puxa-saco do Callum Henderson que provavelmente contaria para ele qualquer coisa que eu dissesse. Mas Freddie parecia diferente ali – sua aparência, a maneira como se portava. Menos briguento, menos atleta-padrão. Eu me senti atraída por ele, com seu cabelo esvoaçante e a cadela de nome estúpido, mas superfofa. Uma rápida recapitulação dos Grandes Momentos Péssimos mostrou que, embora ele tivesse *mesmo* rido do bilhete de Callum, ele não tinha feito nada horrível comigo. Antes que eu me desse conta, estávamos perambulando pelo caminho da costa, com Kimye saltitando junto aos nossos pés.

– Então, por que você está evitando a escola? – perguntou ele.

– Sem comentários – respondi. Ele devia ter noção de que seus amigos consistentemente cruéis eram parte do motivo de eu estar evitando a escola.

– Certo, justo.

Caminhamos um pouco mais em silêncio.

– O que você está achando da ilha? – indagou ele por fim. – É uma grande mudança em comparação a Manchester.

Olhei para ele, tentando descobrir se ele estava sendo intencionalmente maldoso ou sem noção. Ele devia ter visto a maneira como fui tratada. Seu rosto não indicou nada.

– Hum – murmurei, me perguntando quanto poderia ser honesta. Não totalmente, claro. – Quer dizer, nunca é legal começar numa nova escola no meio do ano.

– Você fala como se isso já tivesse acontecido com você antes.

– Ah, sim. Algumas vezes. É o lance da minha mãe, se mudar. – Estremeci, me lembrando da conversa com Mamãe no carro.

– Por que vocês se mudam tanto? Tem a ver com o trabalho dela?

– Mais ou menos – respondi, incapaz de dar mais detalhes, mas fazendo uma lista mental das razões que ela já tinha dado: "morar no campo pode ser bom para nós", "uma grande oportunidade de trabalho", "mais diversidade na cidade grande" vinham à minha mente.

– Ah, então aqui pode ser temporário.

– Eu esperava que sim, mas dessa vez não tenho certeza – comentei, me lembrando de todas as declarações de Mamãe sobre como ela encontrou suas raízes e se sentia plena de novo. Que nojo.

– Por que vocês se mudaram pra *cá*? – perguntou ele, pegando uma bola e jogando no gramado longo ao lado do caminho para Kimye ir pegar. Ela começou a correr atrás da bola, então parou, pareceu pensar e mudou de ideia, trotando de volta até nós e olhando para ele cheia de expectativa.

– Toda vez – disse ele, com uma risada abafada, e correu para pegar a bola. – Você precisa ir pra uma escola de cachorro! – Ele voltou, a bola na mão. – Foi mal, pode continuar. Por que aqui?

Eu queria entrar nesse assunto? Estava muito cansada para inventar uma história falsa e animada. E ele perguntou. Duas vezes.

– Minha mãe levou um susto com uma ameaça de doença. Quer dizer, ela está bem, não tinha nada errado, era só um caroço, mas meio que disparou uma crise de meia-idade, e ela decidiu que queria "rever prioridades". E, aparentemente, a única maneira de fazer isso era se mudar de volta para cá, onde ela cresceu. E instituir jantares em família e noites das garotas e conversas sobre os sentimentos.

Parei para respirar. Não foi minha intenção começar um monólogo completo.

– Nossa. Entendi. Foi muita coisa.

– Não sei se foi "muita". Mas irritante, com certeza.

– Eu sou de fora também – disse ele. – Se isso te consola.

– De fora?

– De fora da ilha. Alguém que não nasceu aqui. Mas pelo menos você não é uma LDL.

– LDL?

– Lá de Londres. Vêm aqui para passar o fim de semana com café chique, carro chique e calça vermelha. Eles são os piores.

– Então quando você veio pra cá? – perguntei, desviando os olhos do caminho pela primeira vez para olhar para ele. Freddie tirou o cabelo do rosto, ou tentou fazer isso; o vento não estava ajudando muito.

– No sétimo ano. Longa história, mas minha mãe precisava ir para longe, e acho que ela pensou que a ilha parecia um lugar seguro e saudável.

Continuamos a caminhar, suas palavras flutuando no ar como balões prontos para estourar. "Seguro" e "saudável". Elas pareciam tão ridículas que eu quase tive vontade de rir. Houve uma pausa, e eu senti que ele queria falar mais alguma coisa.

– Vai melhorar – disse ele por fim. – Não parece, mas vai. É um pouco como nos Jogos Vorazes; você só precisa encontrar um jeito de sobreviver.

– Matando todo mundo que entra no seu caminho? – perguntei.

Ele riu. Eu também ri, torcendo para não precisar chegar a esse ponto.

CAPÍTULO 22

Na manhã seguinte, acordei me sentindo como a Katniss – focada no jogo, pronta para encarar meus inimigos. Ver Freddie e perceber que havia alguma decência nele me deu uma pontinha de esperança – talvez nem todos fossem tão ruins quanto pareciam. Talvez a tempestade tivesse passado. De qualquer forma, eu precisava voltar – Mamãe tinha lavado meu uniforme e o colocara na minha cama, deixando muito claro que ela estava falando sério quando disse que eu tinha que ir para a escola de novo.

Levantei cedo e guardei a pilha de roupas que estava no chão enquanto ouvia música indie dos anos noventa o mais alto que meus ouvidos suportavam. Eu também recitava mantras positivos no espelho. "Sou forte", "Sou amada", "Não preciso da aprovação de ninguém", "Sou suficiente." Repetir cada frase vinte e sete vezes fez com que elas pelo menos fossem registradas, se não absorvidas.

Eu ia encarar. Em algum momento eles se cansariam de mim, se isso já não tivesse acontecido. A campanha deles já contava com um chiclete no meu cabelo e vinte e sete post-its no meu armário – eu sabia que provavelmente haveria mais coisas a caminho, mas também sabia que iria sobreviver. Eles não iam me espancar nem me amarrar numa estaca e atear fogo em mim – nada que pudesse me matar. Eram palavras e gestos mesquinhos, e eu poderia encará-los. O recesso de Páscoa não estava longe, e eu definitivamente poderia aguentar até lá, e quando voltássemos eles certamente teriam se esquecido de mim.

Meu telefone bipou com uma mensagem de Summer:

> **Ansiosa pra ver você, estranha.**

Sou forte, sou forte, sou casca-grossa como um rinoceronte.

Falei isso para mim mesma enquanto me olhava no espelho, tentando me convencer a acreditar que a rata de olhar cansado me encarando escondia poços profundos de resiliência.

Falei isso a mim mesma no caminho até a escola.

Falei isso a mim mesma quando encontrei mais bilhetes colados no meu armário. Repeti mais uma vez quando ouvi os sussurros começarem no corredor. E quando Callum me deu aquele sorrisinho presunçoso várias vezes na aula de Matemática. Recitei aquilo como um mantra na minha cabeça, rangendo os dentes com tanta força que estava certa de ter gastado uma camada deles. Estava contando os dias para o feriado, enquanto afastava pensamentos sobre a outra coisa que estava em contagem regressiva, o que (em retrospectiva) foi bem idiota.

⚡

– Lá está ela! – exclamou Summer, chegando por trás de mim no corredor durante o intervalo, com Tabitha me alcançando pelo outro lado. – Sentimos sua falta.

Eu sorri, invocando meu rinoceronte interior, tentando ser forte, sensata e leve.

– Fiquei muito doente – menti. – Desculpe por não ter atendido suas ligações e tal, eu estava de cama. Ficar gripada não é nada divertido.

Os olhos azuis de Summer brilharam para mim, me escaneando para ver se eu estava falando a verdade.

– Bem, você não perdeu muita coisa em Estudos Midiáticos – disse Tabitha. – Só o de sempre: Marcus com suas gracinhas e brincadeiras e o fim da teoria do documentário. Posso emprestar minhas anotações.

— Obrigada — respondi.

— E conte a ela sua novidade, Tabs — incitou Summer, cutucando Tabitha.

— Ah, é. — Um sorriso enorme iluminou seu rosto. — Não sei se você lembra, mas mandei um dos meus contos para uma revista e soube no outro dia que eles aceitaram! Vai ser publicado. — Eu nunca a tinha visto tão animada.

— Que incrível! — exclamei. — Parabéns. A gente devia comemorar!

— Com certeza — disse Summer, ao mesmo tempo que o sinal tocava.

— Comemoração com pizza sem graça no almoço? — sugeri. — Isto é, se você não estiver muito ocupada sendo uma escritora profissional.

— Ah, eu tenho Simulação da ONU — contou Tabitha. — E Summer tem o artigo para sexta.

— Ah, totalmente ocupadas, então — consegui falar, meu desapontamento tingido pelo horror.

— Podemos comemorar depois da escola — disse Summer.

O intervalo de almoço da sexta era o santo graal dos intervalos de almoço para qualquer um que fosse do nono ano ou de anos acima, pois tínhamos permissão para sair das dependências da escola para almoçar. Isso basicamente significava trezentos alunos indiferentes descendo a rua Broad, mas para mim era uma fuga. Não dava tempo de eu ir para casa e voltar, no entanto podia encontrar um lugar tranquilo para comer sozinha, sem ser uma cabine no banheiro.

Eu já estava no estacionamento da frente e podia ver o portão — eu havia saído cedo justamente para não ser assediada — quando senti o primeiro ataque. Uma batidinha na minha cabeça seguida por risadinhas enquanto algo caía no chão, a meus pés. Um avião de papel com PARA JESSIE escrito nele. Parei para pegá-lo, na expectativa de que fazer isso bastaria para eles pararem. Tinha caído em parte aberto, a palavra VADIA, escrita em letras grandes e chamativas, me assombrando. Meu coração martelou, meu rosto e meu pescoço ficaram vermelhos. Continuei andando.

Então veio outro, e outro, e outro. Eles estavam me atacando sem parar, a mira melhorando, as risadas mais altas, os aviões se acumulando a meus pés. Vi de relance as palavras rabiscadas nos aviões. DESESPERADA, BIZARRA, ESCÓRIA.

– Abra! – gritou alguém. – Não seja tímida. Você não foi tímida na outra noite, não é mesmo?

Finalmente me virei e olhei para ver de onde o barulho estava vindo. O time de futebol, totalmente equipado, estava esperando ao lado de um micro-ônibus enquanto o Treinador guardava os equipamentos. Callum estava no meio, braços cruzados, recostado no veículo como um ditador inspecionando seu reino.

Continuei caminhando e todos eles começaram a vaiar. Mais pessoas tinham saído para almoçar, se reunindo em grupos e panelinhas, olhando com interesse. Algumas, paradas mais perto, incluindo Sadie, estavam com o telefone na mão e faziam vídeos, esperando ter algum drama digno de redes sociais. Eu queimava de vergonha, como se minha pele estivesse pegando fogo.

– Agora vamos lá, garotos – disse o Treinador de maneira despreocupada, mordendo sua maçã com um sorriso. – Temos coisas mais importantes a fazer, como dar uma surra em New Hampton!

E foi aí que a ficha caiu. Algo dentro de mim mudou. *Coisas mais importantes a fazer?* Ele era um adulto. Ele estava bem ali. Testemunhou aqueles aviões de papel sendo jogados na minha cabeça, e *aquela* era sua resposta? Antes mesmo que eu pudesse processar a decisão, já tinha me virado e estava correndo na direção dele, encarando-o, furiosa, com tanta raiva que minha visão ficou turva.

– Uuuuuuh, cuidado, garotos – disse Callum, seguido por muitas risadas e vaias.

– Eles estavam jogando aviões de papel na minha cabeça – vociferei, parando na frente do Treinador. – Com coisas escritas, como isto. – Enfiei o bilhete na cara dele. Ele recuou.

– Eu sei, senhorita Jones, eu os orientei a parar.

– Na verdade, você não os instruiu a parar, você falou para eles que tinham coisas mais importantes a fazer – retruquei, balançando o papel raivosamente. Eu sentia como se não estivesse no meu corpo. Era como se eu me visse de fora.

– Devo lembrá-la de que está falando com um professor, senhorita Jones – disse o Treinador, baixando o tom de voz e se inclinando para a frente, o sorriso em seu rosto desaparecendo. – E esse não é um comportamento apropriado. Você está claramente tomada por suas emoções.

– Comportamento apropriado? Está de brincadeira comigo? – perguntei, o volume da minha voz aumentando. – O que eles estavam fazendo era um "comportamento apropriado"?

Tive um surto. Uma onda de fúria ou de alguma outra coisa, algo impossível de parar. Algo familiar. Uma dor aguda e paralisante. Mas, para variar, fiquei satisfeita. *Timing perfeito, Menstruação, vamos ensinar uma lição a esse imbecil misógino.*

Eu me concentrei, aguentando a dor, tentando invocar qualquer magia que minha menstruação tivesse trazido da última vez. Encarei o Treinador, com seu cabelo cuidadosamente arrumado e seu agasalho esportivo, o apito no pescoço pendurado em algum cordão de festival, que pretendia ser tanto algo descolado quanto um distintivo de autoridade. Eu o odiava. E me recusei a quebrar o contato visual, desejando que alguma coisa, qualquer coisa ruim acontecesse com ele.

– Se você acha que eu tenho... – começou ele, então parou subitamente. Ele empacou numa palavra, tossiu. Era aquilo? Ele estava prestes a tossir vermes? Ou uma torrente de aranhas? Uma língua inchada de modo que não pudesse falar por alguns dias? Qualquer uma dessas coisas seria legal. Fiquei observando, ansiosa para saber o que minha magia tinha conjurado dessa vez.

Seu rosto foi mudando de cor, suas veias saltavam da testa. Com uma última, profunda e grotesca tosse, uma massa de maçã mastigada saiu voando de sua boca em alta velocidade, fragmentos cobertos de saliva pousando na minha bochecha. O time de futebol se desfez numa gargalhada abafada, dando tapinhas nas costas do Treinador para ajudá-lo a cuspir os últimos pedaços. Senti a queimação se espalhar sobre mim, ficando tão vermelha que eu poderia passar por um tomate.

– Hã, Jessie – disse Freddie em voz baixa, dando um passo na minha direção. Segui seus olhos até a mancha escura ao redor da minha virilha, que começava a se espalhar na calça cinza-clara, me dando conta dela junto com todo mundo.

Não.

NÃO, NÃO, NÃO.

O que eu fiz para o Universo me punir daquele jeito?

– Eca! – ouvi um deles gritar. – Que nojo!

– Que piranha suja.

– Por isso que ela é tão doida.

– Tá naqueles dias, né?

Sem saber o que fazer, eu me virei, focada em colocar um pé depois do outro e sair de lá o mais rápido possível.

CAPÍTULO 23

Cinco Coisas Sobre Ser Uma Bruxa Até Agora:
1. É UM SACO.
2. É UM SACO.
3. É UM SACO.
4. É UM SACO.
5. É UM SACO.

– MÃE! – gritei, forçando a abertura da porta, que naquele dia tinha resistido mais do que o normal. Senti como se estivesse fugindo de uma multidão enfurecida com forcados na mão. Vou dar uma lição neles, em cada um daqueles palhaços sorridentes, estúpidos e com apenas um neurônio. Começando com o Treinador. Vou enfeitiçar aquele apito idiota e enfiar no... – MÃÃÃÃÃEE! – berrei de novo, a ira percorrendo cada parte do meu corpo. Ouvi a voz dela vindo da cozinha, então marchei naquela direção. – Mãe, preciso daquelas aulas de bruxaria! Agora!

Depois de parar num banheiro público na rua principal e gastar meio rolo de papel higiênico, eu tinha vagamente resolvido a questão – no sentido de que não havia mais sangue jorrando de mim e eu tinha conseguido tirar um pouco da mancha, amarrando o casaco ao redor da cintura para disfarçar o restante. Eu sabia que deveria subir primeiro e terminar o trabalho, mas queria maximizar minha raiva para fazer a imersão antes que perdesse o embalo e a coragem.

Empurrei a porta da cozinha, o rosto vermelho e suado, sentindo como se estivesse prestes a desmaiar ou entrar em combustão espontânea.

Mamãe estava na frente na pia, parecendo perturbada e inquieta.

– Jessie, oi, querida – disse ela no que Bella e eu chamamos de voz de corretor de imóveis (animada, falsa, aguda demais). Eu parei. Ela estava arregalando os olhos significativamente na direção da mesa.

Eu me virei. Andy Faz-Tudo estava sentado à mesa com uma xícara de chá, parecendo levemente confuso.

– Oi, Jessie – disse ele. Notei na sua camiseta a imagem de uma furadeira acompanhada da frase SE O PAPAI NÃO CONSEGUE, ENTÃO ESTAMOS TODOS FERRADOS. Estremeci e fiz uma nota mental para nunca conhecer os filhos dele, se eles davam presentes como aquele.

– Aulas de bruxaria! Suas piadas são muito engraçadas – disse Mamãe com uma risada falsa que me deu vontade de vomitar.

Andy Faz-Tudo pegou a deixa e começou a rir também, daquele jeito irritantemente falso que os adultos adotam em situações sociais, mesmo quando não entendem a piada.

– Aulas de bruxaria! – exclamou Nonna, vindo do anexo onde mora, as pulseiras tilintando, a grande blusa florida ondulando. – Você finalmente está pronta para aprender?

– Mãe – disse Mamãe, ainda com sua voz falsa, mas dessa vez de forma mais cortante. – Jessie estava só brincando. Você sabe como ela é.

Nonna olhou de Mamãe para Andy e para mim, então repetiu a rodada, gastando alguns segundos a mais em mim. Seus olhos desceram para a minha virilha. Ela sabia. De alguma forma, ela sabia.

– Você vem comigo, docinho – disse Nonna, pegando minha mão e me levando até seu anexo. Ela encarou Mamãe como despedida enquanto saía.

⚡

Entrar no anexo de Nonna era como entrar no armário que levava a Nárnia. Sabe quando é Natal e você visita aquelas casinhas de Papai Noel nos shoppings e passa por um túnel coberto de neve falsa e pisca-pisca e com pequenos enfeites espalhados por todo canto e tudo parece totalmente mágico? É assim, só que sem a neve falsa e a decoração natalina. Em outras palavras, é parecido no bom sentido.

Eu me lembro com clareza da antiga casa dela, do outro lado da ilha. Um pequeno chalé de pedra com vista para o mar, telhado de sapê, roseiras formando um arco por cima da porta e um jardim da frente repleto de lindas flores. Ela costumava ter um daqueles balanços na varanda, virado para o mar, no qual ela deixava que eu e Bella tomássemos picolé – picolé de sobremesa toda noite –; nós nos sentíamos rainhas!

Mamãe dissera que Nonna tinha se mudado para nossa casa para podermos cuidar dela quando ficasse mais velha e para que ela não ficasse sozinha, mas nada em Nonna denotava "carência" ou "solidão". Talvez fizesse parte do esforço de Mamãe em voltar para suas raízes, ou talvez ela precisasse de apoio moral de bruxa para lidar com a gente. De uma forma ou de outra, por mais que o chalé fizesse falta, eu adorava ter Nonna tão perto. Seu anexo era como se o chalé inteiro tivesse sido enfiado num espaço pequeno, mas não parecia entulhado ou sufocante, mesmo perto da tentativa de minimalismo que Mamãe arriscara na casa principal. Parecia aconchegante, confortável e seguro – além de ter o cheiro de Nonna em cada canto.

– Você precisa de um absorvente, florzinha? – perguntou ela.

– Vou ficar bem, tenho uma quantidade industrial de papel higiênico enfiada na calcinha.

– Então sente-se – disse ela, indicando uma ponta de seu sofá amarelo chamativo e se sentando na outra. – Agora me conte qual é o problema. – Seus olhos azuis brilhavam de preocupação, as rugas nos cantos deles eram profundas e familiares.

Eu tinha que jogar do jeito certo – não que eu estivesse "jogando" com Nonna, falei para mim mesma. Isso soou bem mais artificial do que era. Tanto Mamãe quanto Nonna me importunaram para aceitar a minha bruxaria e deixar que elas me ensinassem sobre isso, e agora eu finalmente estava pronta. Era tudo verdade. Eu apenas não mencionaria que queria aprender sobre isso para usar toda a potência dos meus poderes contra meus inimigos. Então eu não estava "jogando" com Nonna, só sendo seletiva.

– Você pode me contar – disse ela, colocando a mão sobre a minha; eu sentia na pele o frio dos seus anéis grossos.

– Tudo isso é uma baboseira – desabafei, as palavras se prendendo num soluço. Porque, embora minhas entranhas fossem no momento basicamente um rio caudaloso de fúria, eu também estava exausta, esgotada e aparentemente muito triste.

Depois disso, era como se eu estivesse descendo as Cataratas do Niágara dentro de um barril – sem chance nenhuma de voltar. Eu me acabei de chorar, o nariz escorrendo, usei metade de um pacote de lenço de papel, por fim botei para fora toda a lamentável história e terminei enterrada no colo de Nonna, respirando sua essência de patchouli e lavanda. Ela fez carinho nas minhas costas, seus anéis e pulseiras duras e irregulares passando pela minha camiseta.

Ficamos daquele jeito por um tempo, eu apenas me nutria dela pela respiração, Nonna era toda rítmica e acolhedora.

– Você é especial, minha querida – disse ela, enfim, levantando minha cabeça. – Eu sei que agora isso é assustador e sei que você precisou de um tempo, mas juntas vamos ajudar você a atravessar esse momento. E a sair da crisálida em toda a sua glória feminina, poderosa, como uma linda borboleta-bruxa.

Senti uma pontada de culpa ao encarar aqueles olhos genuínos tão repletos de amor, mas lembrei a mim mesma que eu não estava mentindo, não completamente. Eu precisava mesmo abraçar minha bruxaria. E a ideia de toda a minha glória feminina, poderosa, parecia perfeita para o que eu tinha em mente.

– Você faz parecer que eu vou fazer algum tipo de terapia de imersão no Oculto.

– Bem... – disse ela, sorrindo descaradamente.

– Ah, Jessie, eu sinto muito. – Mamãe chegou correndo, toda afobada. – Eu só não queria que Andy... Foi um momento ruim, ele estava com algumas amostras e... ficamos conversando... sinto muito, estou aqui agora e sou toda sua. Conte-me tudo.

– Você não devia tê-la ignorado – disse Nonna num tom firme. – Ela precisava de você.

– Eu sei, mãe, mas eu não podia exatamente conversar com Andy lá.

– Por que não?

– Mamãe, não seja tola. Não é apropriado.

– Não precisa mais ser um segredo, Allegra. Eles não nos queimam na fogueira hoje em dia. – Nonna estava tentando imprimir um tom leve na voz, mas eu podia dizer que ela estava irritada com Mamãe. De repente Mamãe parecia muito mais nova. – Pensei que você estivesse cansada de se esconder – acrescentou Nonna em voz baixa.

– Mãe! Por favor, agora não – pediu Mamãe com uma pontada de raiva. – Querida, você está bem? – perguntou ela, se virando para mim e pegando a minha mão.

– Ela está pronta – declarou Nonna, e houve uma mudança no ar, uma expiração, uma energia nova.

Mamãe levantou as sobrancelhas, me questionando, os olhos brilhando.

– É verdade, meu bem?

As duas olharam para mim, curiosas.

Eu assenti e cheguei a sentir uma sementinha de algo como animação.

– Estou pronta pra conversar. E ter algumas aulas sobre como lidar com esses poderes bizarros que herdei de vocês – falei.

– Vamos evitar o uso da palavra *bizarro*, está bem? – pediu Mamãe. – E que bom! Estou tão feliz! Bella vai chegar em casa daqui a pouco. Nós queríamos esperar até que vocês duas estivessem prontas, para aprenderem juntas. Temos muita coisa para tratar! Mas por onde começamos? Por onde começamos…

Ela se levantou e começou a andar de um lado a outro, resmungando consigo mesma. Seu olhar encontrou o de Nonna, e elas sorriram uma para a outra. Então Mamãe estendeu a mão e um livro grande, pesado, de capa dura, voou da estante até sua palma. Eu arfei.

– Desculpe – disse Mamãe. – Cedo demais?

CAPÍTULO 24

– Nossa família é uma família de bruxas desde o início dos tempos – disse Nonna com uma voz séria e solene.

– Desde o início dos tempos? Como você sabe? – perguntou Bella.

– Xiu! Não interrompa – disse Mamãe.

Depois que Bella voltou e foi informada do plano, elas se apressaram para a parte do "preparem-se". Eu esperava que elas fossem aparecer com capas pretas de capuz e ondulantes, cabelos soltos enfeitados com florzinhas e acessórios para vassoura, mas as duas pareciam decepcionantemente normais – Mamãe de kaftan e Nonna vestindo sua blusa folgada com estampa floral de costume. Mas, com toda a animação, ela estava *mesmo* tilintando mais do que o normal.

Sentamos à mesa da cozinha, que estava coberta com todo tipo de parafernália, o que deu a impressão de que estávamos preparando um projeto escolar sobre feitiçaria ao longo dos séculos. Eu não conhecia metade das coisas, e a outra metade parecia um monte de bugigangas de uma daquelas lojas alternativas em Manchester que cheiram a incenso. E havia velas. Eu nunca tinha visto tantas velas acesas de uma vez – eu me sentia como se estivesse num clipe de música romântica com sérias questões de saúde e segurança. Dave estava aconchegada a meus pés, ronronando baixinho, como se fosse uma sexta-feira qualquer e ela não estivesse nem aí.

– Nossos poderes são passados de geração para geração. Da minha mãe para mim, de mim para sua mãe e agora da sua mãe para vocês – continuou Nonna.

Eu quis interromper e dizer que compreendia o conceito e pedir para irem direto para a parte boa, mas senti que não seria bem recebida. Estava difícil levar aquilo a sério, porque essencialmente era só Nonna falando numa voz um pouquinho diferente com um monte de coisas aleatórias na mesa, mas lembrei a mim mesma que aquilo era real e que, se eu quisesse usar meus poderes para vingança, precisava prestar atenção.

– Por gerações, as bruxas foram perseguidas, torturadas, assassinadas, queimadas vivas. Porque éramos poderosas, éramos temidas, éramos mulheres. Aqueles foram tempos sombrios, e fomos forçadas a esconder nossos poderes, negar o nosso eu verdadeiro. – Nonna não resistiu e deu uma rápida olhada para Mamãe nessa hora. Então se levantou e ergueu os braços, as pulseiras tilintando. – Mas sempre estivemos aqui, e sempre estaremos. E, das cinzas daquelas que vieram antes de nós, ressurgimos como uma fênix. Somos sobreviventes.

Quando ela falou em sobreviventes, passou pela minha cabeça uma visão de nós quatro com pouca roupa fazendo uma coreografia estilo Destiny's Child, e tive que abafar uma risadinha. Tentei trocar olhares com Bella, mas ela estava arrebatada.

– Certo – disse Nonna em sua voz normal, voltando a sentar. – Então vamos começar pelo básico. O que é a magia? – Essa claramente não era uma pergunta que esperavam que respondêssemos. – Magia é uma forma de se conectar com as energias do Universo. É baseada no respeito pelo mundo natural e na crença na beleza e no divino. Todos os nossos poderes começam e terminam lá, no mundo natural, com os ciclos da natureza...

– Incluindo os ciclos menstruais – interferi.

– Não tem nada mais natural do que isso – disse Bella, sempre sabichona.

– Ela está absolutamente certa – disse Nonna. *Claro que está.* – Onde a vida começa.

Afff.

– A Mãe Natureza em seu melhor.

– Então por que temos poderes quando estamos menstruadas?

– Porque é quando vocês são mais poderosas – explicou Mamãe.

– Não é assim que me sinto quando estou em posição fetal na cama com uma bolsa de água quente.

– É uma questão de beleza – disse Nonna.

Humm, não sei, não, hein?

– É a Mãe Natureza dando a vocês o melhor e mais poderoso dom que ela poderia dar. A habilidade de gerar vida.

– Não sei se isso é sempre uma coisa boa – discordei. Eu tinha a impressão de que o parto era mais uma punição do que uma bênção. – E, sem ofensa, mas acho que vocês pararam... sabe... de menstruar. Mas mesmo assim vocês continuam com poderes, certo?

Nonna sorriu, e de repente todas as velas se apagaram. Depois voltaram a acender. Meus olhos quase saltaram das órbitas. Aquele era um firme *sim*.

– Lembre-se: apenas os poderes das bruxas juvenis é que são limitados ao período da menstruação – disse Mamãe. – Quando seus poderes estiverem fortes o bastante, quando *vocês* estiverem fortes o bastante, seus poderes vão estar com vocês o tempo todo.

Poderes o tempo todo – *isso, sim,* soava promissor. A coisa da menstruação era um grande pé no saco.

– Ah, sim, mas vocês não falaram quando isso vai acontecer – disse Bella.

– É, quando vai ser? – perguntei, ávida por saber se eu poderia apressar as coisas de alguma forma. Seria útil ter poderes constantes ao lidar com Callum Henderson.

– Não se preocupe – disse Mamãe. – Varia de uma bruxa para outra, mas não deve acontecer em breve. A não ser que vocês sejam realmente notáveis.

Droga, isso me tirava da equação, então.

– E por que nossos poderes só começam quando estamos na ilha? – indagou Bella.

– Porque a ilha é a força vital do nosso coven. É preciso algo forte para desencadear os poderes pela primeira vez. Estar cercada de água e da alma das nossas ancestrais que viveram na ilha... isso invoca os poderes.

– Perdão, o quê? – repliquei, sentindo minha pele arrepiar quando pensei num exército de mulheres Downer mortas zanzando como zumbis por Ventnor.

– O que acontece com os poderes se você tomar pílula anticoncepcional? – inquiriu Bella.

– E quanto a garotas que são de uma família de bruxas mas não menstruam? – acrescentei.

– A natureza encontra um caminho. A natureza sempre encontra um caminho. Se você é uma bruxa, é uma bruxa; é uma bruxa do fio de cabelo à ponta do dedo do pé – descreveu Nonna. – Então, o Código de Bruxa tem três partes, todas essenciais.

– Peraí, você mencionou nosso coven? Quem, exatamente, está nele? Só nós? Tem mais bruxas na ilha? – Eu precisava de mais informações.

– Nós quatro somos um coven. Mas também há um coven da ilha – contou Mamãe.

– Nossa, então não somos só nós. Tem muitas bruxas aqui na ilha?

– Algumas – respondeu Mamãe. – Mas nós somos uma raça em extinção.

– Vou poder conhecer essas bruxas? – perguntei, sem saber se estava animada ou nervosa com a ideia.

– Em algum momento. Mas não vamos nos precipitar.

– E existem bruxos? – indagou Bella, fazendo Mamãe e Nonna caírem na gargalhada.

– Ah, por favor! – exclamou Nonna. – Os homens só estão tentando espalhar essa ideia para tomar parte da ação! Agora, vamos voltar ao Código de Bruxa.

– Ah, sim, três partes – disse eu, deixando de lado os outros bilhões de perguntas que eu tinha engatilhadas.

– Um – entoou Nonna. – Faça aquilo que te fizer feliz, mas não em detrimento dos outros. Dois: as energias que você emana voltarão em triplo para você. Três: tudo deve estar balanceado, pois a natureza deve permanecer equilibrada.

Parecia um lema qualquer de escola. Eu queria mesmo era passar para a parte boa.

– Então, sabe como é... Que tipo de coisa podemos fazer *de verdade* com nossos poderes? – perguntei do jeito mais inocente, nem remotamente vingativo, que consegui. – Para o bem, quero dizer, obviamente.

– Bem – disse Nonna, com um brilho intenso no olhar. – Basicamente, tudo e qualquer coisa.

No instante seguinte, uma música começou a tocar, as luzes piscaram, e todos os objetos da mesa se ergueram e pairaram no ar antes de girar ao nosso redor. O cabelo de Bella ficou vermelho, Mamãe começou a coaxar e minhas unhas cresceram quatro centímetros.

Era inacreditável. Era bizarro. Era coisa demais para digerir.

– Que p... – dissemos Bella e eu, olhando para tudo ao nosso redor como se fôssemos peixes idiotas.

Eu me senti uma criancinha num show de mágica. Tive que lembrar a mim mesma que aquilo não era ilusionismo nem truque; era para valer, e era Nonna – *minha Nonna* – que estava fazendo aquilo.

– Croac. – Mamãe balançava os braços para Nonna, no que imagino fosse um pedido para ela parar, mas tudo que saía de sua boca eram coaxos, o que obviamente eu e Bella achamos hilário. Dave nem se mexeu.

– Desculpe, querida – disse Nonna. – Eu estava fazendo uma demonstração.

E num piscar de olhos, como se não fosse nada, tudo voltou ao normal: objetos, música, unhas, cabelo, mamãe. Eu não conseguia decidir se estava aliviada ou desapontada.

– Então você não precisa recitar feitiços nem nada do tipo? – perguntou Bella.

– Algumas coisas, as que são mais difíceis, exigem feitiços. Mas, para coisas cotidianas, a magia está dentro de nós.

– Coisas mais difíceis tipo o quê? – inquiri.

– Bem, transformação, ressurreição. Esse tipo de coisa. Nada com que precisem se preocupar, certamente. Ressurreição é Magia das Trevas, e nós, as Downer, nunca fomos adeptas disso.

Engoli em seco, minha garganta parecendo apertada. *Magia das Trevas? Ressurreição?* Eu não queria viver com aquele peso.

– Então, se vocês sempre tiveram esses poderes, por que nunca os usam? – perguntou Bella.

Nonna e Mamãe olharam uma para a outra e riram, uma risadinha secreta de piada interna.

– Ah, nós os usamos, sim – respondeu Nonna. – Eu, o tempo todo, mas sua mãe só depois que se mudou de volta pra cá. Só tomamos o cuidado de garantir que vocês e, mais importante, outras pessoas não notem.

– Que tipo de coisas vocês fazem? – perguntou Bella.

– Cozinhar e limpar não, com certeza – acrescentei.

– Eu sugeri isso – disse Nonna. – Mas sua mãe insistiu que precisa aprender a fazer algumas coisas *de forma autêntica*.

Mamãe revirou os olhos.

– E é verdade!

– De forma autêntica? – repeti. – Isso é um eufemismo para "mal"?

– Ah, mas que atrevida! – exclamou Mamãe, rindo.

– Lição de casa? – perguntei, subitamente animada com a ideia de meus trabalhos escolares serem escritos magicamente. – Posso usar a magia pra fazer a tarefa de casa?

– Não pode, não! – sentenciou Mamãe.

– Por quê? Não faria mal a ninguém.

– Faria mal a você mesma.

– Interessante – comentei. – Então você está dizendo que em teoria eu *posso*, mas na prática não devo.

– Jessie – disse Mamãe, com seu tom de alerta.

– Já deu de enrolação – disse Nonna, se levantando. – Vamos começar nossa magia! É melhor aprenderem gradual e organicamente, estabelecendo conexão e relacionamento únicos com o Universo. Mas precisam saber o básico para começar. Então vamos iniciar com um dos encantamentos mais fáceis: acender uma vela.

Enquanto ela falava, duas das velas se apagaram, depois se acenderam e se movimentaram rapidamente pela mesa antes de se firmarem, uma na frente de Bella e outra na minha frente. Foi bizarro. E meio de arrepiar.

– Vocês precisam sentir o poder, se abrir para ele: se pensarem em luz, vão conseguir luz. Fiquem relaxadas. Inspirem, canalizem e então soltem. No começo é mais fácil fechar os olhos e visualizar a energia passando por vocês.

Eu estava preparada para aquilo. Fechei os olhos, me forçando a pensar na imagem da vela. Minha mão instintivamente foi até a barriga, tentando sentir a relação com o útero. *Pense na luz, Jessie, pense na luz.* Abri os olhos. Nada.

– Continue tentando. É praticamente impossível fazer magia direta na primeira tentativa. Tente de novo. Não force – disse Mamãe num tom gentilmente motivacional.

É bem mais fácil *dizer* para não forçar do que de fato fechar os olhos e pensar na luz, mas não luz em excesso. Tipo, como é possível? Aquilo parecia uma repetição dos meus esforços para meditar. Relaxe, inspire, canalize, solte. Abri os olhos: nada. De novo. Meu único consolo era que Bella também não estava tendo sorte. Tentei de novo.

E de novo.

E de novo – dessa vez fazendo mais uma respiração profunda, como se eu me preparasse para mergulhar. Então ouvi Mamãe soltar um gemido e uma cadeira sendo arrastada. Abri os olhos.

Uma vela do outro lado da sala estava em chamas. E por "chamas" quero dizer que havia um fogaréu de respeito no topo da vela, e a cera estava derretendo e formando poças no suporte onde se encontrava. Mamãe tinha se levantado instintivamente, pronta para correr até a vela, mas, antes que ela tivesse a chance, Nonna já havia apagado a chama com o olhar. Ela me fitou com um brilho de animação e interesse que eu não sabia bem como interpretar.

– Olha só – disse ela, com um sorriso tão largo que suas rugas ficaram ainda mais fundas. – Temos uma vivinha.

Senti Bella se enrijecer ao meu lado, sua vela ainda decididamente apagada. Eu não resisti e me senti um pouquinho convencida, embora meu quase incêndio não fosse exatamente o que se chamaria de sucesso.

– Bom trabalho, Jessie – disse Nonna, os olhos ainda brilhando. – Você só precisa de direcionamento.

A história da minha vida.

– Bella, você vai conseguir. Vamos tentar de novo!

⚡

Praticamos com as velas por horas, até o mundo lá fora estar preto como breu e silencioso e tudo que eu pudesse ver ao fechar os olhos fossem pavios e chamas flutuantes.

Bella, claro, conseguiu acender a vela dela não muito depois da minha primeira tentativa, criando uma chama precisa e controlada. Assim que dominou o movimento, ela me ajudou de um jeito não condescendente, para minha surpresa. Precisei de mais umas cinco tentativas, e algumas perdidas por pouco, para acender a vela que eu *pretendia* acender, mas, assim que consegui, a sensação foi incrível – pura, focada, poderosa. Era bom. *Eu* me sentia bem. Me senti como uma deusa. Totalmente exausta, até os ossos, mas ao mesmo tempo animada.

– Muito bem – disse Mamãe, se levantando. Ela parecia cansada. – Está tarde. Vocês duas precisam ir pra cama e descansar.

– Mas acabamos de começar – repliquei. Eu não tinha tempo a perder. A menos que pudesse evoluir de acender uma vela a acender uma fogueira sob as fuças do Treinador, minha habilidade recém-descoberta não iria exatamente ensinar uma lição a ninguém.

– Acabamos de começar? Nós estamos aqui há horas – argumentou Mamãe.

– Mas só fizemos uma coisa. Por favor, podemos tentar outras?

– Por favor – ecoou Bella, me dando um apoio muito apreciado.

– Não seja estraga-prazeres, Allegra. Elas estão animadas, isso é bom! – exclamou Nonna. – Elas não têm aula amanhã. Vou preparar um remédio para impulsionar a força delas, e elas ficarão novas em folha.

Nós três fizemos nossa melhor cara de cachorrinho abandonado (exceto por Nonna, que mais parecia um buldogue). Mamãe estava acuada num canto, e ela sabia disso.

– Está bem – disse ela, relutante. – Mais *uma* lição, mas depois já pra cama.

– Oba! Obrigada, Mamãe.

Bella e eu nos jogamos em cima dela para dar um abraço de gratidão.

– Vou fazer a preparação – anunciou Nonna, esfregando as mãos de excitação e se dirigindo ao seu anexo.

– Lama e grama? – perguntou Bella.

– Agrimônia e astrágalo, na verdade – explicou Nonna.

– Mas o gosto é o mesmo – sussurrou Mamãe, rindo.

– Você vai preparar num caldeirão? – zombei.

– O caldeirão é um pé no saco. É preciso três de nós para levantá-lo e demora uma hora para pegar fervura, então eu ia usar chaleira mesmo. Mas, se vocês quiserem, posso usar o caldeirão – disse Nonna no meio do caminho.

Bella e eu nos entreolhamos, tentando entender se ela estava fazendo piada ou não. Um caldeirão de verdade? Com certeza caldeirões e vassouras eram coisas de desenho animado, histórias de fantasia, bruxas inventadas.

– Venham ver com seus próprios olhos, se não acreditam em mim – sugeriu Nonna.

Bella e eu fomos até lá rapidinho.

– Ali – disse Nonna, apontando para um armário no corredor, próximo à porta dos fundos. – Abram, deem uma olhada.

Ela se afastou, com a mão no quadril e um ar de diversão nos olhos, enquanto eu lentamente abria a porta. (Não sei o que me fez sentir a necessidade de fazer isso devagar, pois não era como se o caldeirão fosse sair voando para cima de mim.) O armário estava uma zona, no típico estilo de Nonna – um aspirador encaixado em um ângulo estranho, um esfregão, um monte de rolos de papel higiênico, vários produtos de beleza, um sapato aleatório. Nenhum caldeirão.

– Muito engraçado – comentei. – Você me enganou.

– Ele está aí em algum lugar – disse ela, franzindo o cenho. – Deixe-me ver.

Ela se abaixou com esforço e começou a revirar a bagunça, murmurando:

– Vamos lá, sua coisinha, onde você está escondido?

Mais vasculhadas.

– Arrá! Ali está.

Depois de ter aberto o caminho dentro do armário, ela se afastou, e eis que lá estava, bem no fundo, um caldeirão grande e preto, exatamente do jeito que você esperaria que um caldeirão fosse.

– Nossa! – exclamou Bella. – Ele é… quer dizer…

– Está na nossa família há séculos – contou Nonna orgulhosamente. – Os feitiços que essa coisa já ferveu, as magias que já preparou, os tarados que já deixou impotentes. Vou dizer pra vocês, é incrível.

– Podemos usar? – perguntei.

– Outra hora, meu bem. Ele é pesado. Mas, prometo, vamos tirá-lo daí e levá-lo para dar uma volta em breve. Por hoje, vai ser na chaleira.

– Espere. Você também tem uma vassoura? – indaguei, sentindo a animação aumentar outra vez. Será que um dia eu voaria de vassoura? A ideia me fez formigar.

– Tenho, sim, com certeza – respondeu Nonna, sorrindo e remexendo o armário novamente. – Aqui! – exclamou ela, segurando na frente do corpo uma vassoura vermelha de plástico, dessas que você encontra em qualquer lojinha de bairro, e caindo na gargalhada.

– Nonna!

– Desculpe, eu não resisti. Não, nós não temos vassouras, não como aquelas que você está pensando. Não acredite em tudo que ouviu sobre bruxas, florzinha. Agora, chá!

$$\lightning$$

Como eu suspeitava, o chá era repugnante, mas Nonna nos fez beber tudo, e tenho que admitir que me senti bastante revigorada depois. Mamãe também fez queijo quente (seu prato à prova de falhas), que devoramos sentadas ao redor de uma fogueira na sala de estar – o fogo que Bella acendeu com magia.

– Muito bem, então – disse Nonna, ficando na beirada do sofá. – Próximo tópico, mover coisas!

– Telecinese – disse Bella com naturalidade.

– Agora que vocês pegaram o jeito do fogo, não deve ser difícil. Vamos começar com isto – disse Nonna, esvaziando sua taça de xerez e deixando-a na mesa de centro. – É como o que fizeram antes: mentalizem a intenção, permaneçam relaxadas, inspirem, canalizem, soltem. Jessie, você primeiro.

Coloquei meu prato vazio de lado e sentei no chão de pernas cruzadas, coluna ereta, numa pose um tanto séria, de quem está prestes a fazer ioga. Mamãe apertou meu ombro para me dar apoio moral, e eu senti sua expectativa. Olhei para a taça, um solitário fio de xerez escorria em direção à haste curta.

Imaginei a taça se movendo, inspirei, canalizei, soltei.

Senti a agora familiar cólica, um formigamento e algo como uma ondulação. A taça se mexeu. Mas não foi um deslizar suave e gentil pela mesa de centro – ah, não. A taça voou, a toda velocidade, até a parede e quebrou dramaticamente, cacos de vidro se espalhando por todo o carpete.

Silêncio. Mamãe pareceu horrorizada, Bella surpresa e Nonna um pouco impressionada.

– Você está bem? – perguntou Mamãe. Eu assenti, um pouco chocada com o resultado dos meus esforços.

– Bem, parece que vamos precisar de mais taças – afirmou Nonna, sorrindo.

⚡

E nós precisamos mesmo de mais taças. Toda a bandeja que Nonna trouxe para a sala, além de mais algumas. Basicamente, todas as taças da casa, e a maioria delas quebrou. Mas, como antes, acabei conseguindo. Bella precisou de algumas tentativas antes de qualquer coisa acontecer, mas, quando deu certo, foi quase perfeito.

E meio que foi assim o fim de semana todo. Não importava o que fizéssemos, eu conseguia primeiro, mas de um jeito bastante desastroso, e às vezes arriscado. Bella necessitava de mais algumas tentativas, mas, quando rolava, era precisa e tirava nota dez.

Lembrei da escola. Era muita sorte eu não ter causado maiores danos. Uma irritação de pele aleatória e um nariz que crescia não eram nada. Eu precisava me aprimorar para ser capaz de alcançar a vingança controlada e intencional que buscava – sem atear fogo na escola toda.

Estávamos tão cansadas que só saímos da cama na tarde de sábado, mas assim que acordamos voltamos ao trabalho. Fizemos o brunch num passe de mágica – eu não podia acreditar que Mamãe tinha cozinhado tão mal durante todo aquele tempo, sendo que podia servir comida comestível e gostosa de verdade – e depois (ainda melhor) lavamos a louça num passe de mágica.

Fizemos coisas crescerem e encolherem, congelamos coisas, derretemos coisas, suspendemos coisas, misturamos coisas, multiplicamos coisas. Num passe de mágica, fizemos animais (eu acidentalmente invoquei uma praga de gafanhotos), criamos feridas, curamos feridas, fizemos o cabelo crescer, fizemos o cabelo desaparecer (uma habilidade bastante útil), mudamos a cor do cabelo, encaracolamos o cabelo (quem imaginaria que havia tanta coisa a fazer com o cabelo?). Fizemos magia até estarmos com o corpo todo dolorido e quase incapazes de manter os olhos abertos, até eu ter certeza de ouvir minha cama me chamando.

No domingo, elas nos levaram para um passeio no campo ao amanhecer. Era tão cedo que eu senti como se ainda estivesse sonhando. O frio cortante era a única coisa que me lembrava que eu definitivamente não estava dormindo. Elas nos levaram para a parte oeste da ilha – o lado natural, menos desenvolvido. Tem uma grande e antiga colina de calcário que dá para o mar chamada Tennyson Down, em homenagem a um poeta vitoriano barbudo que morou em algum lugar da base da colina. Nonna nos conduziu até o topo, bufando, o céu gradualmente saindo do preto e se tornando rosado e arroxeado. Nossa respiração fazendo nuvens de vapor à nossa frente.

– Aqui estamos nós – anunciou ela quando finalmente chegamos ao pico. Um monumento de pedra alto e dramático assomava sobre nós, suas extremidades afunilando a um ponto onde havia um círculo intrincadamente esculpido.

Meu peito queimava com o esforço da caminhada, e eu não sabia por que não tínhamos simplesmente feito uma mágica para subir em vez de nos arrastarmos até lá. Mas, quando olhei para cima (percebendo que tinha passado a maior parte do caminho concentrada no chão abaixo

161

de mim), me deparei com uma vista *daquelas*. A ilha inteira se espalhava abaixo de nós, falésias brancas e baías sombrias, o mar cinzento formando ondas preguiçosas que lambiam as pedras, como se estivesse acordando, não exatamente pronto para o dia ainda.

– Este é o lugar mais seguro da ilha – disse Nonna. – Esta é nossa fundação, nosso aterramento, onde temos nossa conexão mais forte com a natureza.

Bella e eu nos entreolhamos. Tínhamos aprendido a não duvidar de nada que Nonna dissesse, não importava quão louco e ridículo soasse.

– Mas isso só está aqui desde a época vitoriana, certo? – perguntou Bella.

– Este peça em particular, sim, como um monumento a Alfred Lord Tennyson. Mas sempre houve um monumento às bruxas aqui – explicou Mamãe.

– Há séculos, nossa família faz rituais neste lugar – contou Nonna. – Nossas ancestrais jazem sob esta terra.

Lá vinha aquele papo de ancestrais de novo. Eu não gostava da ideia de andar em cima da querida finada Tia-Tataravó Louca Alice e de Molly Downer e de quem quer que estivesse ali embaixo.

– Vamos? – chamou Mamãe, os olhos parecendo cintilantes e vívidos pela primeira vez em anos.

– Hum, vamos fazer o quê? – perguntei em tom ansioso.

– Vamos! – disse Nonna. – É hora de vocês conhecerem a família.

– Ah, não. Não, não, não! – exclamei, começando a recuar.

– Sem chance! – ecoou Bella, fazendo o mesmo.

Mamãe ria.

– Ela está só brincando com vocês! Não vamos trazer ninguém de volta dos mortos. É uma cerimônia, uma forma de consolidar seu relacionamento com o nosso coven, com a ilha.

– É isso ou um complexo ritual com todas nuas – disse Nonna.

– É, eu estou de boa, obrigada – respondi.

– Confie em mim – pediu Mamãe, pegando minha mão e olhando para mim com tanta sinceridade que até doeu. Como dizer não?

– Me imite – disse Nonna, tirando do casaco o que pareceu ser algum tipo de faca medieval e passando a lâmina rapidamente pela palma de sua mão, formando um fluxo repentino de sangue. Arquejei e dei mais um passo para trás.

– Está tudo bem, prometo – disse Mamãe em tom reconfortante, pegando a faca de Nonna e cortando a palma da própria mão antes de entregar o objeto a Bella, que parou para respirar fundo e fez o mesmo, e então passou a faca para mim. Eu a segurei e olhei para os rostos cheios de expectativa. Minha mente me dizia que era errado, mas um instinto inesperado, algo que veio de algum lugar dentro de mim, me garantiu que era absolutamente certo. Fiz um corte rápido e superficial.

Bem diante do monumento, de frente para ele, Nonna estendeu os braços e encostou na pedra as palmas das mãos vermelhas de sangue. Olhei para Bella, para Mamãe. Mamãe assentiu, como se aquilo fosse algo corriqueiro. Não deixei de pensar que estávamos todas em privação de sono e devíamos ter ficado em casa, mas ao mesmo tempo (claramente) eu não tinha escolha.

Relutante, pressionei o corpo na pedra, o frio instantaneamente rastejando através das minhas roupas. Agradeci aos deuses por ser tão cedo a ponto de não haver ninguém ali para testemunhar. Assim que nos espalhamos, as mãos ensanguentadas no monumento, Mamãe e Nonna começaram a falar com voz baixa e solene:

Ancestrais elevadas do Coven Downer, viemos até vós hoje para apresentar as filhas do nosso coven. Que vós as protegeis, cureis, apoieis e ajudeis em tudo que elas fizerem.

Que assim seja.

Eu estava com frio, cansada e me sentindo boba. Estava essencialmente me esfregando em uma enorme pedra. Mas, bem quando eu estava prestes a perguntar quanto tempo precisaríamos ficar daquele jeito, uma onda – vigorosa, forte e elétrica – me atingiu e me percorreu. Senti como se estivesse sendo puxada para baixo, mas ao mesmo tempo flutuando para cima, como se pegando fogo e também congelando. Eu estava num furacão, deitada calmamente na praia. Eu era tudo e ao mesmo tempo não era nada. Ouvi vozes cantando, risadas – como se estivéssemos numa festa. Vozes distantes e abafadas dando "boas-vindas" e imagens de rostos – de pessoas que eu simplesmente sabia que eram Molly, Tia Alice, outras – pipocaram pela minha mente. E por baixo de tudo ecoava o grasnido das gaivotas, o bater das ondas, o correr do vento. Eu me senti poderosa, concentrada e viva. Era como se o meu corpo todo estivesse cantando.

E então tudo acabou de repente, e Nonna estava distribuindo balinhas de limão e ajeitando a saia.

– Abraço coletivo e depois vamos pra casa ver *Buffy*? – perguntou ela.

CAPÍTULO 25

– Jessie! Espere.

Summer tentava me alcançar, abrindo caminho por entre os rostos zumbificados de uma manhã de segunda-feira.

– Você está bem? – perguntou ela num tom de voz baixo. – Mandei mensagens o fim de semana todo, você não respondeu. Fiquei preocupada, quase fui lá ver como você estava.

– Ah, é, desculpe. Tive um fim de semana louco em família – comentei, imaginando o que poderia ter acontecido se ela tivesse aparecido quando a casa estava cheia de milhares de gafanhotos ou quando nenhuma de nós tinha cabelo ou quando todas as panelas flutuavam pela cozinha.

– Então você está bem? Fiquei sabendo do que aconteceu na sexta.

– Na sexta? – Levei um segundo para registrar sobre o que ela estava falando. O showzinho com o Treinador parecia ter acontecido há mil anos. – Ah, aquele lance com o Treinador? Aquilo não foi nada, estou ótima.

Conversamos no caminho, mas, quando chegamos aos portões da escola, Summer parou e olhou para mim com preocupação.

– Tem certeza? Porque pareceu... – Ela observou meu rosto em busca de sinais de um colapso iminente ou de uma chuva de lágrimas. – Pareceu ruim. Mas se você diz que não foi nada, não foi nada. Eu só queria falar com você pra ver se precisava de apoio moral.

– Estou de boa – respondi. E fui absolutamente sincera.

⚡

A verdade é que eu não estava só bem. Eu estava *irradiando* quanto era foda. Naquela manhã, não precisei repetir para o espelho que eu era forte, porque era o que eu sentia de verdade. Eu não era um rinoceronte – eu poderia derrotar um rinoceronte com um espirro. O incidente com o Treinador parecia nebuloso, como algo que eu tivesse visto num filme ou vira acontecer de longe com outra pessoa. Não era exatamente tangível, mas tinha uma certa aura, era repleto de significado – era o que havia me levado até ali, até *aquele* momento, até a força. Ao pensar no Treinador, eu pensava em diversão, em possibilidades e em retribuição. Vingança.

Por acaso, a segunda-feira também era um dia perfeito para isso: Estudos Midiáticos com Marcus de manhã, depois Matemática com Callum e por último Educação Física com Libby e o Treinador.

Eu estava tão absorta nos meus pensamentos que quase perdi minha primeira oportunidade.

– Só a ignore – dizia Summer. – Aquela célula cerebral singular que ela tem, semelhante a um lemingue, faz com que seja incapaz de pensar por conta própria.

Olhei ao meu redor para ver de quem Summer falava. Era Sadie, que estava no meio de um grupinho de garotos, olhando alguma coisa no celular. Ouvi minha própria voz saindo do celular e percebi que devia ser o vídeo de sexta-feira, do meu surto com o Treinador.

– Uma psicopata – disse Sadie, fazendo contato visual comigo enquanto falava.

Obrigada, Sadie, pensei, *por esse passe livre de culpa. Minha primeira vitória.*

Eu estava preparada: um fim de semana de prática, uma nova compreensão dos meus poderes e um absorvente interno reforçado – além de um externo. Eu não me concentrei, eu canalizei. Visualizei minha raiva como uma bola e expirei profundamente.

– Nossa! Mas que p…! – Uma garota perto de Sadie grunhiu quando uma porta de armário bateu em sua cabeça. Ela olhou ao redor, confusa, enquanto todo mundo ria dela.

Droga. Ação certa, alvo errado.

Sadie ainda estava rindo do vídeo no celular. Eu queria desesperadamente tentar enfeitiçá-la de novo, mas não queria correr o risco de machucar algum outro espectador inocente.

– Tem *certeza* de que está bem? – perguntou Summer. Eu tinha esquecido completamente que ela ainda estava comigo. – Você parece um pouco… não sei. Diferente de alguma forma.

– Estou absolutamente bem, prometo – respondi, observando Sadie começar a se afastar de nós pelo corredor.

O sinal tinha tocado e cada vez mais pessoas estavam indo para a sala, se empurrando e passando por nós. Perdi a oportunidade.

– Está bem, se tem certeza – disse Summer. – Vejo você no almoço?

– Claro, vejo você no almoço.

⚡

– Os primeiros dias de filmagem são esta semana – disse a srta. Simmons na aula de Estudos Midiáticos. – Vocês não terão permissão de filmar, a menos que tenham cumprido todos os itens do checklist e tudo tenha sido aprovado por mim. Está entendido?

A turma soltou um murmúrio coletivo que devia significar concordância.

– Vou aceitar que isso é um "Sim, senhorita Simmons". Então, ao final da aula, preciso do checklist preenchido, incluindo a ordem dos dias de gravação e um *storyboard*, por favor. Sejam minuciosos, trabalhem em equipe e, lembrem-se, essa é a chance de terem as suas vozes ouvidas. Aproveitem. Podem começar.

– Você está bem? – sussurrou Tabitha enquanto formávamos os grupos.

– Eu? Claro, estou bem – respondi. – Não muito animada pra essa atividade, mas sabe como é…

– Fiquei sabendo do que aconteceu na sexta. Pareceu terrível – disse ela com a voz ainda mais baixa. – Você devia registrar uma reclamação oficial para o senhor Harlston.

– Como se isso fosse ajudar… Sinceramente, estou bem – reforcei, sentindo que o resto do grupo tentava ouvir nossa conversa.

– Jessie, por que você não fica responsável pela entrevista com o Treinador? – sugeriu Marcus, endireitando o corpo na cadeira e estufando o peito como o presidente de um conselho de empresa. – Talvez você possa gritar as perguntas na cara dele, com aquela técnica realmente sutil de louca que está naqueles dias que você dominou.

Eu sorri. Um sorriso neutro, que dizia *não há nada pra ver aqui*, um sorriso de espera pelo momento certo, um sorriso de *por favor, bruxas ancestrais, me tornem capaz de controlar os meus poderes e dar o troco.*

– Pode parar, Marcus, temos um monte de coisa pra fazer – disse Tabitha, de um jeito mais suave do que eu imaginava ser sua intenção. Era fofo da parte dela fazer essa tentativa; eu sabia que ela odiava chamar atenção.

– Desculpe, senhorita, tem razão, senhorita – disse Marcus. – Que tal se vocês, garotas, cuidarem das autorizações e nós trabalharmos no conteúdo?

Tabitha corou, e compartilhamos um revirar de olhos.

– Vou pegar os papéis – respondi, e em seguida fui até a mesa da professora, onde estavam todas as cópias.

Freddie estava lá. Ele me deu um sorriso desconfortável.

– E aí? – disse ele, passando o peso de um pé para o outro. – Você tá bem?

– Por que não estaria? – perguntei num tom neutro. *Será que todo mundo pode parar de me perguntar isso?*

– Por nada – respondeu ele, se apressando na seleção das folhas.

Ele parou, as folhas nas mãos, rondando.

– Boa sorte – disse ele, por fim, indicando meu grupo com a cabeça, antes de se virar e correr de volta para sua mesa.

– Jessie, posso dar uma palavrinha rápida com você, por favor? – pediu a srta. Simmons. – Lá fora, talvez?

– Claro. – Eu a segui. Será que eu estava encrencada por causa da forma como tinha falado com o Treinador? Chegamos ao corredor, e ela fechou a porta da sala. Ouvi a barulheira começar assim que a porta foi encostada.

– Queria ter falado com você durante a chamada, mas não tive a chance. Só queria checar se está tudo bem com você. Fiquei sabendo sobre o incidente com o senhor Bowd na sexta-feira.

Olhei para o rosto dela, tentando entendê-la. Gostei dos seus dois piercings em cada orelha, como uma professora sutilmente rebelde. Ela usava argolas com pequenas luas de prata penduradas nelas, ao lado de minúsculos brincos de estrela. Aposto que também tinha uma tatuagem em algum lugar. Ela não parecia brava ou como se fosse me mandar para a detenção.

Por meio segundo pensei em contar a ela tudo sobre Callum e seus capachos e o incansável bullying vindo de todas as direções que sofri. Então percebi que isso não acabaria com tudo nem faria eu me sentir melhor. Eu iria fazer as coisas do meu jeito.

– É, estou bem – respondi num tom firme.

– Eu sinto muito pelo que aconteceu com você – declarou a srta. Simmons. – Mesmo nas melhores circunstâncias, nunca é fácil se adaptar a uma nova escola, mas sinto que está sendo particularmente difícil para você no momento.

– Não tem sido um passeio no parque, mas estou bem, de verdade – respondi, invocando minha força de rinoceronte. O rosto dela, todo acolhedor e empático, estava fazendo as lágrimas pinicarem no fundo das minhas órbitas oculares. Precisava lembrar a mim mesma que eu não era uma vítima, não mais. Eu tinha poderes.

– Eu não estava aqui na sexta, Jessie – continuou a srta. Simmons. – E não sei exatamente o que aconteceu. Mas minha impressão é de que a situação não foi conduzida de forma apropriada, e eu gostaria de conversar com o senhor Harlston sobre isso.

Hesitei. Eu gostava da ideia de ter alguém me apoiando, alguém para lutar por mim. Mas isso só levaria a mais problemas no final. O sr. Harlston era um bunda-mole que não levantaria um dedo contra o Treinador ou aqueles garotos – como poderia? Eles deram à escola mais glórias (e provavelmente mais financiamentos) do que qualquer outra pessoa. Ao contrário de mim, a Srta. Encrenca. Nunca daria em nada. Mas adorei a intenção da srta. Simmons.

– Obrigada pela oferta, mas acho que vou ficar bem – respondi. E ficaria mesmo, assim que desenvolvesse meu lado bruxa.

– Está bem – disse ela, relutante. – Bem, se mudar de ideia ou se outra coisa acontecer, por favor, venha conversar comigo. Estou falando sério, Jessie.

Voltamos para a sala, e o caos diminuiu instantaneamente.

– Reunião da sociedade das feministas boazinhas? – perguntou Marcus. – O que estava na pauta de hoje? Como administrar a TPM pra não gritar com os professores?

– Cale a boca, Marcus – disse Tabitha.

– Talvez estivessem planejando queimar sutiãs – sugeriu Harry com uma gargalhada.

– Isso sim eu ia querer ver – comentou Marcus.

Todos eles acharam aquilo histericamente engraçado e começaram a gargalhar, como se nunca tivessem ouvido uma sacada melhor na vida. Eu me senti enjoada. E então… senti dor. Do tipo útil.

O que devo experimentar? Eu queria que eles sofressem, parecessem tolos e ficassem envergonhados… uma irritação de pele, eu poderia causar uma irritação de pele neles. Já tinha feito isso antes, devia ser um feitiço básico.

Vamos lá, Jessie, você consegue.

Eu me desliguei do som das gargalhadas e fechei os olhos.

Respire fundo, canalize, sinta a dor, solte. Mas as gargalhadas entravam no caminho. Ótimo, pensei, irritada. *Riam, se vocês acham isso tão engraçado.*

– Já basta – disse a srta. Simmons. – Comecem o trabalho, por favor.

Mas os garotos não pararam.

Eles continuaram rindo. Abri os olhos, procurando por uma vermelhidão, manchas, qualquer sinal de irritação de pele no rosto deles. Nada.

Eles ainda estavam rindo.

A srta. Simmons se aproximou, parecendo zangada.

– Eu falei que *já basta*. Isto aqui não é um clube de comédia.

Os olhos deles se voltaram para ela como se dissessem "Sabemos que precisamos parar", mas suas risadas intermináveis efetivamente diziam: "Não estamos nem aí".

O resto da turma os observava num silêncio atordoado.

Como é que eles a desafiam na caradura assim?

E então a ficha caiu. Era *eu*. Meus poderes. Tudo bem que não tinha sido exatamente o que eu pretendia, mas, para um grupo de garotos que costumava rir para fazer todo mundo se sentir mal… aquilo veio bem a calhar. Talvez o Universo soubesse o que estava fazendo, afinal.

Lágrimas se misturaram às risadas.

– Basta! – exclamou a srta. Simmons. – Saiam agora. Já para a sala do senhor Harlston!

Eles se levantaram instantaneamente, corados de fúria, desesperados para fugir, sem entender o que estava acontecendo e ainda rindo de maneira histérica e descontrolada. A srta. Simmons marchou até seu computador para registrar o incidente, parecendo estupefata com tudo aquilo.

Eu fiquei quietinha, gentilmente afagando minha barriga, tentando não cair na gargalhada também.

⚡

Ah, que alegria senti o dia todo! Meu coração cantarolava, e eu me senti como uma personagem da Disney. Mas não uma daquelas princesas indefesas à espera de alguém para resgatá-las. Eu era uma bruxa poderosa e (quase) capacitada, e nada poderia me afetar. Minha única – e grande – decepção era que Callum estava doente e não tinha ido à escola. Parte de mim se perguntava se eu tinha feito alguma coisa contra ele por acidente, mas me dei conta de que isso não era possível, já que eu não o vira. E, de qualquer forma, ele podia esperar. Eu ainda tinha três dias de menstruação, e na quarta-feira haveria um grande jogo. Ele voltaria para a partida.

No almoço, usei a magia para esquentar meu café e deixar minha pizza gostosa, fiz o sinal do fim do intervalo soar dez minutos mais tarde do que o normal e sequei uma grande espinha na testa de Tabitha. Forcei Jay Grove a se levantar na cantina e dizer a todo mundo que tinha mentido sobre ir até o final com Harriet Bircher e fiz os mamilos de Dave Pearce lactarem (já que ele parecia tão obcecado por analisar detalhadamente os peitos de todas as garotas do décimo ano). Errei algumas vezes: fiz Holly Wells latir em vez de levantar a voz e explodi a caixa de suco do pobre Eli May em vez da de Oscar Dent (eles estavam sentados perto um do outro, então era um erro que poderia acontecer) –, mas foram coisas pequenas e sem consequências. O que os professores chamariam de "percalços no caminho rumo ao sucesso".

Eu estava nas alturas, e ninguém poderia me deter.

Abaixo os garotos, abaixo as mentiras, abaixo as garotas que se sentem um lixo – eu sozinha iria resolver os problemas daquela escola. Ninguém poderia me deter.

Até a aula de Educação Física.

– Senhorita Jones – disse o Treinador, com um brilho maléfico nos olhos. – Espero que esteja mais calma hoje.

Não consegui olhar para ele. Embora meus poderes estivessem mais sob controle, meus sentimentos em relação ao Treinador ainda estavam tão alterados que tive receio de explodi-lo por acidente. Eu o ignorei e continuei a fingir que estava me aquecendo.

– Treino de passes em dupla hoje, senhoritas.

Afff. Eu odiava quando ele nos chamava de "senhoritas" daquele jeito condescendente, bajulador e estúpido.

– Jessie e Libby, vocês podem formar a primeira dupla. Venham aqui e demonstrem pra gente, por favor.

Ele estava de sacanagem? Eu, demonstrar? E com Libby? Ele sabia que ela me odiava? Ou só queria me humilhar ao me colocar como dupla da melhor jogadora da sala? Ou ambas as opções? Provavelmente ambas. Ouvi uma onda de risadas sufocadas e murmúrios enquanto eu e Libby assumíamos nosso lugar na frente da turma. Ela me olhava feio e parecia estar tão infeliz quanto eu.

– Uma bola para cada – disse o Treinador, jogando as bolas para nós. (A minha por pouco não acertou minha cabeça.) – Vocês vão trocar passes continuamente, sempre mantendo uma bola alta e a outra baixa. O segredo é manter o foco nas duas bolas e as mãos em movimento. – Ele deu um passo para trás, mal escondendo um sorriso com a expectativa de me ver caindo de cara no chão. – Podem ir.

Cada músculo do meu corpo queria jogar a bola bem na cara presunçosa do Treinador, mas eu sabia que não podia fazer aquilo. Libby e eu começamos a trocar passes. Eu estava conseguindo pegar e jogar sem me fazer de idiota. Um avanço. Não ter que me concentrar tanto nos passes me dava a chance de focar nos meus planos. O que eu poderia fazer com o Treinador? Fiquei na expectativa de vê-lo, esperando o momento certo – mas para quê? Qual seria a vingança apropriada? Eu poderia, num passe de mágica, enfiar o apito dele em algum lugar onde definitivamente não deveria estar...

Então uma bola interrompeu meus pensamentos – forte e rápida na direção da minha cabeça. Antes que eu entendesse o que estava acontecendo, a bola se afastou de mim como um bumerangue e atingiu Libby bem na cara. Ouvi suspiros. Então Libby veio até mim e empurrou meu peito com força.

– Sua vaca! – gritou Libby.

Eu a empurrei de volta, só para me proteger, mas ela saiu voando, indo muito mais longe do que eu teria conseguido com um empurrão normal. Meu corpo estava vibrando e zunindo. Minhas cólicas menstruais vinham com força, mas não como as dores agudas e repentinas que senti antes; aquilo era mais como um latejar constante. Eu me senti descontrolada. *Putz, isso fui eu pagando de Hulk? Será que eu estava prestes a me transformar numa superbruxa megaforte?*

Libby se levantou e já veio para cima de mim antes que eu pudesse pensar, agarrando meu cabelo, chutando minhas canelas. Eu queria me defender, mas tive receio de que meus poderes de superbruxa pudessem destruí-la. Onde raios estava o Treinador?

– Podem parar, podem parar com isso – disse ele, se aproximando devagar, parecendo entretido. – Que tal se acalmarem e pararem com essa história de puxar cabelo, senhoritas?

Libby se afastou, com a respiração pesada, parecendo atordoada. Tentei ajeitar o cabelo e me recompor. Tudo doía – minha cabeça latejava, minhas canelas estavam salpicadas de pontos de dor e minhas cólicas quase faziam com que eu me dobrasse para a frente. E só naquele momento notei que eu também estava entorpecida por causa do frio. Uma das muitas alegrias de ter aula de Educação Física ao ar livre era ficar no frio congelante usando não muita coisa além de algo um pouco maior que uma calcinha. O céu estava cinza-escuro, ameaçador e carregado. Senti uma repentina urgência de ir para casa e me enfiar debaixo do edredom.

– Você, senhorita, merece ir para a detenção depois da aula hoje – disse o Treinador para mim, tentando sem sucesso esconder um sorriso.

– Foi *ela* que *me* atacou! – exclamei, incrédula.

– Depois que você jogou uma bola na minha cara! – retrucou Libby.

– Foi um acidente – argumentei.

– Ahã, sei.

– Ótimo, detenção para as duas – disse o Treinador, como se a situação não valesse seu tempo. Então acrescentou: – Desculpe, Libby, mas não consigo ser injusto.

O quêêêêêêêê?

E foi isso. Eu me sentia drenada e longe de estar tão poderosa e indestrutível quanto estava quando aquela aula estúpida começou, mas tinha certeza de que ainda me restava o suficiente para fazer alguma coisa.

Respire fundo, canalize, solte.

Um momento depois, a chuva começou. Sem aviso, sem um começo lento, só uma chuva grossa e pesada caindo do céu. Não era exatamente o que eu tinha em mente, pensei, enquanto observava o Treinador voltar tranquilamente para dentro, seco debaixo do guarda-chuva que havia tirado de sua bolsa esportiva. Enquanto o resto da turma corria para se abrigar na escola, fiquei parada, deixando a chuva me encharcar, ansiando pelo dia em que tivesse afiado meus poderes a ponto de fazer o Treinador expelir aranhas pelos olhos.

CAPÍTULO 26

– Aqui está dizendo que é pra passar pra vocês uma atividade que desenvolva habilidades de comunicação e incentive o trabalho em equipe – disse o sr. Deacon na detenção, seus olhos esbugalhados se estreitando atrás dos óculos para ler a tela do computador. – Eu preferiria colocar vocês para catar lixo, mas infelizmente, com o tempo do jeito que está, isso não é mais uma opção. Então vão ser as pichações do banheiro.

– Mas, senhor – protestou Libby –, nós geralmente só ficamos sentadas e fazemos o dever.

– Então vocês obviamente nunca ficaram de detenção comigo antes – disse o sr. Deacon. – Vão até a sala do senhor Blake e peguem os materiais necessários.

Libby abriu a boca para dizer alguma coisa, mas ele já estava em outra, passando uma tarefa para o pobre coitado ao nosso lado. Eu me perguntei se poderia lançar mão de magia para me safar da situação de alguma forma, fazê-lo mudar de ideia, mas me sentia completamente esgotada, como um enroladinho crocante sem recheio sendo soprado pelo vento. Eu só queria fazer o que fosse preciso o mais rápido possível para voltar para casa e me enfiar debaixo do edredom – se isso significava aceitar a punição vitoriana da escola, tudo bem, então.

⚡

– Isso é tudo culpa sua, sabia? – disse Libby assim que pegamos os produtos de limpeza com o sr. Blake, o zelador rabugento, e estávamos a caminho do banheiro.

Eu não falei nada. A verdade era selvagem demais para ser explicada.

Quando abrimos a porta, sentimos um fedor carregado.

– Ai, que nojo! – disse Libby, calçando um par de luvas como se fosse radioativo. – Você fica com aquela cabine, eu fico com essa.

Assenti, prendi a respiração e encarei meu destino. Para ser justa, a cabine parecia bem discreta – havia algumas declarações de amor (DE JT P/ WG, L&T P/ SEMPRE), alguns insultos (ELLEN É UMA MENTIROSA, CARRIE É UMA VACA), algumas zoações com professores (WWW.APOIA.SE/COMPRE-DESODORANTE-PARA-O-SR-ANSTEAD – desse eu achei graça) e alguns desenhos de pênis, mas não era como se a porta estivesse coberta. Parecia factível. Acionei generosamente o spray da solução que tínhamos recebido. O cheiro químico subiu até o meu nariz, chegando até o fundo da minha garganta. Eu tinha certeza de que era totalmente ilegal obrigar a gente a fazer aquilo. Eu poderia entrar com um processo. Fiz uma nota mental para ficar de olho em problemas de saúde que poderiam surgir no futuro, especialmente nos meus pulmões, e comecei a esfregar. Ouvi um bipe do celular de Libby e a batida dos dedos em resposta. E outro bipe – dessa vez ela soltou um suspiro frustrado antes de responder. Os bipes, sussurros e respostas continuaram durante todo o tempo em que esfreguei a porta. Eu podia sentir o aumento da frustração através dos murmúrios e do som frenético dos dedos. Pensei em dizer alguma coisa – falar para ela focar no trabalho ou perguntar se estava tudo bem –, mas decidi que o silêncio era meu melhor plano de ação.

Eu estava fazendo um balanço do meu progresso e brincando com a ideia de deixar para a posteridade aquele que mencionava o sr. Anstead, quando de repente a voz baixa de Libby perguntou através da divisória das cabines:

– Você estava falando a verdade sobre o Callum ter te beijado?

– Estava.

Eu ouvi quando ela baixou as ferramentas.

– Eu sabia.

Ela sabia? É sério?

– Achei que você não tivesse acreditado em mim – falei, tentando controlar a raiva na minha voz.

– Eu não *quis* acreditar em você. Quem, no fim das contas, quer admitir que o namorado é tão idiota que te largou pra ir atrás de uma garota que ele mal conhece pra tentar ficar com ela, e contra a vontade dela?

Fiquei em silêncio. Não sabia o que responder. Eu deveria sentir algum nível de empatia, mas ainda sentia principalmente raiva.

– Desculpe – disse ela. – Mas, pra ser justa, a Sadie foi a mais maldosa com você.

– Você a encorajou. E jogou uma bola na minha cara. Duas vezes, contando com hoje.

– Bem, você pediu.

– Difícil de acreditar. Por que você está perguntando isso agora, afinal? – indaguei.

Eu a ouvi suspirar e se levantar, então ouvi o barulho da porta da cabine se abrindo. Fiz o mesmo, meus joelhos rígidos de tanto ficar agachada. O ar fora da cabine parecia relativamente fresco comparado ao fedor do lado de dentro.

– Estou com a cabeça girando – disse ela. – Callum está em Londres, na casa de amigos da família. Ele estava me dando um gelo e agindo estranho, então a Sadie me mostrou uma postagem no Snapchat de uma menina com o Callum numa cama. Ela estava dando um beijo na bochecha dele. Quando mandei uma mensagem pra ele perguntando sobre isso, ele respondeu que ela era uma amiga da família e que eles se conhecem desde sempre e só dormiram na mesma cama, conversando. E aí ele disse que eu sou uma namorada doida e muito controladora e que ele não sabe se pode estar com uma pessoa que explode assim sem razão nenhuma. E agora eu não sei o que pensar. Estou sendo razoável?

Ela parecia muito confusa e indefesa, como um cachorrinho escorraçado. Nem um pouco com a Libby autoconfiante e segura com quem eu estava acostumada. E tudo por causa daquele imbecil. Eu queria dar um sermão e dizer que ele era um idiota inútil que não a merecia e que um dia ele seria um homem chato de meia-idade relembrando seus tempos de glória quando jogava futebol no Ensino Médio, porque ele não teria mais nada de bom na vida depois de se afastar de todo mundo.

Mas eu já tinha estado naquela situação. Já tinha aberto meu coração com garotas e alertado sobre caras horríveis, mas o tiro pode sair pela culatra se eles voltam a namorar, porque aí você se torna a vilã por dizer coisas tão maldosas (é sério).

– Parece que ele está fazendo *gaslighting* com você – comentei com cuidado.

– O que você quer dizer?

– Ele está fazendo você duvidar de si mesma. Você sabe que ele fez algo errado, mas, em vez de admitir e pedir desculpas, ele está distorcendo as coisas e fazendo *você* sentir como se estivesse errada, te chamando de louca, ameaçando terminar com você…

Libby refletiu, mexendo no celular com uma das mãos e roendo as unhas da outra. Seu lábio começou a tremer. Eu não estava preparada para lidar com Libby chorando.

– O que seu instinto diz? – perguntei.

– Que ele é um péssimo namorado – respondeu ela, a voz falhando.

Parei, deixando que ela digerisse as palavras que escolheu, feliz por ela ter chegado a essa conclusão por conta própria.

– Você pode conseguir coisa muito melhor do que um namorado ruim – comentei em tom gentil.

– Posso mesmo. – Libby tinha uma expressão diferente nos olhos. Cintilante, desafiadora. Sem lábios trêmulos. Aquilo era bom.

Ela digitou uma mensagem com rapidez e segurança. Ouvi o barulhinho de envio, e depois ela me mostrou o telefone, radiante.

> Tendo ou não acontecido alguma coisa, ando pensando e acho que não quero mais estar com você. Eu mereço coisa melhor. Acabou. Divirta-se em Londres.
>
> P.S.: Eu sei que foi você quem deu em cima de Jessie, não o contrário.

Será que eu havia acabado de ajudar Libby a perceber que tinha um péssimo namorado? De incentivá-la a ter uma epifania sobre saber seu valor e não se contentar com menos? Será que havíamos acabado de ter um... momento íntimo?

Eu estava com orgulho dela, mas também um pouco apavorada por ela ter mencionado meu nome. Será que Callum pensaria que aquilo tinha sido ideia *minha*?

— Meu Deus, preciso ir — disse ela, conferindo o telefone de novo. — Meus pais vêm me buscar, e papai não está feliz, porque parece que minha detenção bagunçou algum tipo de jantar honorário pré-jogo do meu irmão. E vai ficar ainda menos feliz se eu o deixar esperando.

— Você tem um irmão?

— Tenho, ele está no oitavo ano, a Criança de Ouro. Mas não estuda aqui, não. Ele estuda na Falcon Manor, a escola particular que tem em Cowes. Porque é claro que ele merece o melhor, só pelo fato de ter um pênis.

— Nossa. Isso é... difícil.

— Pois é. Enfim, não quero deixar meu pai ainda mais bravo por ter que me esperar. Preciso vazar. Tudo bem se você devolver isso aqui? — perguntou ela ao me entregar um monte de coisas de limpeza.

— Claro, mas será que já cumprimos o tempo?

— Só faltam dez minutos pra dar uma hora, e nós apagamos pelo menos três pintos e quatro xingamentos a professores, então acho que fomos bem. Obrigada! — disse, a meio caminho da porta. Então ela parou e olhou para trás.

— E obrigada pelo conselho — acrescentou. — Sério mesmo.

⚡

Fui obediente — é uma característica que não consigo evitar — e fiquei os dez minutos a mais, começando sem entusiasmo a terceira cabine, antes de devolver os produtos de limpeza para o sr. Blake e encerrar com o sr. Deacon.

Estava preparada para me molhar na volta para casa. A previsão do tempo para aquele dia não falava de chuva, então claro que eu não tinha levado nada útil, como um guarda-chuva ou um casaco, só meu velho moletom de capuz. A chuva tinha engrenado e estava tão forte que ricocheteava no asfalto, com poças se acumulando como lagoas em todo o estacionamento.

Fiquei parada debaixo da cobertura da entrada, o corpo todo doendo, cansada até os ossos, esperando por uma calmaria que parecia nunca chegar. Um carro lustroso e chique parou e vi Libby, que devia estar esperando debaixo de uma passarela, colocar suas coisas no porta-malas.

O homem no banco do motorista saiu do carro batendo o pé e começou a brigar com Libby, que parecia uma versão encolhida e fraca de si mesma, às voltas com o porta-malas, na chuva, enquanto ele gritava com ela debaixo do guarda-chuva. Eu não ouvi boa parte do que ele disse em meio ao vento, só palavras e frases estranhas: *"garota estúpida"*, *"o que você quer"*, *"arruinou nosso dia"*. Um garoto estava sentado na frente, o olhar fixo no para-brisa, e uma mulher, imagino que a mãe de Libby, sentada no banco de trás, com os olhos voltados para o chão. Libby não parecia triste nem brava, apenas resignada.

Mas *eu* estava triste. *Eu* estava brava. Não estava tudo bem. Talvez porque senti que parte da culpa de vê-la ter que aturar aquela droga era minha ou talvez pelo veneno na voz do pai dela; só sei que me senti compelida a fazer alguma coisa. Eu precisava invocar a bruxa imediatamente, mas não sabia se ainda restava algo em mim. Ainda estava muito esgotada.

Respire fundo, canalize, solte.

Eu me foquei no pai, tentando fazê-lo calar a boca.

Nada.

Não ia funcionar. Tudo que eu sentia era uma rigidez, uma parede preta.

Tentei novamente.

Respire fundo, canalize, solte.

Uma cólica invadiu minha barriga, e eu me dobrei de dor. Com certeza *aquilo* significava que eu tinha feito alguma coisa. Mas, quando olhei, nada estava acontecendo. Libby fechou o porta-malas, o pai dela ainda gritava. Eu falhei.

Então, do nada, aconteceu. O pai de Libby ainda estava gesticulando, ainda mexia a boca, mas era como se alguém tivesse apertado o botão do mudo. Nada saía de sua boca.

Ele parecia confuso e começou a agarrar freneticamente a garganta. Ficou mais vermelho e histérico. Todos olhavam para ele, confusos, e definitivamente havia uma pontada de alívio no rosto de Libby. Eu não tinha consertado tudo: o pai dela ainda era horrível, e a mãe dela ainda estava no banco de trás, mas pelo menos, por ora, ele estava em silêncio. Talvez aquilo bastasse. Eu só esperava que ele não encontrasse um jeito de culpar Libby por aquilo.

Depois de mais alguns minutos de gritos silenciosos, ele desistiu de tentar falar, voltou a entrar no carro e saiu do estacionamento cantando pneu. E, enquanto eles iam embora, eu tive certeza de ver Libby sorrindo.

CAPÍTULO 27

Depois daquela chuva apocalíptica, fiquei doente por dois dias.

Doente de verdade dessa vez: com cólicas menstruais horrendas, calafrios de verdade e sonhos febris em que eu transformava o pai de Libby num sapo e fazia todo o cabelo do Treinador cair. Quando acordei na terceira manhã, precisei de um minuto para checar se eu não tinha feito nada daquilo – estava certa de que não. Será que eu havia sonhado com o momento íntimo entre mim e Libby também? Aquilo parecia bem real. Se eu pensasse muito sobre aquele dia, até podia sentir o cheiro do banheiro.

Quando finalmente emergi do quarto, piscando para me acostumar à claridade, com uma pequena crosta de suor de dois dias em mim, não sabia nem que dia era. Isso me ensinaria a me lembrar de levar um guarda-chuva.

Com fome, desci a escada e dei de cara com o caos. Homens aleatórios e barulhentos zanzavam com propósitos variados, uma parede no corredor estava sendo derrubada, aproximadamente uma tonelada de poeira cobria cada superfície possível, e o bom e velho Andy Faz-Tudo estava no centro daquilo, orientando todo mundo e parecendo importante. A obra tinha começado, então. Timing perfeito.

– Oi, Jessie – disse Andy Faz-Tudo, radiante. – Como está se sentindo? Sua mãe disse que você ficou resfriada.

– Hum, melhor, obrigada – respondi.

– Se cuide – disse ele. – Pedi várias vezes para o pessoal fazer menos barulho por sua causa, mas receio que essa é uma batalha perdida.

– Obrigada – resmunguei, com vontade de continuar em movimento.

Eu estava descalça e usava apenas uma camiseta (felizmente, ela era longa o bastante para cobrir minha calcinha e passar vagamente por uma camisola). Eu provavelmente deveria ter voltado para cima, mas minha necessidade de comida se sobrepôs a tudo. De um jeito não muito elegante, percorri o caminho até a cozinha, e a sensação do chão empoeirado na sola dos meus pés era nojenta.

A cozinha também estava uma zona, com a mesa cheia de canecas de chá descartadas e de pilhas oscilantes de pratos sujos com restos de sanduíches de bacon, me fazendo pensar, mais uma vez, que Mamãe devia mesmo considerar usar mágica para fazer as tarefas domésticas. Pelo menos a cozinha ainda não estava em reforma, assim eu não tinha que desviar de pedreiros. Conferi se ainda havia pão e peguei o bacon na geladeira, a boca salivando.

O quebra-quebra e a gritaria incessantes pararam por um instante, e eu ouvi a voz da Mamãe – baixa e urgente – vindo de algum lugar. Ignorei a fome, porque era o tipo de tom que você sabe que precisa tentar ouvir. Deixei o pão no balcão e segui o som.

Ela estava no anexo de Nonna, com a porta entreaberta.

– Precisamos falar com ela. Ela pode causar sérios danos a si mesma e a outras pessoas se continuar assim – disse Mamãe. – Quer dizer, ela já está esgotada. Sem contar o efeito que já teve em você.

– Eu vou ficar bem. Ela precisa perceber por conta própria – respondeu Nonna. – Como aconteceu com você.

– As circunstâncias eram diferentes.

– Não muito. Ela precisa aprender por si mesma. Não vai adiantar nada se nós forçarmos a barra com ela.

– E nesse meio-tempo? E se…?

Naquele momento o quebra-quebra recomeçou, me pegando tão desprevenida que deixei escapar um ruído – um suspiro misturado com um grito de surpresa.

– Jessie? É você? – perguntou Mamãe, saindo apressadamente do anexo. Tentei não parecer culpada, mas não consegui.

– Eu só estava… comida – resmunguei, mostrando o pacote de bacon na minha mão como prova.

Nonna veio e começou a se alvoroçar em cima de mim, sentindo a temperatura da minha testa, depois colocou as mãos nas minhas têmporas e fechou os olhos.

– Como está se sentindo? – perguntou. Ela mesma estava com uma aparência péssima, pálida e com olheiras.

– Hum, bem melhor, acho – respondi.

– Hummm – murmurou Nonna, franzindo o cenho. – Ainda não está cem por cento. Mas podemos trabalhar nisso. Venha para o anexo, é o lugar menos empoeirado da casa. Sua mãe vai fazer um sanduíche e eu vou preparar um banho especial pra você.

– Um banho especial?

– Você vai ver, agora já pra lá. Tem um cobertor no meu sofá, vá se enfiar debaixo dele.

⚡

Os banhos de Nonna são Os Melhores do Mundo. Ela leva jeito ou talvez use magia, vai saber. Seja lá o que for, ela é certeira – a água quente o bastante para parecer um abraço aconchegante, mas não tão quente a ponto de você começar a suar e ter que sair dois minutos depois. Ela coloca as essências certas e na quantidade certa, de modo que você inspira toda essa maravilha, se sente relaxada e envolvida, mas não como se estivesse sentada em *pot-pourri* líquido.

Aquele banho em particular, depois dos dois dias que passei de cama me contorcendo no meu próprio suor, tirou uma definitiva nota doze de dez. Foi tão bom que eu quase chorei um pouquinho depois que me acomodei.

– O banho está bom? – perguntou Nonna, mancando banheiro adentro.
– Alecrim e sálvia-esclareia.

Eu me ajeitei para cobrir todas as partes que precisavam ser cobertas.

– Nonna! Estou tomando banho!

184

– Não seja tão pudica, menina, já vi tudo isso antes, e muitas vezes! Você vai precisar se soltar mais antes de ir aos nossos encontros. Lá todas nós ficamos como viemos ao mundo.

– Bem, pra começo de conversa, não vou a nada que exija que eu fique nua. E, em segundo lugar, você poderia me dar um *pouco* de privacidade...

– Vou olhar para o outro lado – disse ela enquanto sentava na privada. – Só queria ver se você está bem, querida. Como está se sentindo?

– Muito melhor – respondi. – Minhas cólicas menstruais ainda estão horríveis, mas a febre parece que passou.

Embora não esteja gostando muito do layout do banheiro, desejei acrescentar.

– E como você está lidando com *as outras coisas*, florzinha? Desde o que aconteceu no fim de semana. Já está se sentindo como uma linda borboleta-bruxa ou tem dificuldade pra romper a crisálida? Ainda tem muito de lagarta em você?

Como eu estava lidando com *as outras coisas*? A verdade era que eu não tinha realmente pensado naquilo nos últimos dias – estava ocupada demais suando. Naquela segunda-feira na escola, quando testei meus poderes, não me senti necessariamente... uma "linda borboleta-bruxa", mas me senti bem fodona, embora não tivesse sido totalmente bem-sucedida. Eu definitivamente me senti poderosa e, quase, no controle.

Eu me lembrei do olhar de Marcus quando ele não conseguia parar de rir. Aquilo tinha sido incrível. Mas aí me veio a cara presunçosa do Treinador, ele voltando intacto para os vestiários, porque não consegui retribuir de forma decente. Eu definitivamente precisava dominar meus poderes – ainda tinha muito a fazer com Callum e com o Treinador.

– Me sinto muito bem – afirmei. – É legal saber que não vou machucar ninguém. – *Por acidente*, acrescentou minha mente. *De propósito* seria ótimo.

– Sabe, é um equilíbrio delicado – disse Nonna.

– O quê?

– A Natureza, a Terra, a Feitiçaria. Nós funcionamos como uma e só podemos prosperar se formos respeitosas. Se reverenciarmos a natureza.

Nonna estava tento um momento de senioridade?

– Hum, é. Você falou isso no fim de semana.

– Eu sei, só estou repetindo. É importante.

Tapei o nariz e deslizei a cabeça para baixo d'água, deixando o calorzinho me envolver por completo. Senti que poderia ficar no banho para sempre, acrescentando água quente e óleos frescos a cada hora, pedindo para Nonna me trazer comida e bebida. Parecia um plano perfeito.

Quando emergi para respirar, Nonna estava acendendo uma vela vermelha e murmurando algo bem baixinho. Ela estava lançando um feitiço? Presumi – esperei – que fosse algum tipo de encantamento do tipo "fique bem logo".

Meu olhar foi até uma foto dela e do Vovô pendurada na parede. Eles estavam de pé na frente de seu chalé na praia, ambos rindo – gargalhando ao que parecia –, um de frente para o outro, como se estivessem numa bolha, como se pensassem que a outra pessoa era a mais engraçada que já tinham conhecido. Eles pareciam tão felizes juntos.

– Vovô sabia que você era uma bruxa? – perguntei assim que ela voltou a sentar.

– Claro que sim – disse Nonna. – Ele me apoiava muito. Era um grande fã do nosso ofício. Respeitador, também. Na verdade, ele tinha que ser assim, nós o ajudamos muitas vezes. – Ela riu consigo mesma.

– Como assim?

– Digamos que não foi só o talento natural que o levou a ser o melhor pescador das redondezas.

– Isso é permitido?

– Toma lá, dá cá, Jessie. Você pode tomar, desde que também dê. Essa é a linha tênue da natureza.

– E como exatamente você devolve?

– De muitas formas: plantando árvores, limpando o oceano, curando uma planta ou um animal. É sobre cuidado, equilíbrio e respeito.

Analisei a foto mais uma vez, desejando ter tido mais tempo com Vovô e que ele estivesse ali, naquele momento. Talvez ele tivesse algumas palavras de sabedoria para mim. Eu amava o fato de que ele sabia – claro que sabia, eu não imaginava aqueles dois escondendo segredos e mentiras um do outro.

– Papai sabia sobre Mamãe... e sobre mim e Bella? Quer dizer, ele *sabe*?

– Não é meu papel falar sobre isso. Você lavou o cabelo?

Era sempre assim quando eu mencionava Papai para Mamãe – uma parede impenetrável, perguntas proibidas, mudança de assunto. Mas Mamãe estava diferente – ela era a Mamãe 2.0, com o mote: família primeiro. Talvez valesse a pena perguntar de novo.

– Sim, eu lavei o cabelo – respondi. Sabia que não fazia sentido forçar a barra com Nonna.

– Vamos lá, ou você vai ficar tão enrugada quanto eu aí dentro – comentou Nonna, se levantando devagar da privada. A percepção de que ela estava começando a envelhecer veio como um clarão para mim. – Saia da banheira que eu vou preparar um chá especial pra você.

– Vai ser um dos seus chás especiais que têm gosto de lama e água parada?

– Sim, mas vai trazer um mundo de benefícios pra você. E se você tiver sorte, vou colocar um pouquinho de canela, sua maria-mole.

– Está viva – disse Bella, entrando na cozinha e pendurando sua bolsa bem arrumadinha (como sempre), os braços forrados de pacotes (como sempre).

– Que bom ver você também, mana – respondi.

Eu estava aconchegada na poltrona do canto – o único assento sem poeira na casa. Começava aos poucos a me sentir um ser humano novamente. Fosse qual fosse a lama mágica que Nonna tivesse colocado no chá, tinha funcionado.

– Está ficando bom, Mamãe – disse Bella, enquanto pegava e inspecionava os vários recebidos glamourosamente empacotados.

Àquela altura eu já estava acostumada: os presentes constantes, os produtos novos em folha, os convites para animadas festas de lançamento. Eu não ligava a mínima para o novo iluminador com "brilho orvalhado" ou o gloss labial "pêssego perfeito", mas ainda havia uma pequenina parte de mim que sentia uma pontada de algo parecido com ciúme sempre que eles chegavam. Ciúme de quê, eu não sabia bem – as amostras, a atenção, o fato de que as pessoas achavam que ela era especial o bastante para receber coisas?

– Não minta – disse Mamãe. – Mas tudo bem, a casa está autorizada a parecer um canteiro de obras por ora, porque é o que temos pra hoje. Ou pelo menos é o que eu fico repetindo a mim mesma.

– Recebi muitos comentários sobre isto hoje – disse Bella, apontando para a faixa de cabelo que estava usando, que eu, aliás, não havia notado. Tinha a mesma estampa floral dos macacões que Mamãe fizera, então eu supus que era outra de suas criações. – Acho que você encontrou o escolhido. Nós devíamos fazer uma loja on-line pra você, as pessoas adoram esse tipo de coisa hoje, turbantes, faixas. Até os *scrunchies* estão voltando à moda.

Mamãe abriu um sorriso, recatado mas radiante.

– Ah, não sei, mas fico feliz de você ter recebido comentários positivos.

– É sério, você devia pensar nisso.

Mamãe estava junto ao fogão, mexendo alguma mistura. O dahl não tinha rolado de novo, o que foi uma bênção, mas minhas expectativas não eram altas. Bella foi até lá e deu um beijo no rosto dela.

– Tudo bem? – perguntou Bella à Mamãe em voz baixa.

– Tudo certo – disse Mamãe, num tom forçadamente animado que não enganou nem a mim nem à minha irmã.

Bella me olhou. Foi um olhar fugaz e sutil, mas foi definitivamente *um olhar*. Eu não estava certa do que deveria fazer. Da última vez que conferi, nós havíamos tido um bom fim de semana de vínculo fraterno e nosso tanque estava cheio – eu consegui até não revirar os olhos quando ela puxou o saco da Mamãe. E eu tinha ficado doente! Então, a menos que, em meio ao estado febril, eu tivesse ido como sonâmbula até o quarto dela e bagunçado toda a sua preciosa maquiagem, eu não fazia ideia de qual era o problema.

– Como foi a escola? – perguntei.

– Tudo bem – disse ela em tom categórico.

Normalmente, diante da menor chance, ela faria um relato detalhado das últimas técnicas de contorno e iluminação que tentou com as amigas naquele dia. Definitivamente tinha algo rolando.

– Você precisa de uma mãozinha com alguma coisa, Mamãe? – perguntou Bella.

– Na verdade, se você puder só mexer isso pra mim, eu poderia ir trocar de roupa.

– Claro – disse Bella, pegando a colher.

– OK, o que foi que eu fiz? – perguntei assim que Mamãe saiu da cozinha e se afastou o bastante para não nos ouvir.

– Além de quase causar um desastre natural? – retrucou ela.

– Do que você está falando? Que desastre natural?

– Um clássico de Jessie! Você nem percebeu.

Eu me levantei da cadeira, ignorando a tontura, e me aproximei do fogão, tentando desesperadamente fazer meu cérebro confuso trabalhar. Desastre natural? Será que eu tinha perdido alguma coisa?

– Só me conte, Bella. Se eu fiz alguma coisa, não foi minha intenção, então que tal ser um pouco menos babaca?

Ela se virou para me encarar, ainda segurando a colher. Seus olhos estavam escuros e sérios, não havia nem um pingo de graça neles.

– Não foi sua intenção? Então você não teve a *intenção* de fazer um cara confessar ter mentido na cantina? E os peitos de um menino produzirem leite? De algum sinal tocar?

A ficha caiu, e meu rosto devia ter mostrado minha percepção horrorizada.

– Exatamente – continuou ela. – E, mais uma vez, aí está a Jessie tipicamente autocentrada, que não pensa na Mamãe, em Nonna, em mim, ou, que Deus nos proteja, em consequências mais graves. Só em você mesma.

– Mas… isso não foi nada – comentei, fazendo uma contagem mental do que acontecera: as mentiras e a lactação que ela já mencionou, a garota aleatória e o armário, Marcus e Tom e Harry e as gargalhadas, um upgrade da minha comida, a pele de Tabitha… ah, e o pai de Libby…

– Elas nos disseram especificamente que a magia *não é brincadeira*. É para fazer o bem, curar e trabalhar com a natureza.

– Eu não fiz isso por diversão – contestei. – Foi em legítima defesa.

– É sério, Jessie? – disse ela, gesticulando com a colher para mim. – Você zoou com a natureza! Nós tivemos dois dias de tempestade por sua causa. Nonna e Mamãe tiveram que tentar desfazer um pouco do que você fez, e Nonna está velha demais para essa droga; ela ficou de cama o dia inteiro ontem, está exausta.

– Mas… mas eu…

Eu não sabia o que dizer. Eu me senti péssima por Nonna. Não tinha me dado conta. Quer dizer, é, eu tinha notado a chuva, mas não pensei que tivesse qualquer coisa a ver comigo. E eu não sabia que Nonna tinha precisado consertar a situação de alguma forma.

Não podia ter sido tão ruim quanto Bella estava pintando. Tempestades aconteciam o tempo todo sem interferência mágica – provavelmente era algum padrão climático aleatório vindo das Bermudas, nada a ver comigo. Ela estava usando aquilo como uma oportunidade de bancar a adulta repressora de novo.

– E para que você tem usado sua magia, Senhora Bruxa Perfeita do Ano? – perguntei. – Porque eu acho que lançar um feitiço para aplicar base sem falhas ou fazer a trança francesa perfeita também não é permitido, só pra você saber.

Ela abriu a boca para responder, então a fechou e só ficou me olhando com ódio e frieza – e uma pitada de pena. Eu não gostei disso. Por sorte, naquele momento Mamãe voltou e eu aproveitei a oportunidade para desbravar o caminho empoeirado e me retirar para meus aposentos a fim de me aninhar com Dave. Dave não me julgava.

CAPÍTULO 28

Nonna me fez ficar de molho o resto da semana, disse que eu precisava descansar e me alimentou com todo tipo de chá nojento e xaropes – que eu tomei feliz só pelo fato de não ter que voltar para a escola.

Summer veio me procurar depois das aulas na sexta-feira. Eu não conseguia me lembrar de quando tinha sido a última vez que alguém me procurara – provavelmente no Ensino Fundamental. Fui pega desprevenida e, se me dessem qualquer chance, eu teria firmemente evitado qualquer visita à nossa casa, mas foi legal vê-la.

– Colega, você está viva! – disse ela, pisando com cautela no que sobrou do corredor.

– Por pouco.

– Eu queria levar você pra surfar, mas imaginei que, se você ficou doente de novo, provavelmente agora não é a melhor hora. Se bem que minha avó sempre diz que a água do mar cura tudo. Aparentemente, quando minha mãe era nova, toda vez que ela ficava doente, Vovó a levava para tomar um banho de mar, não importava a época do ano. Ela a fez ir com amidalite uma vez.

– Parece a *minha* avó – comentei. – A louca do banho.

Summer riu.

– É uma coisa da ilha.

– Eu provavelmente não estou no pique de surfar ainda, mas estou doida pra dar uma volta. Topa uma caminhada? Brisa do mar em vez de água do mar?

⚡

– Caaaaara, como é bom sair de casa – comentei alguns minutos depois, caminhando à frente de Summer pela rua.

– É isso aí, mas pode ir mais devagar. Não me faça correr.

– Desculpe, estou um pouco eufórica.

– O que está rolando de errado? A esta altura você deve ter faltado à escola mais vezes do que foi.

– Meu Deus, pois é – respondi, percebendo que ela tinha razão. – Eu tive muita febre. Acho que foi por causa de um banho de chuva no outro dia. Mas estou me sentindo melhor agora.

– Que bom, sentimos sua falta. – Ela me deu uma cotovelada amigável. – Então a obra começou?

– É. Está indo a todo vapor: barulho, poeira, pedreiros, as fuças dos pedreiros, e, minha nossa, eles gostam de soltar um barro no nosso banheiro. É nojento.

– Eca!

– Pois é. E acho que minha mãe gosta do responsável pela obra, que tem o nome sugestivo de Andy Faz-Tudo e é um bebezão chato de meia-idade. Tenho ficado nauseada de ver minha mãe toda sedutora e sombria. E Mamãe e Bella estão vivendo um espécie de amor só delas, o que também me dá vontade de vomitar. Por isso a empolgação em escapar um pouco. Estou quase perdendo a cabeça.

Respirei fundo. Era bom fazer um monólogo. Fomos até o cabo e subimos o gramado. Eu já estava me sentindo melhor, mais calma. Diminuí o passo para Summer me alcançar e ficarmos no mesmo ritmo. O cabelo dela estava solto, o vento soprando os longos cachos loiros em seu rosto.

– Aconteceu alguma coisa interessante na escola? Sei que perdi os dias de filmagem, embora eu ache que não deve ter sido tão "interessante" assim.

– É, acho que Tabs estava megachateada com isso. Ela estava gostando de ter uma parceira. Você vai ficar bem? Isso não vai afetar suas notas?

– Não sei, ainda não pensei no que vem pela frente. Eu só estava feliz por não ter que passar o dia inteiro ouvindo Marcus e a gangue tagarelar sobre esportes. Mas eu me sinto mal por ter deixado Tabitha se defender sozinha.

– Tabitha consegue segurar a onda – disse Summer, tentando sem sucesso manter o cabelo sob controle. – Bem, mais ou menos. Ela é boa com olhares de reprovação.

Caminhamos em direção ao monumento no topo. Respirei fundo algumas vezes, preenchendo os pulmões, saboreando o toque de sal.

– Você viu Libby? Ela parece bem? – perguntei.

Senti Summer hesitar antes de responder.

– Libby está bem. Libby sempre está bem – disse ela. – Você não devia se preocupar com ela.

– Ela não é tão ruim assim, sabia? – comentei. – No fundo, acho que ela é legal. Acho que ela fez algumas escolhas ruins e não tem uma vida muito fácil dentro de casa. Isso a faz parecer mais durona do que é de verdade.

– Eu a conheço desde que tínhamos cinco anos. Acredite, ela é ruim mesmo.

– Você a conhece há tanto tempo assim? Eu não sabia disso.

– A vida na ilha – disse Summer em um tom melancólico. – Todos nós estudamos juntos no Ensino Fundamental: eu, Libby, Tabs, Callum, Marcus. Libby e eu até fomos melhores amigas por um tempo, por incrível que pareça.

– Mentira! – exclamei, parando e me virando para ela.

– Não é? Mas foi no Ensino Fundamental. Acho que nossas personalidades e parâmetros morais ainda não tinham se formado, sabe?

– E por que vocês não são amigas hoje?

– Por muitas razões.

– Desenvolva, por favor – pedi, voltando a caminhar, dessa vez devagar.

– Estávamos bem até o sétimo ano, mais ou menos. Mas, não sei, o Ensino Médio mudou a Libby. Ela começou a se importar mais com o que as outras pessoas pensavam dela, a aparência, a popularidade. Libby não queria mais andar com Tabs porque Tabs tinha entrado no grupo de

Simulação da ONU e estava curtindo escrever e Libby achava isso nerd demais, então começou a ser bem babaca com ela.

Summer deu de ombros, mas eu sabia que ela não tinha contado tudo.

– E?

– E o quê?

– E o que mais aconteceu? Não acredito que foi só isso.

Summer suspirou.

– Teve mais uma coisa, mas acho que foi só o último prego no caixão. Já estávamos seguindo por caminhos diferentes.

– Continue…

– Então, por volta do oitavo ano, uma coisa meio que aconteceu. Nessa época, eu estava tentando entender minha sexualidade. Hoje todo mundo sabe que sou bi, mas até então eu não tinha contado pra ninguém. Principalmente porque eu mesma ainda não estava tão segura quanto a isso. Libby e eu estávamos no meu quarto um dia, porque, sim, a gente fazia essas coisas de melhores amigas, e eu confidenciei a ela que achava que talvez fosse gay… Alice Portland tinha acabado de entrar na escola e eu estava sentindo um monte de… coisas. Libby foi bastante compreensiva e me ajudou a botar tudo pra fora. Então sugeriu que nos beijássemos. Ela disse que isso poderia me ajudar a me decidir. Expliquei que eu não achava que funcionava daquele jeito, como se qualquer garota servisse, e educadamente, muito educadamente, disse "não, obrigada".

Ela suspirou, enrolando uma mecha de cabelo.

– O resto do dia pareceu transcorrer superbem. Conversamos e vimos TV, e ela me ajudou a preparar o jantar para as crianças. Só que no dia seguinte, na escola, ela agiu de um jeito muito estranho.

– Estranho como? – perguntei.

– Ela basicamente me ignorou. A não ser que outras pessoas estivessem por perto, aí ela ficava toda íntima. Mas então ela começou a soltar umas grosserias no meio da conversa, do tipo, se eu estivesse falando sobre garotos, ela diria "como se você soubesse". Por fim ela fez tantos comentários que as pessoas começaram a perguntar… na maioria das vezes, nas minhas costas.

– Então ela basicamente fez você sair do armário? – perguntei.

– Não exatamente, mas, como eu disse, ela incentivou a fofoca. E não foi legal. Especialmente porque eu mesma ainda não tinha certeza de como me sentia.

– Por que ela faria algo assim? Vocês já conversaram sobre isso?

– Tentei. Imaginei que talvez ela tivesse ficado com vergonha por ter se oferecido para me beijar. Expliquei que estava muito grata pela oferta, e que eu sabia que ela tinha feito isso por ser uma boa amiga. Ela só riu e disse que tinha sido uma brincadeira. Então, não sei… Talvez ela tivesse receio de que eu fosse contar para as outras pessoas. Ela não é do tipo moderninho. Mas, enfim, foi meio que isso. Eu certamente não quis mais ser amiga dela, e desde então ela só piorou, fazendo coisas parecidas com outras pessoas. Ela faz bullying, é simples assim.

Uma rigidez tomou o rosto de Summer, mas não antes que eu visse uma ferida genuína ali.

– Meu Deus, isso foi cruel – comentei. – Agora eu superentendo por que você não gosta dela.

– Então você entende por que eu não embarco na ideia de que no fundo ela parece legal?

– É… – respondi, e fiz uma pausa. – É só que… eu tive uma conversa inesperada com ela durante a detenção no outro dia. Ela se abriu um pouco. Pela primeira vez senti como se tivesse visto um lado diferente dela, um lado legal. Você acha que existe uma *chance* de ela ter mudado?

– Nunca. Algumas pessoas estão além da redenção a essa altura, e eu acho que Libby é uma dessas – disse Summer.

Ela parou subitamente, de frente para o vento, de modo que seu cabelo foi varrido para o rosto, como num vídeo da Beyoncé. Seus olhos estavam vívidos e decididos, as bochechas rosadas devido à caminhada.

– Não posso dizer com quem você deve fazer amizade, obviamente, mas tenha cuidado. Por favor. E não confie nela.

– Está bem – respondi, compreendendo um pouco melhor sua intensidade, mas ainda desejando que ela tivesse visto o que vi no banheiro naquele dia. Eu sabia que Libby não era santa, isso era óbvio, mas será que todas nós não merecíamos um pouco de espaço para crescer e evoluir? Mas o que eu sabia? Talvez estivesse me agarrando a qualquer coisa.

Uma cadela correu até nós e começou a pular cheia de animação em nossas pernas.

– Kimye! – Eu me agachei para tentar fazer um carinho nela e fui derrubada. Summer se virou e viu Freddie correndo em nossa direção.

– Alerta de babaca – resmungou ela, revirando os olhos.

– E aí? – cumprimentei, me levantando e limpando um pouco da lama.

– Meu Deus, ela fez isso de novo? Desculpa!

– Tudo bem, este não é meu vestido de festa favorito.

– Oi – disse Freddie , fazendo um aceno com a cabeça para Summer. Ela retribuiu o gesto sem fazer contato visual.

Todos ficamos parados de maneira desconfortável. Apesar de ainda desgostar um pouco de Freddie por causa da relação dele com os Babacas de Primeira (e de sentir muita vergonha por ter sido ele a me avisar que minha menstruação tinha vazado pela minha calça toda), ainda tinha algum tipo de chama suave quando eu o via – especialmente fora da escola. Eu me concentrei em Kimye, agachada para fazer carinho nela, deixando que ela lambesse meu rosto animadamente.

– Vocês vão pra casa do Harry hoje à noite? – perguntou Freddie por fim, quebrando o silêncio.

– O que vai ter na casa do Harry? – perguntei.

Summer me olhou feio.

– Ah, você andou faltando, eu esqueci. Ele vai dar uma festa pra comemorar o aniversário. Acho que quase todo mundo do nosso ano vai. Você super devia ir – disse ele, e o entusiasmo em seu sorriso quase me fez esquecer a perspectiva sombria de como seria uma festa com a presença de Callum e seus capachos.

– Não posso, eu tenho… família. Uma coisa de família. Minha irmã… – Eu enrolei. Eu realmente precisava melhorar minha capacidade de dar desculpas no calor do momento. Mentir: eu precisava mentir melhor.

– Também estou ocupada – disse Summer. – É melhor a gente ir.

Ela pegou minha mão e me puxou como se tivéssemos um compromisso urgente.

– Tchau – falei a distância para um Freddie confuso. – Um pouquinho grosseira? – comentei com Summer, depois que nos afastamos o bastante.

– *Ele* é grosseiro. O tempo todo.

– Ele parecia de boa ali, e também quando o vi aqui um dia desses.

– Isso é ele bancando o bonzinho. Na escola ele é o monstro, e é esse que magoa. Você não vai àquela festa, vai?

– Não tem a menor chance – respondi.

– Que bom. Não vá, definitivamente. Prometa que não vai – insistiu ela, me olhando sério por um tempo.

– Entendido. Câmbio. Sim, senhor, câmbio, senhor – reforcei, deixando que ela me guiasse colina abaixo.

CAPÍTULO 29

Eu definitivamente fui sincera quando disse a Summer que não tinha nenhuma intenção de ir à festa de Harry. Por que iria? Estaria cheia de gente de quem eu não gostava (e que claramente não gostava de mim). Eu não queria ter nada a ver com aquela festa. Preferiria passar a noite em casa, vendo alguma das histórias bobas de detetive de Nonna e aturando o olhar de soslaio de Bella, a ir à festa de Harry. E era exatamente isso que eu estava fazendo quando recebi uma notificação de que Libby tinha me adicionado no Snapchat. Com muita hesitação, eu a adicionei de volta. Um segundo depois chegou uma mensagem.

> Você vai na casa do Harry hoje? Callum vai estar lá e eu precisava muito de apoio moral.

Aquela parecia ser uma mensagem que precisava de uma resposta direta:

> Então não vá.

Mas ela não ia comprar essa.

> **Preciso ir pra provar pra ele que sou maravilhosa. Por favor, venha. Ele é tão maldoso. Maldoso, mas lindo. Eu não confio em mim perto dele. Por favor.**

Nem um mísero átomo do meu corpo queria ir àquela festa. Só a ideia já me dava vontade de vomitar. Mas eu sentia como se o fato de Libby ter terminado com Callum fosse em parte culpa minha. Eu não podia deixá-la na mão enquanto ela tentava ser forte. Quis mandar uma mensagem para Summer, pedir para ela ir também, pedir o conselho dela, mas eu sabia que ela odiava Libby e não lhe daria o benefício da dúvida, não veria que Libby pedir ajuda mostrava que aquilo era importante.

O que de pior poderia acontecer?

Eu poderia lidar com alguns xingamentos e risadinhas se isso ajudasse Libby a peitar Callum, e, julgando pela minha recente menstruação insana, eu provavelmente ainda tinha alguma magia sobrando caso precisasse – numa emergência. Mas só em caso *real* de legítima defesa dessa vez. Claro.

> **Tá. Qual é o endereço? Encontro você do lado de fora.**

Cinco Coisas Sobre Festas:

1. Elas são um tipo de tortura…
2. … a não ser que você seja popular ou melhor amiga do dono da casa.
3. A casa SEMPRE fica um lixo.
4. A pia SEMPRE fica entupida com os vômitos.
5. Não existe jeito fácil de entrar numa festa sozinha – a segurança, como sempre, está nos números.

A casa de Harry parecia legal. Ficava fora da cidade, afastada da rodovia principal, numa pequena região com apenas outras duas casas. Não era grande, mas também não era pequena. Havia um patinete de criança largado na frente e, afixada à garagem, uma cesta de basquete que parecia não ser usada há muito tempo.

No final da entrada para carros, eu já ouvia a música e o burburinho generalizado de uma festa. Parecia errado estar ali, mas falei a mim mesma que não precisava ficar muito tempo. Eu daria apenas uma passadinha, estaria ao lado de Libby quando ela visse Callum e ficaria só até ela começar a se sentir à vontade. Repeti a mim mesma que estava fazendo aquilo pelo bem maior, pelo Poder Feminino, pelas garotas em todo o mundo que estão num relacionamento com um cara maldoso, pelo feminismo em si. Eu iria à festa de Harry Benn pelo feminismo.

Mandei mensagem para Libby, perguntando se já tinha chegado, mas ela não respondeu. Fiquei enrolando do lado de fora, mexendo atentamente no celular para que alguém que fosse entrar não achasse que eu era alguma pessoa bizarra stalkeando uma festa. Mandei outra mensagem. Nenhuma resposta.

Depois de vinte minutos fingindo estar ocupada e resoluta, eu *ainda* não tinha recebido uma resposta. Decidi dar mais dois minutos e ir embora, e foi então que Freddie chegou.

– Oi, Jessie – disse ele. – Achei que você não viesse…

Eu teria preferido encontrar com Libby e resolver logo aquilo, mas era legal ver um rosto familiar que eu não odiasse abertamente. Parado ali com seu jeans preto e camisa xadrez e um sorriso largo no rosto, ele parecia o Freddie legal e amigável de fora da escola.

– Eu não vou. Quer dizer, eu não ia, mas estou aqui pra encontrar com a Libby. Só que ela ainda não apareceu.

– Certo – disse ele, parecendo confuso. – Pode ser que ela já esteja lá dentro. Você vem?

Olhei meu celular. Nenhuma mensagem.

– Claro, mas só pra achar a Libby.

– Você também poderia, sabe como é, se divertir um pouco?

– Duvido – respondi, mais alto do que pretendia. Por sorte, ele riu.

⚡

Nós nos espremdmos por entre os corpos no corredor estreito, caminhando em direção ao barulho, meu estômago revirando a cada passo que dávamos. *Feminismo. Estou aqui pelo feminismo*, lembrei a mim mesma.

Quando entramos na cozinha, que estava cheia de gente, os barulhos e comentários começaram. Alguns "oooh" e "aaah" e "ela já tentou aquilo com você, Fred?" e um "vaca psicótica". Avistei alguns rostos conhecidos – Sadie, Marcus, Harry, alguns outros –, todos me olhando e analisando, os sorrisinhos maléficos dignos de vilões da Disney. Senti Freddie se enrijecer de vergonha. Ele obviamente não tinha calculado quantos pontos perderia por ser visto comigo.

– Calem a boca. Ela estava lá fora. – resmungou para eles, se afastando de mim. Como se eu fosse algum tipo de cocô que ele encontrou no chão.

Eu estava mortificada, mas extremamente grata pelo fato de que as luminárias e os pisca-piscas estavam fracos o bastante para disfarçar quanto fiquei vermelha. Senti o suor se formar no meu lábio superior. Como era mesmo que Bella o chamava? ASLS: Alerta de Suor no Lábio Superior. É, euzinha mesmo. Rolando um ASLS muito sério. *Feminismo. Foque no feminismo. Você está aqui para o bom combate.*

– Libby está aqui? – perguntei, tentando disfarçar o fato de que Freddie tinha me jogado ali como uma batata quente.

– Tome um drinque – disse alguém, me passando um copo descartável com algum tipo de ponche de frutas.

– Tô bem, obrigada.

Beber definitivamente não me ajudaria naquela noite.

– Não precisa exagerar, Chata de Galocha – disse Sadie. – É sem álcool.

– Libby está aqui? – perguntei novamente, analisando o lugar.

– Está em algum canto. Com Callum, provavelmente – respondeu uma pessoa aleatória que eu nunca tinha visto.

Com Callum? Aquilo não era bom. Resmunguei um obrigada indiferente e segui para o jardim. Eu podia ouvir as risadas e as fofocas antes mesmo de sair da sala. Já estava acostumada com pessoas falando de mim pelas costas, mas tinha subestimado quão horrível era isso acontecer bem na minha cara. Suas expressões continuaram comigo quando pisquei, como faróis brilhantes que eu não conseguia afastar. Por que eu estava me colocando naquela situação? Eu queria estar ali para Libby, queria ajudá-la a se afirmar, mas eu tinha limites, e eles basicamente já tinham sido alcançados. Se eu não a encontrasse no jardim, iria embora.

Tomei um gole do drinque que, percebi, ainda estava na minha mão. Sem álcool, uma ova! Mas tinha um toque legal nele. Talvez pudesse mesmo ajudar, me relaxar um pouco – nada de Chata de Galocha por aqui. Tomei outro gole enquanto procurava pelo jardim. Era longo e estreito, com pisca-piscas espalhados pela cerca de um lado e uma cama elástica coberta pelas sombras de grandes árvores bem na ponta. À minha direita havia uma fogueira, em volta da qual algumas pessoas conversavam em voz baixa, com risadinhas ocasionais. Pensei em como devia ser legal fazer parte de um grupo, ter aquela segurança, a facilidade.

Olhei para os rostos iluminados pelo fogo, mas nenhum deles era de Libby. A maioria, eu nem reconhecia. Tomei outro gole do drinque. Mais adiante no jardim, havia algumas outras pessoas, mas fiquei nervosa em ir até lá sem conhecer ninguém. Não que ficar ali parada estivesse me favorecendo. Tomei outro gole, para me preparar.

Segui adiante no jardim a passos longos, lentos, relutantes. Vi alguém na cama elástica, mas quando me aproximei percebi que não era um corpo, e sim dois – entrelaçados, que definitivamente *não* queriam ser incomodados. Dei meia-volta depressa e fui na outra direção, até uma rodinha de pessoas. Reconheci uma silhueta alta entre elas, Freddie, e senti uma bola de raiva se formar nas minhas entranhas. Ele estava conversando animadamente com um grupo de garotos que não reconheci. Provavelmente debatendo as complexidades do ângulo de algum gol no fim de semana ou reclamando de alguma decisão ruim do juiz.

– As pessoas precisam dar um tempo pra esse cara, ele tem problemas de saúde mental. Além do mais, ele é um gênio – disse Freddie.

– Que é isso, cara? Ele perdeu o talento depois de tanto ser sugado por aquela família parasita – respondeu alguém.

– Você é tão ruim quanto o resto deles – disse Freddie. – Os gênios são sempre incompreendidos.

– Peraí, você está chamando as Kardashians de gênios agora?

Freddie riu.

– Ah, é, vamos nessa, então. Elas definitivamente são gênios quando se trata de ganhar dinheiro.

Sem perceber, eu tinha me aproximado e estava praticamente ao lado deles. O grupo se virou e olhou para mim. Ótimo, agora eu parecia bizarra.

– Oi – cumprimentei, sentindo a necessidade de surfar na onda do momento.

– Ah, oi – disse Freddie, com a guarda baixa. – Hum, esses são Matt e Sam, amigos do clube de críquete. Essa é a Jessie, ela estuda no Rainha Vitória.

Os dois disseram oi de um jeito totalmente normal, genuíno, agradável – não houve nenhuma das usuais sobrancelhas levantadas ou olhares compartilhados que eu estava acostumada a receber. Foi bom, como se aquele fosse um universo paralelo onde eu era totalmente normal e poderia conhecer pessoas novas casualmente.

– Vamos pegar mais bebida – disse Matt. – Vocês querem alguma coisa?

– Não, obrigado – respondeu Freddie, mostrando sua cerveja.

– Estou de boa – falei.

Quando eles saíram, perguntei:

– Você viu a Libby? Estou procurando por ela em todo canto. Não consigo encontrá-la.

– Eu não sabia que vocês eram amigas – comentou ele, confuso. – Mas não, não vi. Já foi lá em cima?

– Não, parece meio esquisito ir até o andar de cima sem nem mesmo conhecer o Harry. Mas tanto faz. – Comecei a caminhar em direção à casa, refletindo se eu tinha energia para procurar lá em cima. Então aquela bola de raiva, mais o ponche, me fez parar e voltar. – Achei que aquilo foi meio desnecessário, quando chegamos, sabe? Você praticamente correu de mim, parecia afoito pra deixar claro que não tinha vindo comigo.

Freddie parecia chocado. Ele olhou para os pés.

– Eu sei – disse ele em voz baixa.

Fiquei parada, querendo ouvir mais. Tinha que ter mais, certo?

– Mas não foi só por egoísmo – disse ele. – Eu não queria que eles achassem que estava acontecendo alguma coisa também por sua causa. Você não precisa lidar com mais fofocas. – Ele parou, seu rosto todo dolorido e pensativo. – Mas, sim, eu fiz aquilo pra me proteger também, e eu sinto muito por isso – acrescentou por fim. – Apesar de que, se é pra sermos sinceros, eu provavelmente faria de novo.

– O quê?! – gritei.

Freddie olhou para os lados, vendo se tinha alguém, vendo se não estávamos sendo observados. Era assim *tão* embaraçoso ser visto comigo?

– Vamos?

Ele apontou para o balanço junto à cerca. Eu queria ficar de pé, andar e reclamar, mas sentei, me empoleirando na ponta do banco, pronta para todas as possibilidades.

– Olha, eu entendo – disse ele. – Acredite, eu entendo. É difícil entrar numa escola nova, já vivi isso. E sabe como sobrevivi? Como ainda sobrevivo? Eu jogo o jogo. Eu me encaixo. Por acaso gosto de futebol e esse é um jeito fácil de me enturmar: a linguagem universal do futebol sempre vence. – Ele mexeu com o cabelo, alisando uma falha na parte de trás da cabeça, um hábito que eu já tinha notado. A luz dos pisca-piscas funcionava como um bom filtro, iluminando Freddie de um jeito bacana, de modo que ele parecia mais afável.

– E pra se encaixar você precisa ser babaca comigo?

– Bem… é, mais ou menos – respondeu Freddie, pelo menos tendo a decência de parecer envergonhado. – Em minha defesa, nunca me juntei a eles quando pegaram no seu pé.

– Nossa, um Príncipe Encantado de verdade, obrigada. E, que fique registrado, ficar parado e não fazer nada é a mesma coisa que participar. Quem cala consente.

– Ah! Você entende! – Ele parecia deliciado, como se eu tivesse oferecido algum tipo de prova. – Você é inteligente, superinteligente. Já notei. Mas você finge não entender tudo de cara. Você esconde, não é? Por quê? Estou supondo que é pra se encaixar. Você faz a mesma coisa que eu: se esconde, se encaixa, você é um camaleão.

Ele parecia satisfeito consigo mesmo, seus olhos escuros brilhavam.

Eu estava surpresa. Como ele conseguira pescar aquilo?

– Se esconder não é a mesma coisa de se juntar, ou ficar do lado enquanto alguém está sendo atacado – diferenciei.

– E você nunca fez isso? Você sempre toma posição, não é? Combate os vilões, mesmo que isso signifique se colocar na linha de fogo?

Assim que Fred falou, eu soube que era tão culpada quanto ele. Apenas algumas semanas atrás, Tabitha chorava copiosamente na cabine ao meu lado no banheiro. E eu não fui até ela, nem cheguei para ver se ela estava bem, porque eu estava muito preocupada com as implicações que aquilo traria para mim, com a possibilidade de eu ser arrastada com ela por associação. Exatamente a mesma coisa que tinha acontecido com ele. Balancei as pernas, encarando minhas botas Doc Martens surradas como se pudesse encontrar as respostas do universo nelas.

– Costumavam me chamar de "Albert" – contei, fechando meu casaco e tomando um bom gole do ponche, o doce grudando nos lábios. – No sexto ano, algumas escolas atrás. Minha mãe sempre falou pra gente se misturar, não chamar a atenção, mas acho que naquela época eu era muito nova para entender o que ela queria dizer, ou talvez ainda não me importasse. Eu tinha começado numa escola nova, mais uma. Fiz o que sempre fazia, respondi a todas as perguntas, sempre superprestativa, sempre com a mão levantada, sempre acertando tudo. Eu *sempre* fora assim… mas daquela vez não deu certo. Eles começaram a me chamar de Einstein, e dali foi para Albert. Mas não no bom sentido. Era maldoso. Dolorido. Então aprendi a lição, e hoje eu escondo. Autoproteção.

– Exatamente – disse Freddie, a compreensão iluminando seus olhos. – Autoproteção.

– Mas eu não magoava ninguém. – Afastei os pensamentos sobre Tabitha. – A única pessoa que estou magoando ao esconder que sou inteligente sou eu mesma. – Assim que falei, percebi que era verdade: eu estava, *sim*, magoando a mim mesma ao esconder quem era. Isso significava que Mamãe estava certa? Sobre se mudar de volta para cá, sobre precisarmos ser nós mesmas? Guardei essa epifania, como uma nota mental do tipo "pense nisso amanhã quando não estiver bebendo um ponche batizado".

Eu podia dizer que Freddie estava refletindo. Eu tinha um argumento, e ele sabia disso. Observei o rosto dele, a mandíbula rígida, o cenho franzido. É engraçado como os outros ficam mais bonitos quando você gosta mais deles como pessoas. Callum, por exemplo – ele é um cara de beleza convencional, tem um queixo bem desenhado e um cabelo perfeito e olhos escuros e profundos, mas para mim ele é feio. Feio por fora porque é feio por dentro. Eu costumava pensar a mesma coisa de Freddie, mas o gelo estava derretendo, levemente.

– Isso é tudo que eu tenho tentado fazer desde que cheguei aqui – acrescentei. – Me encaixar. Na verdade nem mesmo me encaixar, só sobreviver. Eu literalmente não fiz nada de errado. – *Quer dizer, não é estritamente verdade, Jessie.* – Eu sei que você não vai acreditar em mim, mas foi Callum quem me beijou naquela noite, e foi Callum quem mentiu pra todo mundo, e Callum é basicamente culpado por tudo.

Falar em voz alta fez tudo ficar claro como um cristal. Realmente, tudo era culpa de Callum.

– Eu acredito em você – disse Freddie em voz baixa. Parecia que ele ia falar mais alguma coisa, mas não o fez.

– Como você suporta ficar perto dele? Ele é tão babaca – retruquei.

– Ele pode ser mesmo, com certeza, mas também pode ser decente. As coisas não são fáceis pra ele em casa. A mãe foi embora quando ele era criança, o pai… não é um cara legal. É duro pra ele.

– Isso não é desculpa pra fazer da vida das outras pessoas um inferno.

– Hum… – soltou ele, sem se comprometer.

– Que fique registrado: eu acho que você está sendo um covarde. Uma coisa é ficar quieto e se encaixar, outra é permitir que as merdas aconteçam. Em alguns casos você deveria sentir a necessidade de se impor. Você tem uma irmã menor: imagine como se sentiria se as pessoas a tratassem como alguns dos garotos tratam as garotas na nossa escola.

Parei, relembrando minhas próprias ações. Eu não ajudei Tabitha, e isso foi ruim. Mas peitei os garotos e denunciei o esquema de pontuação ao Treinador. Ou pelo menos tentei. Não que isso tivesse dado em alguma coisa.

– Tem um limite, sabe? Todos temos um limite – continuei. – Talvez você ainda não tenha atingido o seu. Mas, enfim, acabou o sermão.

Freddie levantou a cabeça e olhou diretamente para mim. Eu me perguntei se tinha ido longe demais, se o ponche combinado com a bola de raiva tinha me dado uma coragem estúpida e uma boca grande. Eu não conseguia decifrar totalmente sua expressão, mas não parecia ultrajada.

– Foi mais como uma palestra, na verdade – disse ele, um sorriso querendo aparecer no canto da boca. – Mas entendo seu ponto.

Foi minha vez de encarar meus pés. Analisei minhas botas, seguindo a linha dos cadarços ao se encurvarem e enlaçarem. Eles se infiltravam um no outro e fugiam de mim. O balanço parou, mas minha cabeça estava atrasada e ainda se movia, girava. Pensei em procurar Libby ou só ir embora, ponto-final, mas algo me mantinha ali.

– Era de Kanye que vocês estavam falando antes? – perguntei.

– Era. Por quê?

– Por nada. Eu adoro as Kardashians e, por extensão, Kanye, mas "não sou totalmente avesso a ver um episódio de *Kardashians*" foi, eu acho, a frase que você usou antes. É só que você parecia um pouco mais… entusiasmado do que apenas "não avesso". Quase como se você fosse um *superfã* ou algo do tipo?

– É, você adivinhou – disse ele, levantando as mãos em rendição. – Quer dizer, não é o tipo de coisa que eu anuncie pra todo mundo, mas Matt e Sam são gente boa. Gosto de ter discussões acaloradas com eles.

– Eu também não sou avessa a uma discussão acalorada – comentei, sorrindo. – Especialmente sobre as Kardashians.

⚡

Nós conversamos. E conversamos e conversamos. Falamos das Kardashians, reality shows em geral, livros, música (continuamos o debate anterior sobre Kanye), animais de estimação (ele é do Time Canino; eu, claramente, do Time Felino), a ilha e mais um monte de coisas.

Não conversamos sobre a escola, Callum ou qualquer coisa parecida. E tudo bem por mim. Outras pessoas se juntaram a nós e depois saíram, mais drinques foram colocados na minha mão, e eu estava vagamente consciente de que a música e as conversas e o barulho generalizado da festa estavam ficando mais altos. Havia sussurros e risadinhas aqui e ali, mas não prestei muita atenção a eles, eu estava numa bolha. Me senti mal por deixar Freddie longe da diversão, mas não mal o bastante para parar. Esvaziei meu ponche e deixei a sensação quentinha de embriaguez me inundar, numa onda de felicidade e autoconfiança que a tudo consumia.

– Você é bem interessante, sabia? – disse Freddie. – E não o que eu esperava.

– Idem.

– E, não sei, sinto como se pudesse ser eu mesmo perto de você e não...

– Idem de novo.

– Meu pai está na prisão – soltou ele. – É por isso que nos mudamos pra cá. – Ele parou, o ar congelado entre nós. – Meu Deus, é bom dizer isso em voz alta. Eu nunca tinha contado pra ninguém antes.

Quando me virei para encará-lo, Freddie estava firmemente concentrado no chão.

– Prisão? Por quê? Quer dizer... não, você não precisa responder. E você... você encontra com ele?

– É uma longa história, prefiro não entrar nela. Ele está em Lincolnshire. Fomos embora pra começar de novo, fugir de todo mundo que conhecia nossa vida e falava sobre nós, o que é bem irônico considerando que a ilha é um criadouro de fofoca. E não, eu não encontro com ele.

Eu não sabia o que dizer. A embriaguez na minha cabeça já não parecia quentinha e divertida. Parecia enevoada e densa. Senti que definitivamente deveria dizer algo em apoio ou reconfortante, mas não consegui pensar em nada. O silêncio se estendeu entre nós.

– Ai, meu Deus, eu não devia ter contado. Eu não devia ter dito nada. Por favor, não conte a ninguém. Eu só... eu... parece que estou carregando uma bola de canhão. Uma bola muito pesada.

– Eu sou uma bruxa! – quase gritei.

Ele riu, o que fez explodir levemente a linda bolha de intimidade e vínculo que pensei que nos envolvia. Pelo menos eu o animei um pouco.

Eu devia parecer desapontada, porque ele mudou sua expressão de zoeira para falso interesse.

– Uma bruxa, é? Certo, então que coisas de bruxa você consegue fazer?

Hesitei. Eu não queria contar a ele que causei uma irritação de pele em Callum ou que fiz o nariz de Marcus crescer. Nenhuma dessas coisas lançava uma luz boa sobre mim.

– Bem, eu posso curar as pessoas…

– Curar é legal – disse ele, claramente só para me animar. – Estamos falando em cura de alto nível, como câncer e doenças terminais, ou cortes e arranhões?

– Sei que você não acredita, mas é verdade. Vou mostrar – declarei, determinada. Eu queria compartilhar um segredo com ele assim como ele fizera comigo. Queria continuar na bolha de intimidade, no círculo de confiança que havíamos criado.

Não parei para olhar ao redor e avaliar a situação.

Nem pensei em procurar por outras pessoas.

Não pensei (mais uma vez) nas consequências de usar a magia. Tudo que eu pensava era que precisava que ele acreditasse em mim.

Eu esperava ter poder suficiente em mim para provar.

– Olhe para aquele pedaço de madeira – pedi, apontando para um pequeno galho ao nosso lado que tinha caído da árvore. – Vou atear fogo nele.

Ele forçou uma expressão séria no rosto e olhou para o galho.

– Olhando.

Respire fundo, canalize, solte.

Nada aconteceu.

Droga.

Naquela manhã eu ainda estava um pouquinho menstruada. Eu devia ser capaz de fazer algo pequeno, pelo menos!

Tentei de novo. *Respire fundo, canalize, solte.*

Nada.

Eu não acreditava. Tinha feito minha grande declaração e agora não conseguia nem provar que estava dizendo a verdade. Que desastre. Mais um. Ele pensaria que eu era louca e que devia me evitar. Minha única esperança era que ele não contasse a ninguém.

Olhei para ele, a vergonha irradiando de todos os meus pontos. Ele estava sorrindo. Não um sorriso maldoso, do tipo que diz "você é tola".

Era um sorriso que indicava que ele ainda me achava interessante. Isso me fez sorrir também.

– Obrigado – disse ele.

– Pelo quê?

– Por encontrar uma forma de fazer com que eu me sentisse melhor. Por não fazer com que eu me sentisse desconfortável.

Eu não entendi bem o que tinha acabado de acontecer, mas então ele mexeu o dedinho até que estivesse sobreposto ao meu e sorriu, seus olhos estavam úmidos e intensos e de repente o entendimento não importava mais. Eu me inclinei, me sentindo confortável e altinha, e o beijei. Ou ele me beijou. Nós nos beijamos. Um beijo delicado que foi ao mesmo tempo rápido e devagar. Meus dedos formigaram, meu coração bateu mais forte e minha cabeça girou um pouco. Isso era amor ou culpa do ponche? O beijo acabou antes que eu o tivesse registrado propriamente. Nós dois nos reclinamos para trás e evitamos contato visual. Eu não sabia o que dizer ou fazer.

– Eu juro, sou uma bruxa – me ouvi dizendo. – É que só... só... só acontece quando estou menstruada.

Antes que Freddie pudesse responder, ouvi uma voz gritando meu nome.

– Jessie! – Libby estava marchando na minha direção a toda velocidade. Ela parecia brava. – O que você está fazendo aqui?

Olhei de Freddie para Libby.

– Você me pediu pra vir – respondi, confusa.

– O quê? Não pedi, não.

– Sim, você me mandou mensagem, disse que precisava de ajuda pra encarar...

Mais pessoas estavam se reunindo em volta, atraídas pela gritaria. Ouvi algumas risadinhas, alguns sussurros – a trilha sonora da minha vida.

– Você precisa ir embora – disse Libby, me pegando pelo braço e praticamente me arrastando em direção à casa, deixando Freddie no banco.

Libby me puxou em meio aos corpos na cozinha, no corredor, e falou rapidamente e em voz baixa:

– Vou conversar com você na segunda, mas preciso de verdade que você vá embora agora.

Eu provavelmente devia ter exigido respostas ou me imposto de alguma forma, já que ninguém mais se candidatou ao cargo, mas a vibração calorosa de antes se tornou uma palpitação sinistra e fria, e o drama da noite estava se tornando grande demais para lidar. Permiti que ela me empurrasse porta afora, e olhei para trás quando ela entrou e fechou a porta sem dizer uma palavra.

Sozinha na entrada para carros, as lágrimas vieram instantaneamente, assim como o choque e a fúria e a vergonha profunda. E, por baixo de tudo, o medo. Em que novo inferno eu tinha acabado de me meter?

CAPÍTULO 30

Não me lembro muito de quando meu pai estava com a gente. Ele foi embora quando eu era pequena, então não sei se as lembranças que tenho são de coisas que aconteceram ou de coisas costuradas a partir de fotografias e trechos de histórias, como peças de quebra-cabeça que não combinam, emperradas onde não se encaixam.

A maioria dessas lembranças – ou falsas lembranças – é de quando moramos em Manchester pela primeira vez. Antes da mudança para Lake District, antes da mudança para Derbyshire – antes de ele ir embora, obviamente. Era uma pequena bolha de tempo, quando achei que todos estavam felizes. Não que eu pensasse conscientemente, na época, se as pessoas estavam felizes ou não, mas não me lembro de brigas toda noite, ou de Mamãe chorando baixinho no quarto e inventando que estava resfriada quando Bella e eu perguntávamos o que havia de errado. Eu me lembro de sorrisos e passeios em família, e de Papai dançando pela cozinha enquanto cozinhava, Mamãe o observando com afeto enquanto bebericava seu vinho e brincava com a gente.

Uma das lembranças mais claras, menos pixeladas, era de quando eu tinha uns cinco anos, possivelmente menos – eu estava correndo, apostando corrida com Bella, eu acho, e caí de cara no cascalho. O tipo de cascalho que tira uma camada de pele e pinica como se nunca mais fosse doer assim.

Lembro que Papai me levantou, dizendo que *não é a queda que importa, e sim voltar a se levantar quando você é derrubada*. Na época eu só queria um curativo e um abraço, mas lembro que ele falou isso.

Ele era um dicionário de citações motivacionais: *mire na lua e, mesmo se errar, você vai atingir as estrelas*; *os sonhos só funcionam se você se esforçar*; *faça a coisa certa mesmo quando ninguém estiver olhando*, eram algumas delas. Mamãe costumava rir e revirar os olhos para ele – antes que a frustração diante dessas palavras se instalasse e que o revirar de olhos permanecesse mas o sorriso desaparecesse. Bella sempre o questionava para tentar entender o que ele queria dizer, e eu tendia a só assentir e seguir em frente.

Mas é engraçado como elas ficaram comigo, essas citações. Não pensei que tivessem. Ainda assim, lá estava eu, me aventurando na brecha naquela manhã de segunda, repetindo a mim mesma: *não é a queda que importa, e sim voltar a se levantar quando você é derrubada*.

Eu me sentia numa interminável roda de horror, como a de um hamster, mas estava voltando a me levantar. Que escolha eu tinha?

Eu não podia ficar em casa – as coisas por lá estavam ruins. Só Nonna agia normalmente comigo. Bella estava batendo o pé, me fuzilando com o olhar, e Mamãe, com os olhos envoltos por olheiras pretas, só me encarava com exaustão e preocupação. Eu, idiota, esperava que a escola pudesse ser melhor. Pelo menos eu podia procurar consolo em Summer e Tabitha, e talvez alguma outra coisa controversa e digna de fofoca tivesse acontecido na festa *depois* que fui agressivamente expulsa.

Mas na escola também havia Freddie. Na névoa pós-festa, na luz fria de segunda, como eu me sentia em relação a Freddie? Eu não fazia ideia. Minha cabeça era como um liquidificador em alta velocidade – num minuto eu estava tendo flashbacks oníricos e de perder os sentidos sobre nosso beijo, então, no instante seguinte, eu suava de raiva dele por não ter me defendido quando Libby me botou pra fora da festa. Mas o que eu esperava que ele falasse?

Tive lampejos profundos de vergonha ao me lembrar de nossa conversa – contar que eu era uma bruxa e até tentar *provar* que eu era uma bruxa. Ele definitivamente não ia querer nada comigo agora. Eu me encolhi e dei graças a Deus por não ter mais poderes para provar nada. Por mais mortificada que estivesse, revelar o segredo da minha família teria sido uns trezentos por cento pior.

E ainda havia Libby. Eu sentia uma onda de desconforto toda vez que pensava nela. Não entendi sua reação na festa. Por que ela tinha ficado tão irritada? O que foi que eu perdi? Fosse o que fosse, eu obviamente me enganei totalmente em pensar que ela havia mudado. Parecia que ela sempre fora o que o Summer dissera: uma cretina de marca maior que nunca mudaria. Senti vergonha por ter me deixado envolver.

Conforme eu me aproximava da escola, os corpos vestidos de verde se multiplicavam. Mantive a cabeça baixa, ocasionalmente olhando para cima a fim de tentar encontrar Summer. Eu tinha escolhido minha trilha sonora cuidadosamente – uma playlist de mulheres fodonas: Little Mix, Beyoncé, Spice Girls e, naquele momento, Taylor Swift. A canção que vibrava nos meus fones de ouvido, "The Man", parecia servir particularmente à ocasião – sobre ter que se esforçar mais do que os homens para conseguir as mesmas coisas, lidar com padrões duplos e não ser levada a sério – e assim por diante. Aumentei o volume, me concentrei na letra e me preparei para o pior.

Tentei focar em Tay Tay, deixando a música afogar todo o resto. Taylor sabe. Ela já passou por muita coisa. Sofreu bullying publicamente, um homem (e sua esposa) tentou deixá-la na pior. E ela manteve a força. Mas eu sentia os olhares. Eu me fiz de cavalo com cabresto e fui direto para o banheiro, procurando consolo nas familiares paredes cinzentas da cabine, meu segundo lar.

Conferi a hora no celular e vi que havia três mensagens de Summer. Ansiosa, eu as abri.

> **Jessie! Que droga é essa?**

> **Por que você foi àquela festa? Eu falei pra você não ir.**

> **Você está tão focada na droga da Libby que ignorou alguém que estava realmente cuidando de você (ou seja, EU)??**

Senti uma pedra se formar no meu estômago ao pensar que Summer estava puta comigo. Ela era minha última esperança, meu cobertor de segurança, minha única amiga de verdade – ou quase.

Respondi às suas mensagens.

> **Não estou focada na droga da Libby, pensei que fosse dar uma ajuda pra ela peitar Callum. Dar apoio moral.**

As respostas vieram imediatamente.

> **Ela voltou com ele. Foi uma armação.**

> **E FOI POR ISSO QUE EU FALEI PRA VOCÊ NÃO IR!**

"Foi uma armação." As palavras se destacavam e dançavam na tela. Pensei que no fundo eu sabia que era a única explicação, mas uma pequena, estúpida e ingênua parte de mim quis desesperadamente acreditar que era outra coisa.

Mais uma mensagem de Summer.

> **Só pra você saber: tem um vídeo de você fazendo a ronda. Achei que você precisava saber.**

Sentei na privada e coloquei a cabeça entre as pernas, como é recomendado fazer num acidente de avião. Eu com certeza me sentia como se estivesse despencando.

Um vídeo? De quê?

Só podia ser de sábado à noite. Mas com certeza não poderia ser tão ruim assim, poderia? Fui a uma festa sem ser convidada e fui expulsa. Sim, era constrangedor, não, não ajudaria meu já terrível e inexistente crédito social, mas eu poderia lidar com isso. Poderia ser bem pior.

Antes que eu tivesse a chance de procurar o vídeo, ouvi o sinal através dos fones de ouvido. Olhei meu celular, querendo que Summer me mandasse mais uma mensagem. Alguma de suas mensagens positivas, do tipo "isso também vai passar", teria sido útil para mim.

Nada.

Respirei fundo e saí da cabine, relutantemente indo em direção à primeira aula. Pelo menos era com a srta. Simmons, pensei. Pelo menos lá eu estaria em segurança.

⚡

Só que, claro, não era a srta. Simmons porque isso seria sorte demais, ou carma positivo. Era uma professora substituta, que parecia ter doze anos e que ia fazer cocô na calça ao ver uma sala cheia de adolescentes.

Ótimo. Ninguém na classe estava nem mesmo fingindo ouvir enquanto ela gritava pedindo para todo mundo sentar. As pessoas estavam em grupinhos, rindo enquanto olhavam para os celulares, cutucando umas às outras, levando a mão à boca. Eu me sentei em silêncio, revirando os olhos para o comportamento de chimpanzés e desejando que todos calassem a boca e deixassem a pobre mulher, agora de rosto vermelho, fazer a chamada. Aparentemente ninguém é uma ilha, mas, olha, era assim que eu me sentia. Uma ilha deserta, desolada, árida. Era grande o peso de suportar as próximas horas sem a srta. Simmons ou Summer nas minhas costas, como se eu tivesse sido enterrada até o pescoço na areia e mal conseguisse impedir que minha cabeça fosse coberta.

O sinal tocou sem que a chamada fosse feita. Metade da turma saiu, e outras pessoas, incluindo Freddie, ficaram para a aula de Estudos Midiáticos. Tivemos um breve instante de contato visual antes de olharmos para o chão, meus sentimentos girando e vibrando ao redor do meu corpo como um remédio efervescente.

A professora substituta conseguiu nos conduzir até a sala de edição, onde nos sentamos em grupos, reunidos em volta de telas. Tabitha me deu um sorriso empático, daqueles que diziam *sinto sua dor, mas não sei como ajudar.* Tentei sorrir de volta, embora a ideia de suportar a próxima aula tivesse me dado vontade de deitar em posição fetal e chorar.

Eu estava completamente por fora daquele projeto e não tinha um pingo de interesse no que eles filmaram no período em que faltei às aulas.

Mantive a cabeça baixa, mas vi que Marcus buscava confusão. Seus olhos estavam brilhantes e excitados.

— Eu estava pensando, Jessie… Que tal se você fizesse um *feitiço* e editasse isso pra gente? — disse ele com uma risada abafada. — Como é mesmo que faz? É assim?

Ele inspirou e franziu o rosto num retrato exagerado de concentração, então levou a mão à barriga e expirou devagar, me imitando.

Meu estômago revirou.

Senti meu rosto ficando vermelho.

Como foi que ele ficou sabendo disso? Será que Freddie tinha contado pra alguém?

— Claramente eu estava brincando — respondi, me concentrando na tela como se minha vida dependesse daquilo.

— Estava mesmo? — insistiu ele. — Você parecia bastante convincente, tirando o fato de que não fez feitiço nenhum. — Todos os garotos do grupo riram. — A menos, claro, que você tenha enfeitiçado Freddie pra te beijar. Quer dizer, por que *outro* motivo ele faria isso? Vamos perguntar pra ele.

Trinquei os dentes, enjoada, a sala inteira metamorfoseada em algum tipo de pintura abstrata rodopiante e salpicada.

— Ei, Freddie! — gritou Marcus para o outro lado da sala. — Você queria beijar Jessie ou ela lançou um feitiço em você?

Freddie o ignorou. A professora olhou feio para Marcus de onde estava trabalhando com outro grupo.

— Desculpe, senhorita, é só uma questão importante a ser esclarecida no filme.

— Então vamos produzir um pouco? — perguntou Tabitha.

— Claro — disse Marcus. — Não deixe que eu impeça você.

Afff, ele era tão irritante, sentado lá com seu sorrisinho convencido e bajulador de sabe-tudo. Eu queria dizer para ele ir catar coquinho, mas tive que segurar a onda. Foque na tela, ignore Marcus. Era a única coisa a fazer.

Tabitha preparou a folha de registro e eu coloquei o vídeo no começo da entrevista com o Treinador, o suor se formando só de ver o rosto horrível dele.

Enquanto Marcus, Tom e Harry conversavam entre si, Tabitha e eu assistimos a toda a enfadonha entrevista, que era previsivelmente um caso de amor entre o Treinador e Marcus sobre futebol e nem um pouco relevante sobre como o esporte ajuda os jovens. Eu tinha basicamente me desligado, ainda repassando obsessivamente na cabeça os eventos da noite de sábado – me perguntando quão ruim havia sido – quando fui tirada do meu transe pelo som do meu nome no vídeo.

– Você tem sorte, Treinador, era para Jessie Jones ter vindo hoje também. Você se safou de pegarem mais pesado com você – dizia Marcus na tela.

Eu me aproximei para assistir. Os garotos estavam todos guardando as coisas, a entrevista claramente finalizada, todos de costas para a câmera – mas ela ainda estava ligada.

O Treinador riu.

– Graças a Deus. Aquela lá é esquentadinha, pode ter certeza.

– Deve ser só porque ela está naqueles dias – acrescentou Tom.

– Parece que ela sempre está naqueles dias – comentou Marcus, com uma risada abafada.

– Qual é a nota da senhorita Jones agora, então? – perguntou o Treinador, todo à vontade no meio dos garotos. – Agredir verbalmente um professor aumenta ou abaixa a nota na pontuação de vocês?

– Quando o professor é você, abaixa, com certeza. O que acham, rapazes? Será que damos menos cinco pra ela? Melhor checar com o Callum.

Eu podia ver os ombros deles balançando com as risadas. Eles trocaram um high five com o Treinador.

– Qualquer dia desses vocês vão me causar problemas, hein?

A tela ficou preta. Tabitha tinha fechado o vídeo.

– Ignore, Jessie. Eles são uns imbecis – disse ela em voz baixa.

Atrás de nós, Tom e Harry estavam rindo de algo no telefone de Marcus, sem prestar atenção ao trabalho.

– Vai, faz isso – disse Tom.

Olhei para a tela enquanto Tabitha colocava as próximas cenas. Minha garganta estava apertada, sem saber se queria chorar ou gritar. Senti como se estivesse me vendo numa tela de TV, minha vida era um borrão entre realidade e ficção. Aquilo tinha mesmo acontecido? *Aquilo tudo* estava acontecendo? Olhei para Tabitha em busca de confirmação, para conferir se eu não tinha perdido a cabeça pensando que *não* estava tudo bem. O rosto dela era uma mistura de raiva quieta, desesperança e empatia.

– Ah, pessoal! – gritou Marcus, diante de toda a turma. – A senhorita Simmons queria que todo mundo visse isso como um bom exemplo de documentário.

Um vídeo apareceu na telona. A professora substituta, que estava na outra ponta da sala, aparentava confusão e um pouco de pânico. Marcus parecia prestes a explodir de animação.

E eu soube. Instantaneamente eu soube.

Antes mesmo que eu olhasse e visse – o jardim de Harry, a gravação fazendo um panorama da fogueira até os pisca-piscas, e então fechando o quadro no balanço –, eu sabia.

Era eu no vídeo. Eu e Freddie na festa.

– *Eu sou uma bruxa* – declarei na tela.

O vídeo cortou para uma parte em que eu dizia "*Vou mostrar*", inspirava, e então... o beijo. Então a sequência toda mais uma vez, e mais outra, editada como um bumerangue. Em seguida, Callum surgiu, parecendo todo sério e falsamente assustado.

– *Eu não fazia ideia. Ela me pegou quando eu estava sozinho, me encurralou. Antes que eu percebesse ela tinha me beijado, e eu não sabia como isso tinha acontecido. Agora eu me dou conta de que ela tinha me enfeitiçado. Me beijado como uma bruxa. Poderia ter acontecido com qualquer um. Poderia acontecer com vocês! Fiquem atentos, rapazes. Não façam movimentos bruscos nem contato visual e levem isso sempre com vocês.*

Ele mostrou uma cabeça de alho e uma cruz improvisada.

A professora foi para a frente da sala, se atrapalhando com os cabos na tentativa de desligar o vídeo. Marcus, Tom, Harry e vários colegas de classe estavam rindo e olhando para mim, vendo minha reação. Encontrei o olhar de Freddie, mas não consegui ler o que dizia. Pena? Vergonha? Tabitha tentou pegar minha mão, mas eu a afastei.

Senti como se estivesse atrasada, como se meus olhos tivessem visto o vídeo mas meu cérebro ainda não o tivesse processado. Eu podia sentir o beliscão das lágrimas, mas também o maremoto de raiva. Meus ouvidos zumbiam, minha pele formigava com uma energia, uma eletricidade.

Se alguém me tocasse naquele momento, eu poderia explodir – ou então poderia explodir a pessoa. Eu me sentia à deriva, como um pequeno barco no meio de um mar revolto sem terra à vista, nada a que se segurar, nem porto, nem esperança.

Levantei, as conversas e as risadas soando como estática em volta de mim, peguei minha mochila e saí da sala com o máximo de calma que pude, enquanto por dentro a raiva queimava como uma fogueira.

CAPÍTULO 31

Fiquei no corredor, inspirando grandes porções de ar. Um ar que estava ralo demais, um ar que não preenchia. Na tentativa de me distrair, foquei na trama do carpete bege e segui os fios, amorfos e achatados depois de anos sendo pisados por adolescentes. Havia quantos anos o tapete estava ali? Dez? Vinte? Trinta? Mais? Quantos garotos maldosos e garotas chateadas tinham passado por ali?

Não estava funcionando; as ondas de raiva estavam se fortalecendo. Olhei para cima, procurando outra coisa. Armários – dei atenção a um que tinha alguma coisa gravada na porta, olhei mais de perto, me esforçando para entender as letras. VACA. Sério? Minha pele começou a vibrar de novo, meu corpo inteiro zumbiu. Eu me sentia… carregada.

Eu tinha que fazer alguma coisa. Nada daquilo estava certo.

De repente minhas pernas estavam me levando pelo corredor como se soubessem aonde iam, embora minha mente ainda não estivesse por dentro do plano. Aquilo não era só sobre o bullying que eu estava sofrendo. Era sobre toda a pobre população feminina da escola – inclusive as professoras – e estava acontecendo havia muito tempo. Desejei que a srta. Simmons estivesse na escola, desejei que houvesse alguém que entendesse, que visse, que soubesse que eu não era uma garota louca, paranoica, "histérica".

Pensei em Summer. Ela sempre diz que não basta reclamar, você tem que *fazer* alguma coisa. *Seja a mudança que você quer ver*. Ela estava certa. Tínhamos que fazer alguma coisa, senão nada mudaria.

Eu estava com raiva. Fervia por dentro, uma chaleira apitando por causa do vapor, uma raiva do tipo prestes a explodir. E eu estava de saco cheio de reprimir isso, de tentar torná-lo algo mais aceitável – vergonha, timidez –, como as garotas são sempre convencidas a fazer. Eu não os deixaria desprezar minha raiva. Eu iria gritar e espernear. Iria fazer todo mundo pagar.

Sim, eu estava com raiva e, sim, tinha todo o direito de estar.

Eu precisava reconhecê-la, expressá-la, usá-la. Minhas pernas continuaram, ganhando ritmo enquanto eu me apoiava em minha raiva, usando-a para me impulsionar para a frente, para alimentar minha intenção.

Cheguei à sala do sr. Harlston e parei, respirando fundo na frente da porta uma última vez. *Você consegue*, disse a mim mesma. Assim que ele soubesse a magnitude do que estava acontecendo, teria que entrar em ação.

Passei pelos funcionários administrativos, que estavam conversando, distraídos, e segui até o escritório, onde o diretor estava sentado à escrivaninha.

– Preciso falar com você urgentemente – declarei. – Senhor.

Ele parecia surpreso, olhando por cima de mim para a recepcionista, que estava parada na porta com ar de quem pede desculpas.

– Por favor – adicionei. – É importante.

– Eu tenho tempo, senhorita Pierce?

Ela fez que sim com a cabeça.

– É melhor se sentar, então, senhorita…? – Ele olhou para mim com uma expressão de dúvida.

– Jones. Jessie Jones. Sou do primeiro ano do Ensino Médio. Entrei na escola há algumas semanas.

– Ah, sim – disse ele, a sombra de alguma coisa (dúvida, receio?) passou por sua cara de fuinha. Ele apontou a cadeira para que eu sentasse. Eu não queria, tinha muita energia reprimida, mas precisava que ele ficasse do meu lado, então me empoleirei na ponta da cadeira.

– Estou feliz que esteja aqui, senhorita Jones – disse ele. – Eu estava pensando que talvez devêssemos ter uma conversa. Tenho ouvido relatos de comportamento inapropriado diante de professores.

222

Ele estava brincando?

Não. Foco. Apresente seu argumento, Jessie. Não deixe que ele te distraia.

Respirei fundo. *Se atenha aos fatos, não seja emotiva.*

– Desde que cheguei a esta escola – comecei calmamente –, tive que lidar com uma série de incidentes que considero ser uma forma de bullying de natureza sexista, e hoje, agora mesmo, outro incidente ocorreu.

Ele estreitou os olhos para mim, e, se ele pudesse se safar da conversa só os revirando, tenho certeza de que teria feito isso.

– Nós levamos o bullying muito a sério aqui no Colégio Rainha Vitória – disse ele com frieza. – Temos uma política de tolerância zero a respeito do bullying, como estou certo de que você sabe. Qualquer alegação é uma questão muito séria que será analisada com a devida diligência, incluindo qualquer ação de sua parte. Tem certeza de que quer entrar nesse assunto?

Ação de minha parte? Que possível ação de minha parte? Existir? Tentar ir para a escola e ficar longe de problemas?

– Sim – afirmei. – Quero entrar nesse assunto.

– A senhorita Simmons já falou comigo sobre algumas dessas questões que têm ocorrido entre você e alguns dos garotos do primeiro ano. Fui a fundo nisso e garanti a ela, como garantirei a você, que isso não passa de um desentendimento em relação ao humor deles. Eles foram abordados apropriadamente.

– Abordados como? – perguntei, sentindo a bolha de raiva subindo do fundo do meu estômago.

– Como escolhemos disciplinar outros alunos não é da sua alçada, se-nhorita Jones. A questão foi tratada e resolvida. Então que tal pararmos de remoer o passado? – Seus olhos cintilaram para a tela do computador.

Ele estava essencialmente saindo da conversa – nem mesmo me deu a chance de explicar o que tinha acontecido naquele dia. Qualquer coisa que eu dissesse não seria registrada: eu era encrenqueira, uma garota boba e emotiva que só estava dando mais problema para ele e não era digna de seu tempo. Ele faria um discurso-padrão, prometeria investigar, enquanto efetivamente calaria minha boca.

Tive uma visão dele e do Treinador na sala dos professores, falando de mim em voz baixa. "Ela dá muito trabalho." "É exagerada." "Trate-a com cuidado." Era tão claro, como se eu estivesse assistindo à cena pela TV. Será que eu estava vendo alguma coisa que tinha acontecido? Era uma coisa de *bruxa*?

Os pelos da minha nuca se eriçaram e uma onda de frio me percorreu, substituindo o calor e o vapor. O sr. Harlston me olhava como se eu fosse uma mancha que alguém deixou na cadeira dele. Eu não podia suportar. Não podia suportá-*lo*. Para quê? Para que tentar se idiotas como ele estavam no comando?

E acima dele, ainda mais idiotas. Eles estavam no comando de tudo: escolas, empresas, jornais, tribunais, governos. Um mundo inteiro governado por idiotas misóginos em conluio com *outros* idiotas misóginos, formando um terreno fértil perfeito para ainda *mais* idiotas misóginos. Que esperança poderia haver num mundo onde um homem que se gabava de agarrar a genitália de mulheres conseguiu ser presidente? Como alguma coisa poderia mudar?

O sr. Harlston voltou a olhar para o computador, e eu senti um desespero extremo se infiltrando em mim.

E então, como se um interruptor tivesse sido acionado, não senti mais.

Mudou. De repente, mudou. O desespero se metamorfoseou em outra coisa, algo poderoso. Bravo, poderoso e desesperado. A vibração se tornou um zumbido, que se tornou uma corrente – forte e enérgica. Precisava liberá-la. Levantei, me debruçando sobre a escrivaninha. O sr. Harlston olhou para mim, sobressaltado.

– Hoje eu queria discutir o fato de que esta escola está cheia de garotos sexistas e misóginos, e homens também. Eles fazem bullying, mentem, são emocionalmente abusivos, impõem seu poder invisível sobre todas nós. Isso não é justo e PRECISA MUDAR!

Não percebi que estava gritando – ou melhor, berrando. Minha pele estava pegando fogo e eu podia sentir a raiva me dominar, mas eu estava fora de controle. Era uma besta indomável se libertando.

Como aquilo estava acontecendo? Eu não estava menstruada. Mas aquilo era definitivamente a bruxa que havia em mim falando. Ou melhor, rugindo.

Eu podia ouvir vozes, sussurros, palavras de encorajamento – as mesmas vozes que ouvi no monumento, minhas ancestrais me incentivando, me empoderando. Eu sabia que estava perdendo o controle, mas a sensação era boa – certa e pura, o tipo mais doce de libertação. Deixei que o fluxo de raiva saísse de mim.

Inspirei e a sala voltou a entrar em foco. O sr. Harlston estava encolhido na cadeira, as mãos na frente do rosto para se proteger. Sua escrivaninha estava vazia, e tudo o que antes estivera em cima dela estava no chão – uma luminária quebrada, papéis, um teclado e um telefone. Como se uma bomba tivesse explodido.

E eu era a bomba.

CAPÍTULO 32

Eu fugi. Corri com tudo, loucamente, o mais rápido que pude. O que mais podia fazer?

Eu sabia que estava mais encrencada do que poderia imaginar. Uma treta grande, gigante, assustadora, um buraco negro, um redemoinho. A imagem do rosto do sr. Harlston enquanto eu saía permaneceu comigo: os olhos arregalados de choque e desgosto.

Eu não estava certa do que ele tinha visto exatamente: uma garota irada varrendo sua escrivaninha, ou objetos voando para cima dele por conta própria. Eu esperava que fosse a primeira opção.

A verdade era que aquilo tinha surpreendido tanto a mim quanto a ele.

Eu não estava menstruada. Não era para aquilo acontecer. Além do mais, eu vinha aprendendo a controlar minha magia, a ser intencional. Nada daquilo, fosse *o que* fosse, tinha sido intencional.

Corri pelo estacionamento dos funcionários e passei pelos portões em direção à rua, meu coração martelando tão forte que eu quase esperava que ele fosse saltar para fora da camisa. Eu me desviei dos aposentados, das pessoas passeando com cachorros, dos viajantes, ignorando os sons de reprovação e comentários. Senti como se pudesse correr uma maratona, como se estivesse sendo lançada para a frente, numa rajada de vento que me empurrava adiante, adiante, adiante. Eu não sabia para onde.

Tudo que eu sabia é que tinha que ir embora para longe. Bem. Longe. Senti uma necessidade esmagadora, profunda até os ossos, de sair daquela ilha. Eu precisava de chão firme.

Como se por mágica, no ponto havia um ônibus que ia para as barcas.

Apressei o passo e cheguei bem na hora, embarquei e fui para o fundo do ônibus, minhas pernas estavam fracas e trêmulas, tanto que tive dificuldade na hora de subir a escada. Quando sentei, consegui inspirar. Mas só uma inspiração rasa; uma respiração mais funda teria me levado às lágrimas. E também não seriam lágrimas normais, seria um jorro incessante, interminável. Eu podia senti-las se acumulando dentro de mim, se reunindo, crescendo, prontas – e eu realmente não podia lidar com isso naquele momento.

Uma vez sentada e parada, a energia, a força e sabe-se lá o que mais estivesse me empoderando desapareceram como se uma luz tivesse sido desligada. Escuridão instantânea. Eu estava totalmente esgotada, um saco de pele mantido em pé por alguns ossos.

Meu celular vibrou. Com as mãos tremendo, peguei o telefone na mochila. Onze chamadas não atendidas de Mamãe. Também havia mensagens de voz – o pontinho vermelho de notificação me encarava como um sino da morte silencioso. Assim que ouvi os recados, não tinha como voltar atrás. O problema em que eu me enfiara seria oficial e exigiria uma resposta, e eu não estava pronta para isso.

Apoiei a cabeça na janela e fechei os olhos, tentando descansar. Mas por baixo das pálpebras as lembranças começaram a passar: Callum me beijando, o Treinador me desprezando, Marcus rindo de mim, Callum naquele vídeo, o sr. Harlston me olhando com superioridade. Todos esses rostos, como uma terrível montagem de Dia das Bruxas, girando e se fundindo numa grande bola de sordidez. Maldade e sordidez.

Abri os olhos de novo e olhei pela janela, para o mar ao longe, cinzento e revolto. O ônibus rangia pelo caminho colina acima, passava por casas com nomes como "Brisa marítima", "Paisagem oceânica" e "A vista"; os jardins decorados com artesanatos de concha ou móveis feitos de troncos pareciam todos ridículos num dia como aquele, com aquela chuva saída diretamente do Velho Testamento castigando-os. Eram como promessas vazias, ou esperança esvaziada.

Quando o ônibus parou junto à balsa, a chuva tinha se tornado ainda mais bíblica e as ondas altas no mar pareciam competir com ela. Puxei o capuz e caminhei pelo píer, em direção ao vento. Mantive a cabeça baixa para conseguir ficar de olhos abertos. Comprei a passagem – só de ida – e encontrei um banco enfiado no canto para esperar pela próxima balsa. A sala de espera não era o doce alívio que eu esperava. Era fria e úmida, com poças de água se formando debaixo dos bancos, todo mundo sem guarda-chuva, pego desprevenido.

Pego desprevenido.

Não era para ter chovido naquele dia. Era para o tempo estar agradável. *Estava* agradável mais cedo. Tinha sol quando saí para ir à escola, me lembrei disso porque desejei ter levado meus óculos escuros. Estava ensolarado durante o primeiro horário, as cortinas fechadas na sala de edição. Só quando saí correndo da escola percebi que o tempo tinha virado. Desde então só choveu, um tempo cinzento e furioso. Como eu. Será que tinha sido eu de novo?

Isso era ruim.

Meus problemas se enfileiraram na minha frente como uma taciturna procissão de felicitações num casamento: Mamãe, Bella, Nonna, Summer, Libby, Marcus, o Treinador, o sr. Harlston, Callum. Eu seria expulsa, com certeza. Mamãe ficaria pálida. Bella me odiaria. Summer já achava que eu era um caso perdido. Eu não tinha ninguém do meu lado. Eu estava de pé – afundando em areia movediça –, sozinha.

Era tudo culpa daquela ilha estúpida. Se eu não estivesse na ilha, não teria poder nenhum. Pelo menos não como bruxa juvenil. Não de acordo com Mamãe e Nonna. E, se eu fosse embora, talvez nunca me desenvolvesse até me tornar uma bruxa completa. Eu poderia nunca ter que lidar com os poderes, contanto que não voltasse para a ilha. Eu seria normal de novo.

Eu me lembrei de Papai, do conselho que ele me dera sobre se levantar quando cair. Dizia que estava tudo bem e que isso era bom, mas eu não tinha só caído, havia sido *nocauteada*. Eu estava deitada, acabada e ferida no chão do ringue, com um nariz quebrado e uma concussão.

Papai apareceu na minha frente como um farol numa tempestade, esperançoso, promissor, um guia. Uma mudança completa, em algum lugar diferente. Dubai seria sem chuva, vento ou mar, sem Callum, Marcus ou o Treinador, sem feitiçaria, sem poderes – só um deserto seco e desolado e um calor purificante, cru, como o de uma sauna. Eu poderia começar tudo de novo como uma adolescente normal, fazer amigos que eu não pudesse ferir por acidente, ter professores que não fossem misóginos idiotas, viver uma vida normal, cheia de coisas normais de adolescente. Era disso que eu precisava: um novo começo, uma página em branco.

Eu tinha dinheiro na poupança. Uma passagem aérea não era tão cara. Eu mandaria uma mensagem para Papai para dizer que era uma emergência e que eu precisava vê-lo. Eu sabia que ele tinha uma nova família e uma nova vida, mas eu poderia fazer parte disso, poderia me misturar, já estava acostumada. Afinal, eu era filha dele. Talvez devesse esperar até estar em Dubai para contatá-lo, assim ele realmente não teria escolha. Ou talvez devesse contatá-lo logo para ver se ele se ofereceria para comprar minha passagem?

Um anúncio veio dos alto-falantes: "Devido às condições climáticas severas, infelizmente informamos que a balsa das 11h15 para o Porto de Portsmouth está atrasada. Pedimos desculpas pelo inconveniente".

Minha animação recém-descoberta desabou e foi substituída por uma nova onda de pânico de que eu nunca mais poderia sair daquela ilha. Precisava ir embora – eu me lambuzaria toda de gordura de ganso e nadaria se precisasse. Peguei o celular para mandar uma mensagem para Papai e vi que dúzias de notificações preenchiam a tela. As das redes sociais, eu presumia que tivessem a ver com o vídeo, além de mensagens de voz vindas de Mamãe, Bella e Summer e uma série de mensagens de texto.

Olhei as mensagens de Mamãe primeiro, me preparando mentalmente como se estivesse prestes a assistir a um filme de terror, tentada a colocar as mãos na frente no rosto e ler através do espaço entre os dedos.

> **Acabei de receber uma ligação da escola. Me ligue assim que puder.**

> **Jessie, cadê você? Ligue pra mim.**

> **Você precisa me ligar AGORA.**

> **Se você não me ligar em até vinte minutos, vou chamar a polícia.**

> **Você não está encrencada, só ligue pra mim.**

> **NONNA ESTÁ MUITO DOENTE. PRECISAMOS DE VOCÊ. LIGUE PRA MIM.**

O suor frio na minha pele se tornou gelo.

Nonna. Nonna estava doente.

A temperatura do meu corpo todo caiu cinco graus.

– Jessie! – Um grito alto atravessou a sala de espera. Mamãe.

Ela veio correndo até mim – de macacão coberto de tinta, o cabelo enfiado num turbante, o rosto tomado pela preocupação. Uma versão borrada de Mamãe.

– Graças a Deus! – exclamou ela, me sufocando num abraço quente e molhado, os ombros tremendo enquanto ela chorava baixinho. – Você recebeu minhas mensagens? Nonna está muito doente. – Ela soltou o abraço, as mãos ainda nos meus braços. – Precisamos da sua ajuda.

– Mas… mas o que eu posso fazer?

– Vou explicar no caminho. – Ela estendeu a mão para mim. – Eu sei que precisamos conversar, conversar de verdade, mas por ora vamos nos concentrar em Nonna.

– Tudo bem – sussurrei, me deixando ser conduzida por ela, me sentindo surpreendentemente reconfortada em segurar sua mão e ver seu rosto.

CAPÍTULO 33

Não conversamos no carro. Havia mil perguntas rodando na minha cabeça, mas eu não sabia por onde começar. Mamãe parecia preocupada, o cenho franzido, a boca disposta numa linha firme e fina.

Os pedreiros tinham ido embora, deixando a casa como se houvesse sido evacuada numa grande emergência: xícaras de chá pela metade nas superfícies, ferramentas no meio do caminho – Pompeia em obras. Eu queria ir direto para Nonna, mas Mamãe insistiu que eu trocasse de roupa, dizendo que eu não ajudaria ninguém se também ficasse gripada. Com pressa, vesti a primeira coisa que encontrei e desci correndo até o anexo de Nonna.

No quarto dela, as luzes estavam baixas, pequenas sombras das velas cintilavam na parede, e meus olhos precisaram de um minuto para se acostumarem, para encontrarem Nonna no escuro.

Segurei o choro quando a vi. Ela parecia… morta. Pálida, imóvel e sem vida, pequena e impotente deitada na cama. O oposto da minha Nonna grande, barulhenta e pronta para botar para quebrar.

Bella chegou agitada com mais algumas velas.

– Oi – cumprimentei.

Ela me olhou feio e seguiu adiante.

Mamãe veio, parecendo focada, tensa e preocupada. Seu rosto era uma sombra escura de dor e nervos, um reflexo de como todas nos sentíamos. Ela inspirou fundo e pegou um pedaço longo de corda.

– Então vamos lá, vou começar – disse ela, sua voz tinha um ligeiro tremor. – Que todos saibam que o Círculo está prestes a ser aberto. Todos os que entram no Círculo o fazem por amor e plena confiança. – Ela dispôs a corda num círculo no chão em volta da cama, que havia sido afastada da parede. Mamãe foi até a cabeceira, onde uma vela havia sido colocada e a acendeu, entoando:

> *Guardiães do Leste, eu vos invoco*
> *para manter vigília sobre os ritos do Coven Downer.*
> *Poderes do Conhecimento e da Sabedoria, guiados pelo Ar,*
> *pedimos que mantenhais vigília sobre nós*
> *hoje à noite dentro do Círculo.*

Ela acendeu uma vela na prateleira acima do aquecedor, perto da foto do casamento de Nonna e Vovô, e falou mais uma vez:

> *Guardiães do Sul, eu vos invoco*
> *para manter vigília sobre os ritos do Coven Downer.*
> *Poderes da Energia e da Força de Vontade, guiados pelo Fogo,*
> *pedimos que mantenhais vigília sobre nós*
> *hoje à noite dentro do Círculo.*

Então ela foi para a ponta da cama:

> *Guardiães do Oeste, eu vos invoco*
> *para manter vigília sobre os ritos do Coven Downer.*
> *Poderes da Paixão e da Emoção, guiados pela Água,*
> *pedimos que mantenhais vigília sobre nós*
> *hoje à noite dentro do Círculo.*

E, por fim, foi para o outro lado do quarto, de onde a mesa de cabeceira tinha sido retirada para acomodar uma quarta vela:

Guardiães do Norte, eu vos invoco
para manter vigília sobre os ritos do Coven Downer.
Poderes da Resistência e da Força, guiados pela Terra,
pedimos que mantenhais vigília sobre nós
hoje à noite dentro do Círculo.

Foquei na vela da cabeceira. Eu não conseguia olhar para Nonna, ainda não.

Mamãe deu um passo à frente até estar diante de Bella.

– Como se entra no Círculo? – perguntou ela, acrescentando num sussurro: – Com amor e plena confiança.

Bella pegou a deixa e entrou no Círculo, repetindo:

– Com amor e plena confiança.

Mamãe me fez dar um passo à frente.

– Como se entra no Círculo? – perguntou.

Olhei para ela, como se perguntasse o que era para fazer, e ela assentiu.

– Com amor e plena confiança – declamei, incerta.

Ficamos de pé de modo a formar três pontos em volta de Nonna, formando um círculo frouxo por dentro da corda. Com cuidado, Mamãe colocou um castiçal ao lado da cabeça de Nonna, acendendo uma vela debaixo de uma tigela que continha um pequeno monte de ervas. Demos as mãos, nos esticando para fazê-lo. A mão de Mamãe estava seca e fina como papel, fria, enquanto a de Bella estava o oposto – quente, úmida e macia.

Mamãe começou a entoar mais uma vez:

Nós te invocamos, Ginerva, em tempos de necessidade.
Peço tua assistência e tua bênção, para uma pessoa que está adoentada.
Edith está enferma e precisa de tua luz curadora.
Peço que mantenhas vigília sobre ela e dês força a ela,
Que a mantenhas livre da doença e protejas seu corpo e sua alma.
Peço, grande Ginerva, que a cures neste momento de doença.

Aconteceu como todas as vezes em que eu tentava meditar – eu tentava desligar o cérebro, me entregar, acreditar, mas sempre me distraía com a realidade e as trivialidades. Naquele momento, eu me perguntei quanto tempo aquilo ia durar e qual exatamente era o propósito. E, então, também fui espreitada por pensamentos mais sombrios: como eu poderia viver sem Nonna? Ela encontraria Vovô na vida após a morte?

Mamãe ainda estava falando, palavras que pareciam alheias a mim. A mão dela ficou mais quente, e a de Bella suava mais. *Foco, Jessie, foco.*

E então eu senti. Um solavanco. Um lampejo. Uma energia.

Veio do nada, e meu instinto imediato foi me afastar e quebrar o Círculo. Mas a energia não estava só em mim; estava em todo lugar – no quarto, no peso do ar. As velas tremeluziram, então queimaram mais forte. Até o chão parecia vibrar. Mamãe ainda estava cantando, os olhos fechados, mas consegui trocar olhares com Bella e percebi que ela também estava sentindo.

O que aconteceu depois não está claro na minha mente. Acho que devo ter conseguido me entregar, ceder, porém, quando penso nisso, não me vem uma lembrança, mas uma sensação.

A próxima coisa que *lembro* é de ver Nonna se agitar. Estava escuro lá fora, meus ouvidos zumbiam e minhas costas latejavam.

Mamãe correu para o lado de Nonna, observou com gentileza como ela estava, ofereceu água e disse para ela não sentar.

– Pare de criar confusão, mulher, estou ótima – disse Nonna, sua voz um sussurro seco, como um palito fino prestes a se quebrar. – Jessie. Onde está Jessie?

– Aqui, Nonna – respondi, me aproximando e pegando sua mão fria.

– Como você está, meu bem?

– *Eu?* Estou bem. Não se preocupe comigo. Como *você* está?

– Ela não deveria estar falando – disse Mamãe. – Pare de falar, mamãe. Você precisa descansar.

– Posso descansar quando estiver morta – afirmou Nonna, fazendo o quarto todo ficar em silêncio. Ela soltou uma risadinha fraca e abafada. – Cedo demais?

CAPÍTULO 34

Uma vez, quando eu era mais nova, me coloquei numa enrascada depois de rabiscar em cima da pintura de um garoto.

Eu estava na pré-escola. Ele tinha feito alguma maldade contra minha amiga, nem me lembro o que era, mas decidi que a melhor maneira de vingá-la seria arruinar um trabalho de arte precioso que ele fez para uma exposição da escola.

Não assumi a culpa. Todo mundo sabia que tinha sido eu, mas ninguém podia provar. A sala inteira teve que ficar sem recreio até alguém confessar, então minha amiga disse que tinha me visto fazer aquilo.

A escola ligou para Mamãe. Ela me colocou numa cadeira no meio da sala de casa como se fosse um interrogatório e me pediu para contar a verdade. Neguei que tivesse sido eu. E neguei e neguei. Chorei, disse que era uma armação. Ela acreditou e disse que lutaria por mim.

E assim o fez. Do seu jeito de advogada fodona – e-mails para a professora da turma, um encontro com o diretor, uma carta com palavras fortes. Foi algo fora de série. E ali, durante todo esse tempo, eu estava com uma pedra dura de culpa no estômago, sabendo que não tinha a menor possibilidade de contar a verdade.

– Precisamos conversar – disse Mamãe mais tarde. O céu estava mais escuro, a noite mais silenciosa.

Meu corpo ainda vibrava por causa do trauma do dia. O ar estava denso, a casa, pesada. Eu sabia que aquilo seria horrível e doloroso, mas também sabia que precisava ser completamente honesta dessa vez. Só esperava que eu não a tivesse pressionado tanto a ponto de ela não querer lutar por mim.

– Não sei por onde começar – disse ela, passando as mãos pelo rosto. Estávamos sentadas à mesa da cozinha. Ela havia preparado para nós duas um "chá restaurativo" que eu ainda não ousara provar, embora o cheiro, de ervas e flores, chegasse até o fundo da minha garganta mesmo assim.

– É culpa minha? – soltei. A pergunta tinha pesado sobre meus ombros. – A doença de Nonna é culpa minha?

Ela me observou intensamente, talvez tentando definir quanto podia ser honesta comigo.

– Não totalmente – disse ela por fim. – Ela não está bem há um tempo, apesar de ter sido boa em esconder. Mas o dia de hoje não ajudou. Exigiu muito dela, tentar… equilibrar as coisas.

– Sinto muito – respondi, deixando a cabeça pender. – Sinto muito mesmo. Eu tentei lidar com tudo de forma madura e convencional. Não estava tentando fazer nenhuma bruxaria dessa vez. Só aconteceu, do nada. E eu nem estou menstruada!

Ela me encarou, arregalando os olhos.

– É sério?

– Sério – falei. – E… isso não deveria acontecer, não é? – Foquei num nó na madeira da mesa, esperando pela resposta.

– Jessie – disse ela, com alguma outra coisa na voz. – Isso é impressionante. *Você* é impressionante. Poucas bruxas, e eu digo *muito* poucas, obtêm os poderes tão cedo. Você é uma em um punhado. Isso, de verdade, é bastante… raro.

– Sério? – perguntei, ousando olhar para cima e encontrar seu olhar.

– Sim, querida. Raro no melhor sentido possível. – Ela pegou minhas mãos e as apertou gentilmente. – Me conte exatamente o que aconteceu. Tudo.

Então contei a ela.

Contei tudo, desde o começo. Tentei não ser muito enviesada, parcial ou emotiva – tentei me ater aos fatos. E, quanto mais eu falava, mais descrevia cada pequeno movimento, erro ou julgamento equivocado que fiz, mais os fatos falavam por si sós. Eu não tinha feito nada que não devia (certo, tirando alguns poucos truques malvados). A maior parte dos meus problemas vinha do fato de eu ter confiado em pessoas que não mereciam – e, de verdade, isso dizia mais sobre as falhas delas do que sobre as minhas. A história inteira saiu num longo monólogo de um fôlego só, e, quando acabou, senti uma libertação, como se um peso tivesse saído dos meus ombros, uma leveza.

Mamãe ficou em silêncio por um momento. Então disse, devagar:

– Já contei como descobri meus poderes? – Balancei a cabeça, então ela continuou: – Bem, na verdade, eu sempre soube. Desde sempre Nonna e Vovô falavam que eu era uma bruxa, mas acho que, lá no fundo, eu não acreditava.

"Eu estava no seu colégio, o Rainha Vitória. Entrei na puberdade tarde, então só menstruei aos quinze anos. Eu estava saindo com um cara chamado Bobby Royce. Na verdade, "saindo" é uma palavra forte. Tínhamos ido ao cinema uma vez e comemos chips juntos algumas vezes. Mas eu gostava dele. No final de um dos nossos "encontros", trocamos um beijinho, o que foi ótimo, até que, do nada, ele tentou colocar a mão por baixo da minha blusa. Eu gentilmente afastei a mão dele. Continuamos o beijo e ele tentou de novo, dessa vez com mais vontade.

"Bem, eu fiquei possessa, como você pode imaginar. E um pouco em pânico. Antes que eu soubesse o que tinha acontecido, ele se afastou e gritou de dor. A mão dele, a que ele tão determinadamente tinha tentado colocar por baixo da minha blusa, estava coberta de vergões vermelhos. Ainda me lembro da expressão nos olhos dele: assustado, chocado, mas também enojado. Ele me olhava como se *eu* fosse suja e nojenta.

"A fofoca se espalhou depressa, e no dia seguinte a história era que eu era frígida *e* doente, e que tinha passado algo para ele. Todo mundo se envolveu é claro, e eu me tornei conhecida como uma esquisitona bizarra. Nem era nada original. Foi o melhor que eles conseguiram pensar."

– Nossa – murmurei, quase sem pronunciar a palavra direito. A ideia de que Mamãe, com a minha idade, tinha passado pelo mesmo tipo de coisa que eu era surreal e partiu meu coração. Mamãe, a advogada fodona; Mamãe, a máquina; Mamãe, a que sempre dava conta de tudo. – Parece horrível.

– E foi mesmo.

– Você não tinha amigas pra te defender? Ou pelo menos pra ficar do seu lado? – perguntei, pensando em Summer e Tabitha.

– Eu tinha amigas, mas nenhuma estava preparada para me defender. Na verdade, minha única amiga era a Kate. A mãe da Summer.

– E ela não…

– Ah, não, pelo contrário. Kate foi uma das principais vozes a me colocar para baixo.

– O quê? Por quê?

– Ela ficou com medo de sobrar para ela, e entrar no jogo era a coisa mais segura a fazer. Se todo mundo estivesse ocupado apontando o dedo e destruindo outra pessoa, ninguém procuraria outro alvo. A sobrevivência do mais apto, mentalidade de manada: isso é o Ensino Médio.

– E o que você fez?

– Fiz o que você está tentando fazer: mantive a cabeça baixa, me diminuí tanto quanto possível em todos os sentidos, tentando não deixar nenhuma pegada, nenhuma marca que pudesse chamar a atenção para mim. E, na primeira oportunidade, fui embora da ilha. É mais fácil ser invisível no continente, ainda mais se você ficar em movimento, não construir vínculos, não criar raízes, afastar as pessoas.

Assenti.

– Você fez o que sempre falou pra gente fazer. Se misturar, se encaixar, não levantar demais a cabeça.

– Exatamente – disse ela, os olhos tomados pela tristeza e pelo arrependimento. – E, Jessie, não posso lhe dizer quanto sinto por isso. Hoje vejo como minhas palavras, minhas ações, minhas inseguranças impactaram você. Fizeram com que você ficasse tão determinada a não chamar a atenção que acabou negando a si mesma.

– Foi isso que aconteceu com Papai? – perguntei. – Você o afastou?

Ela suspirou, uma exalação profunda e longa.

– Não me arrependo nem um pouco do que eu tive com seu pai, é óbvio. – Ela apertou minha mão. – Mas nunca me abri com ele sobre exatamente o que eu era, o que significava que nós nunca poderíamos dar certo de verdade.

– Então ele não sabe sobre a nossa…? – Mexi os dedos de um jeito de bruxa.

– Ele sabia de alguma coisa, mas eu minimizei, falei que tinha feito experimentos de Wicca e remédios caseiros. Não o deixei por dentro de tudo. Mas agora estou trabalhando com essa ideia de deixar as pessoas a par.

– Andy? – arrisquei.

– Ainda é um pouco cedo pra isso – disse ela com um brilho no olhar. – Mas eu gostaria que nós pensássemos em contar juntas para o seu pai. Ele ama muito você e Bella, e é importante que conheça quem vocês são de verdade.

Havia um princípio de lágrimas em seus olhos, aquela pequena umidade que vem logo antes da cachoeira, quando ainda há uma chance de ignorá-las. Seu cabelo caía solto, em ondas escuras, rebelde como o de Nonna.

– Parecia um bom plano: ir embora, ficar em movimento e não criar vínculos – comentei. – Por que você voltou?

– Honestamente, eu nunca pensei que voltaria. Estava bem feliz em me livrar deste lugar e negar meus poderes. Mas ser bruxa não é algo que você pode deixar para trás. Faz parte de você, tanto quanto qualquer outra coisa. É como se fôssemos um bombom recheado: se você abrir, pode ver a *bruxaria* correndo por dentro. Mas, se eu não tivesse encontrado aquele caroço, provavelmente só teria continuado tentando e tentando.

Ah, o caroço, a minúscula massa de tecido que mudou tudo.

– Quando descobri aquele caroço e temi pelo pior, não sei… algo mudou. Eu me senti uma fraude, como se estivesse vivendo uma mentira, e acho que estava mesmo. Estava tentando curar uma perna quebrada com curativos. Eu só sabia, mesmo antes de receber os resultados, que a mudança que eu precisava era vir para cá, para *casa*, encontrar uma forma de começar de novo. Eu precisava abraçar meu verdadeiro eu com todo o coração. Sem viver em negação, sem fugir de mim mesma. E eu queria isso pra vocês também.

Ela parecia tão sincera que me doía olhar em seus olhos. Ouvi Bella zanzando no anexo de Nonna, e me perguntei se ela estava escutando ou se já havia tido aquela conversa com Mamãe.

– Bem, o plano não está dando muito certo – comentei. – Todo mundo me odeia, tenho certeza de que fui expulsa da escola e quase matei Nonna.

Mamãe afastou a mão da minha, apoiou a cabeça nas mãos e esfregou a testa novamente.

– Eu sei, querida. Entendo como está difícil, entendo mesmo. Mas se eu pudesse voltar atrás e dar um conselho ao meu eu de quinze anos, eu diria, como estou dizendo agora para você: não fuja de si mesma. Encontre um jeito de abraçar suas diferenças, de vê-las como os pontos fortes que são, como coisas que te tornam especial e única. Veja o que você fez hoje à noite. Não conseguiríamos sem você e sua força. Nós curamos Nonna. Usamos nossas diferenças para o bem. E, sim, eu sei – disse ela –, é muito mais fácil falar do que fazer, e agora você odeia tudo na sua vida e quer deixar tudo para trás. Mas eu prometo, do fundo do meu coração: você vai se arrepender se fizer isso.

– Abraçar minhas diferenças não vai consertar as coisas agora! – exclamei. Parecia legal, claro, mas não era um plano. Não *significava* nada. – Todas as pontes foram destruídas. Estou num beco sem saída.

– Não existe beco sem saída – disse Mamãe, com um brilho no olhar. – Você vai encontrar mais apoio do que pensa. A começar por nós. Estamos todas aqui pra você. E, como viu hoje à noite, juntas somos mais fortes.

– Não sei se *todas* estão aqui pra mim – disse eu, em voz baixa, apontando para o anexo com a cabeça.

– Claro que estamos – disse Bella, se aproximando e se apoiando no batente da porta. Ela com certeza estava ouvindo a conversa. – Você é uma mimada irritante na maior parte dos dias, e eu dispensaria o drama, mas somos uma família.

Ela sorriu, então Mamãe sorriu, e percebi que eu mesma acabei sorrindo. O afeto foi me invadindo, de forma contagiante.

– Que droga, é claro que estamos! – gritou Nonna com a voz rouca lá do quarto.

Todas corremos até ela, que estava se ajeitando para sentar, rearrumando os travesseiros com dificuldade.

– Mãe, pare, podemos fazer isso – disse Mamãe, tentando assumir o controle.

– Posso fazer isso eu mesma. – Nonna dispensou Mamãe. – Venha cá, Jessie. – Ela estendeu a mão e eu a peguei, preocupada com quanto parecia leve como papel. – Agora escute, estou esperando há meses sua epifania e isso não aconteceu, então vou falar para você agora. Não quero que mais uma de vocês demore praticamente uma vida inteira para cair na real e se dar conta de como é fabuloso ser bruxa. Especialmente uma bruxa tão rara e poderosa como você está se tornando, minha garota!

"Então você não vai fugir como sua mãe fez. Vamos descobrir um jeito juntas, e, se isso significa combinar nossos poderes e resistir, aulas diárias de magia e terapia de família, então é isso que vamos fazer. Não vou estar aqui para sempre, não nesta forma pelo menos, então precisamos aproveitar ao máximo umas às outras. Nós amamos você, você é especial, continue assim."

Olhei para ela, ainda menor do que de costume, mas definitivamente com a mesma essência da Nonna de sempre. A sensação devastadora causada pela ideia de sua ausência ainda pairava no ar, um gosto forte e amargo. *Ela* era especial, isso era certo, assim como Mamãe e Bella, então talvez estivesse certa. Talvez eu também fosse.

– Já basta – disse ela com um sorriso. – Alguém precisa resolver a própria vida. Então vamos pensar juntas.

CAPÍTULO 35

Respirei fundo e bati na porta, dando uma ajeitada de último minuto no cabelo, como se estivesse prestes a ter um encontro às cegas.

A espera entre a batida e a abertura da porta pareceu eteeeeerna. Longa do tipo quatro estações se passaram, crianças cresceram e tiveram seus *próprios* filhos.

– Oi – disse eu, com um sorriso incerto estampado no rosto, quando a porta finalmente abriu.

– Jessie. – Kate parecia genuinamente feliz em me ver. – Venha, pode entrar. Summer está na cozinha. Summer! – Ela me conduziu para dentro de casa. – Como está a sua avó? Soube que ela não estava bem.

Nem perguntei como ela sabia. A rede de fofocas da ilha.

– Ela está melhor, obrigada. Mamãe ainda não tem deixado ela sair da cama, mas acho que não vai conseguir mantê-la lá por muito tempo.

– Ah, que bom!

Encarei aqueles olhos azul-claros que sempre pareceram tão gentis, abertos e calorosos e tentei imaginar uma Kate adolescente perversa. Não consegui. Me perguntei quando ela tinha mudado para melhor e *por quê*. Lembrei que Mamãe costumava dizer que o Ensino Médio passa num piscar de olhos e que os populares, aqueles que parecem deuses, como se sempre fossem ter uma vida abençoada, muitas vezes não viram nada especial.

São os nerds estudiosos que desenvolvem remédios que salvam vidas, os nerds de tecnologia que tocam empresas do Vale do Silício, os introvertidos quietinhos que se tornam escritores e artistas. Ela disse que o Ensino Médio é um caldeirão fervente de hormônios e ansiedade social, e as melhores pessoas da vida sempre demoram mais para se encontrar. Acho que Kate demorou. Mamãe também.

Autumn veio correndo até a porta, se escondendo atrás das pernas de Kate quando me viu.

– Oi, Autumn – cumprimentei, me agachando até ficar da altura dela. – Tenho uma coisa pra você.

Peguei uma concha do bolso. Mais cedo, eu tinha passado uma hora na praia procurando pela concha perfeita. Encontrei algumas boas opções, mas estava certa de que aquela era especial. Era uma concha de vieira perfeita – uma raridade, já que elas normalmente estão rachadas e quebradas. Aquela estava inteira, perfeita e brilhante por dentro. Eu a estendi para ela. A menina espreitou por trás das pernas de Kate e não resistiu quando viu a surpresa, e sua mãozinha rechonchuda a agarrou na hora.

– Nossa! Como é que se diz, Autumn? – instou Summer, aparecendo da cozinha.

– Obrigada – disse Autumn, já saindo correndo com seu tesouro.

– Bom, eu fico por aqui. – Kate acariciou rapidamente as costas de Summer. – Por favor, mande lembranças à sua família, Jessie.

Houve uma breve pausa depois que ela saiu. Summer e eu nos entreolhamos, tentando sondar onde estávamos. Ela não parecia brava. Parecia ela mesma.

– E aí? – falei, o nervosismo voltando a revirar meu estômago. – Podemos conversar?

– Claro – disse Summer, pegando um casaco e fechando a porta atrás de si.

Caminhamos até a mureta de concreto que separava o café da praia, nos sentamos e colocamos as pernas penduradas para o lado do mar. Queria que estivéssemos na areia para passar os dedos por ela, ou que eu tivesse uma xícara de chocolate quente para segurar – qualquer coisa para ocupar as mãos e me concentrar.

– Sinto muito – disse ela, me pegando completamente desprevenida. Espere aí. Não era eu que devia pedir desculpas?

– Pelo quê? – perguntei.

– Pelas mensagens horríveis. Pensei que você tivesse ido àquela festa para ir atrás de Libby e tentar se enturmar com os populares. E que você tinha mentido pra mim sobre não querer ir.

– Não foi *nem de longe* por isso que eu fui.

– Eu sei. Entendo isso agora. Você estava genuinamente tentando ajudar Libby. – Ela respirou fundo. – Fiquei sabendo pela rede de fofocas do Rainha Vitória que Callum estava tentando armar uma pra cima de você e eu tentei te avisar, sem explicar tudo. Mas eu devia ter contado. Sou tão idiota! Eu não queria te chatear por bobagem. Imaginei que você não precisava saber se não fosse à festa, e, por sinal, você disse que não ia.

– Eu sei, sinto muito. Eu não ia, mas a Libby me mandou uma mensagem. Ela estava participando?

– Ela diz que não. Aparentemente, Callum estava furioso porque Libby tinha terminado com ele e culpou você. Então a persuadiu a voltar e usou o telefone dela para mandar a mensagem chamando você. E é claro que você não sabia que eles tinham voltado, já que não estava indo pra escola.

– Nossa! Que cretino.

– Um cretino com anabolizantes. Ela terminou com ele de vez agora, pelo menos é o que diz. Mas tenho certeza de que tudo que sai da boca dela é mentira.

Pensei no quanto Libby pareceu sincera na conversa que tivemos no banheiro. E confusa e magoada e de saco cheio.

– Acho que ela é um pouco… perdida – comentei. – E infeliz. Ela está tão acostumada a ver outras garotas como concorrentes que nem pensa duas vezes. Mas no fundo, por baixo de toda a fachada perversa e babaca, acho mesmo que tem alguma coisa decente que se salve.

– Tudo bem, agora você está parecendo uma personagem de filme da Disney. Um filme feminista da Disney, se é que isso existe.

Dei de ombros, sabendo que provavelmente não convenceria Summer. A história entre elas era longa.

– É só uma teoria – disse eu. – Mas Sadie é um caso perdido, óbvio.

– Com certeza. Não tem Código das Garotas, moral *ou* ética.

– Só um espaço em branco como uma ovelha.

– Sua máscara de Madre Teresa está caindo.

– Tem razão – concordei. – Talvez não devêssemos tirar Sadie da lista. Isso nos torna más. Talvez ela mereça o benefício da dúvida.

– Humm, esse passo pode ser maior do que as pernas.

Ficamos sentadas, as pernas balançando, desfrutando da luz do sol, que tinha saído de trás de uma nuvem.

– O que você vai fazer em relação à escola? – disse Summer por fim. – A fofoca que está circulando é que você jogou uma cadeira no senhor Harlston e ele teve que ir para o hospital. Estou supondo que isso é meio exagerado, certo?

– Pra ser sincera, é tudo um borrão pra mim, mas com certeza nenhuma cadeira foi jogada. Quanto ao que vou fazer em relação à escola, na verdade eu tenho um plano. E preciso da sua ajuda...

CAPÍTULO 36

Com Libby seria mais difícil.

Eu sabia que Summer tinha uma natureza boa e gentil e provavelmente entenderia quando eu explicasse, mas Libby? Ela era uma incógnita. Era volúvel comigo desde que entrei na escola. Era um tiro no escuro imaginar que eu poderia trazê-la para o meu lado.

O fato de que ela voltou com Callum não era um bom presságio. Talvez ela ainda acreditasse que eu tinha *mesmo* tentado dar em cima dele e que eu estava atrás do namorado dela (a ideia me dava vontade de vomitar). Mas algo acontecera naquele momento no banheiro e me dera esperanças, e eu me agarrava a isso.

Em breve eu teria que encarar os dedos apontados para mim e os sussurros, mas não havia a menor chance de querer ser vista perto da escola tão cedo. Sabia que ela tinha treino, então esperei junto ao portão, meio escondida num arbusto, eu era uma espécie de cruzamento entre *stalker* e espiã. O problema seria encontrá-la sozinha – Libby não era uma loba solitária. E com certeza, quando ela fosse para a rua, seria com Sadie e Phoebe no encalço. Mas eu não tinha escolha; era agora ou basicamente nunca.

– Oi, Libby – chamei, tentando sair de trás do arbusto sem parecer ridícula demais. As três se sobressaltaram. *Oops.* – Desculpe, eu não queria… Posso falar com você um minuto?

Sadie me olhava como se eu fosse um cocô jogado no meio da calçada, um cocô particularmente líquido e nojento. Phoebe parecia entretida e pronta para assistir a um espetáculo. E Libby parecia… incerta.

– Claro – disse ela. – Podem ir na frente.

– Até parece que eu vou deixar você com ela – zombou Sadie. – Você não sabe do que ela é capaz. Ela pode usar os poderes para… Ah, é, verdade, que poderes? – Ela riu, claramente esperando que Libby e Phoebe rissem também. Elas não riram.

– É sério, Sadie – insistiu Libby. – Estou bem, podem ir sem mim.

Sadie não parecia satisfeita, mas se afastou com relutância, olhando para trás, para nós, enquanto sussurrava alguma coisa para Phoebe.

– Podemos caminhar enquanto conversamos? – perguntou Libby. – Meu pai quer que eu chegue em casa a tempo de testemunhar a maravilha que é meu irmão jogando hóquei.

– Claro – respondi, sentindo o nó no estômago afrouxar um pouco. Era um bom começo: pelo menos ela não parecia estar no modo de ataque. Começamos a descer a colina, lado a lado, e isso me lembrou do que Mamãe disse sobre ter conversas difíceis sem as pessoas olharem uma para a outra.

– Mandei mensagens pra você – disse Libby. Fui surpreendida e tirei dos meus pensamentos a dúvida sobre como começar a conversa. – Nas redes sociais. Você não respondeu.

– Ah. Eu… eu não olhei minhas redes sociais. Saí depois do…

– Do vídeo. É, imaginei. Olha, eu queria que você soubesse que eu não tive nada a ver com você ter ido à festa. Foi Callum que mandou pra você aquelas mensagens pelo meu telefone, não teve dedo meu nisso.

O nó afrouxou ainda mais. Aquilo não tinha o dedo da Libby! Oba! Uma vozinha como a de Summer no fundo da minha cabeça sugeriu que ela pudesse estar mentindo, mas eu afastei a ideia. Por que mentiria? Ela não ganharia nada com isso. A menos que houvesse um esquema ainda maior para me pegar, do qual eu não estava sabendo.

– Quer dizer, você não devia ter ido àquela festa – disse Libby. – Foi um gesto um tanto masoquista ir àquele ninho de cobras por conta própria.

– Achei que estava sendo uma boa amiga. Dando apoio pra você. Poder Feminino e tal.

– Bem, claramente você é legal demais. E confia nas pessoas – disse ela. Lá estava: a sugestão de um sorriso, uma pequena fissura na armadura.

– E qual era o plano do Callum, afinal?

– Conhecendo Callum, provavelmente um plano vago de embebedar e envergonhar você de alguma forma. Não é exatamente difícil envergonhar uma garota publicamente hoje em dia.

– Missão cumprida – comentei, me sentindo uma tola ingênua. E então veio aquele pensamento de novo, outro pensamento rastejante que vinha me atormentando desde a festa. – O Freddie... O Freddie estava participando?

– Meu Deus, não! – exclamou ela no mesmo instante. – Ele ficou furioso quando descobriu. Até brigou com o Callum na cantina na segunda-feira depois da festa. Foi só o Callum e o projeto de boy band dele. E eu não falei mais com Callum desde então.

– Sério?

– Com certeza – disse ela, tão segura e autoconfiante que eu quis abraçá-la bem forte.

Chegamos à rua principal e pegamos uma viela em direção à rua de Libby. Estava mais cheia do que o normal. O verão e um clima mais agradável estavam se aproximando. Mas a ilha ainda não estava tão movimentada quanto a cidade grande. Parecia que nunca havia um senso de urgência ali, independentemente da hora – ninguém andando rápido, se estressando em filas, com expressões fixas e sombriamente determinadas.

Libby parou e se virou para mim.

– Olha, eu não deveria ter acreditado em Callum quando ele disse que você o beijou. Acho que eu estava só... desesperada, me agarrando a ele. Passei tanto tempo querendo ser namorada dele... tipo, TANTO tempo, desde o primário, na verdade. Ele era mais legal e engraçado, mas no bom sentido, não às custas dos outros. Não notei o quanto ele tinha mudado, ou talvez eu tenha ignorado porque ainda queria ser a namorada dele. E eu definitivamente não deveria ter voltado com ele. Se não tivéssemos voltado, ele não teria pegado meu telefone e você não teria ido à festa.

Era um pedido de desculpas que tinha acabado de sair da boca de Libby? Ela tinha mesmo...? Sim. Foi definitivamente um pedido de desculpas, mesmo que ela claramente tentasse fingir que não.

Estávamos quase chegando à casa dela. Ela olhou o relógio. Eu me sentia mais leve, tonta até. Eu me cumprimentei com um high five mental – eu estava certa! Libby era *mesmo* uma pessoa decente, por baixo de todas as camadas de vadia que foram programadas pelo patriarcado. Eu não queria me precipitar, mas parecia que tínhamos virado a página.

– Você não aceitaria voltar com ele uma última vez, bem rapidinho? – perguntei. – Pelo bem maior.

CAPÍTULO 37

– Você acha que vai funcionar? – perguntei a Tabitha.

Estávamos no Café da Praia (que nome original), tomando conta dos nossos *lattes* e nos sobressaltando toda vez que alguém entrava pela porta.

– Não sei mesmo – disse ela, mal tirando os olhos da porta.

A aula tinha acabado fazia meia hora, e Tabitha estava ali havia pelo menos metade desse tempo, tendo ido direto da escola para lá, então elas chegariam a qualquer minuto. Na minha cabeça, repassei as frases que tinha ensaiado com ela mais cedo, canalizando Oprah; imaginei que Oprah saberia exatamente o que fazer.

– Não custa nada tentar – disse ela. – E, honestamente, espero muito que você consiga. Sei que você nunca viu as duas como amigas, mas elas eram ótimas. Sinto falta de quando todas saíamos juntas.

– E como você se sente em relação a Libby? Imagino que ela nem sempre foi legal com você também.

– Ela não era, mas, não sei, eu meio que esperava que nos afastássemos um pouco, porque nossos interesses eram muito diferentes. Foi mais dolorido para Summer porque foi repentino e elas tinham muitas coisas em comum. Só espero que você esteja certa e que Libby tenha mudado mesmo.

– Eu também – respondi, enquanto a porta se abria.

– Oi – disse Summer, passando pela porta. Ela puxou uma cadeira e jogou suas tralhas no chão.

– Oi! – exclamei, com entusiasmo demais. – Senta aí.

Ela já tinha sentado.

– Pensei que você tivesse Simulação da ONU hoje, Tabs. – Ela acenou para uma garçonete e pediu chocolate quente e bolo de chocolate.

– Tenho, mas não fui.

– Como é que é? – disse Summer, parando para prestar atenção. – Nossa, você não mentiu quando disse que era importante, Jessie. Tem a ver com o Plano?

Fiquei olhando para minha caneca.

– Mais ou menos – respondi. – Olha, confie em mim, tá? Porque eu quero que você saiba que eu pensei muito nisso e tenho certeza de que é o certo…

A porta se abriu de novo, e dessa vez foi Libby que entrou. Summer olhou para ela, então para mim. E de volta para Libby.

– É sério? – disseram as duas ao mesmo tempo, trocando olhares mortais.

– Só escute o que Jessie tem a dizer – sugeriu Tabitha.

– De jeito nenhum – disse Summer, se levantando.

– Por favor, não vá embora – pedi, enquanto também me levantava. – Só escute. Um minuto. Por favor, vocês duas, escutem por um minuto.

Os outros dois grupos no café, ambos com casais idosos que antes estavam sentados em silêncio, começaram a nos encarar, intrigados com o drama adolescente.

– Vou ficar – disse Libby, conseguindo, daquele jeito incrível dela, fazer parecer que estava ganhando uma competição que ninguém mais tinha percebido que existia. Eu podia ver que Summer ficou eriçada.

– Por favor – pedi a Summer, usando meu melhor olhar de cachorrinho.

– Está bem – disse ela, se jogando de volta na cadeira. – Você tem *um* minuto.

– Certo – falei. – A questão é que eu realmente gosto de vocês duas. Acho vocês duas incríveis, cada uma à sua maneira. Trouxemos vocês aqui hoje porque precisamos das *duas* para que o Plano funcione. Além disso, Tabitha me contou como vocês eram grandes amigas, e até *vocês* me contaram que eram grandes amigas, Summer. – Ela grunhiu ao ouvir isso.

– E eu *sei* que vocês duas deveriam ser amigas de novo. Vocês todas deveriam voltar a ser amigas, sinto isso no fundo do meu coração.

– Você precisa tomar alguma coisa pra curar isso – resmungou Summer. Libby olhou feio para ela.

– Entendo que vocês compartilham uma história. Eu estou chegando agora e não sei nada sobre isso, e acho muito que vocês precisam conversar sozinhas para resolver algumas coisas, mas no fim das contas isso é coisa do passado. As pessoas mudam. Todas nós mudamos, de um jeito ou de outro.

– Nisso você acertou – disse Summer. Eu nunca a tinha visto tão mal-humorada, o que me levou a pensar que ela devia ter ficado muito magoada mesmo. O que *também* significava que ela devia mesmo ter sido muito amiga de Libby e que valia a pena lutar por isso.

– Quando estava no oitavo ano – contei –, eu ouvia Justin Bieber, via *Blue Peter*, usava blusinha que deixava a barriga de fora e achava que a melhor coisa que poderia acontecer no mundo era a volta do One Direction.

– Sério? – disseram todas ao mesmo tempo, rindo. Isso era bom.

– Sim! Meu ponto é: isso foi praticamente na minha vida passada. Os anos da adolescência são como anos de cachorro. Sei que é difícil, especialmente quando a gente se magoa, mas vocês têm que encontrar uma forma de resolver as coisas que aconteceram no passado, quando todas éramos versões diferentes de nós mesmas, em vez de se apegarem a essas coisas. Vocês deveriam se apegar *realmente* ao fato de que eram amigas, *melhores* amigas. Vocês cresceram juntas, compartilham lembranças.

– Nem todas elas são boas – retrucou Summer.

– Tudo bem, mas vocês tinham uma amizade, e, conhecendo as duas, acho que era uma amizade que vale a pena tentar salvar. Ou ressuscitar. Além do mais, vamos passar um bom tempo juntas no que planejei, e não seria legal pra ninguém ter energias ruins pairando no ambiente. Preciso de todas vocês, e preciso que sejamos um time.

Olhei para elas cheia de expectativa, tentando entender o clima, sentindo como se tivesse despejado conselhos sábios dignos de Nonna.

Summer fez um barulho vagamente afirmativo.

– Mas além disso – continuei –, e essa é a grande questão, escutem com carinho: somos garotas e precisamos ficar juntas. Garotos, escola, sociedade… Eles aproveitam qualquer oportunidade para fazer com que nos voltemos umas contra as outras, provocam competição onde não existe, nos fazem sentir que uma de nós só tem sucesso se a outra fracassar, como se um espaço limitado estivesse em disputa, e não pode ser assim. Precisamos ficar juntas, apoiar umas às outras, como aliadas, não como inimigas.

Respirei fundo, sentindo como se tivesse vomitado um discurso de Simulação da ONU, esperando ter cumprido meu papel. Tabitha sorriu para mim, mas eu não podia aferir a reação de Libby ou Summer a partir de suas expressões. Elas só estavam sentadas, perfeitamente paradas, me encarando.

– Hum, e é isso. É isso o que eu queria dizer.

– Certo – disse Summer desnecessariamente. – Faz todo o sentido para mim.

– Claro – concordou Libby. – Você trouxe ótimos argumentos. Vou dar uma chance.

– Então… vocês vão tentar? – perguntou Tabitha, parecendo chocada.

– Vamos tentar – confirmaram as duas.

– Sério? – perguntei. – Eu estava esperando mais… resistência.

Elas deram de ombros.

– Maravilha! – exclamei, me sentindo extasiada, como se tivesse ganhado algum prêmio, e acho que tinha mesmo. – Abraço coletivo?

– Não bote o carro na frente dos bois – resmungou Libby. – Vamos voltar ao Plano.

CAPÍTULO 38

– Toc, toc. – Bella entrou de uma vez, como de costume, sem esperar uma resposta, trazendo sua enorme maleta de maquiagem.

Eu tinha acabado de vestir o uniforme pela primeira vez em uma semana. Eu não o deveria estar usando – fora expulsa da escola e Mamãe estava conversando com eles e com o conselho. Mas era o único jeito de entrar no prédio sem ser notada.

– Sei que isso normalmente não é seu estilo – disse Bella ao levantar a maleta –, mas pensei em ver se você queria usar pintura de guerra. Posso fazer um look natural: natural de verdade, sem nenhum contorno forte ou camadas e mais camadas de base.

Ela parecia tão aberta, genuína e semelhante à antiga Bella que eu não consegui dizer não.

– Claro, obrigada. Mas só um pouco.

O sorriso que ela me deu valeu a pena. Ela abriu os vários compartimentos da maleta e dispôs tudo metodicamente – eu nunca tinha visto tantos frascos, pincéis e utensílios de maquiagem. Ela me posicionou na beirada da cama e pegou um *ring light*. Dave se enroscou nas minhas pernas reconfortantemente.

– Só relaxe – disse Bella, passando algum tipo de creme sob meus olhos. – Se der, tente não apertar os olhos.

— Desculpe – falei, tentando muito não os apertar.

— Como está se sentindo quanto a hoje?

— Com vontade de vomitar – respondi, percebendo o enjoo no estômago. – E cagar na calça ao mesmo tempo.

— Eca, Jessie!

— Você perguntou.

— Bem, *eu* acho você muito corajosa – comentou ela, pegando um novo creme. – Você está lutando por você e por outras pessoas, e eu acho isso ótimo.

— Quem é você e o que fez com a minha irmã?

— Haha. Fique parada.

— Enfim, é você que é a corajosa. Você fala para milhares de pessoas o tempo todo com os seus vídeos. Hoje não vai ser nada comparado a isso.

— Mas é um público anônimo. Eu não tenho que ver o rosto das pessoas. Por que você acha que eu entrei nesse mundo, pra começo de conversa?

— Como assim?

— Meu canal do YouTube. É minha forma de me esconder à vista de todos.

— Mas… mas isso não faz sentido!

Bella parou, largou um pote, pegou um pincel, se afastou e me olhou.

— Para alguém tão inteligente, você às vezes é meio burra. Comecei a mexer com maquiagem no oitavo ano, quando minha pele era péssima. Estavam pegando no meu pé, e muito. Teve dias em que eu nem queria ir pra escola. Então comecei a fazer experimentos com base e corretivo, tudo pra esconder minhas falhas. Daí, a coisa foi crescendo. E agora é minha pintura de guerra: uma camada exterior entre o eu real e o que o mundo vê.

— Como eu não notei isso?

— Porque você é tão autocentrada que nem pensa nos outros? – sugeriu ela, sem grosseria. Eu a afastei. – Ei, cuidado, você não vai querer que eu borre – repreendeu ela.

— Então acho que nós duas estávamos nos escondendo, cada uma à sua maneira?

— Aí está: ela entendeu!

– Bem, seu jeito acabou sendo ótimo pra você. Popularidade, recebidos, dinheiro…

– É, mas, você sabe, isso também tem seus problemas. Eu adoro, mas não é sempre tudo um mar de rosas. Alguns comentários que as pessoas deixam, honestamente… são assustadores. Pessoas assim deveriam perder o direito de usar a internet e ser forçadas a fazer algum tipo de programa de reabilitação para trolls.

– Vai com fé, mana!

– Você se acha, hein?

– Também te amo.

– Mas, olha, o que eu queria dizer, com toda a seriedade, é que eu admiro você por se expor. E sei que você vai arrasar hoje.

Ela se afastou, largando as ferramentas, me observando com um olhar crítico.

– Pronto – disse ela, me entregando o espelho. – Pronta pra batalha.

Preparei a mim mesma para o eu de realidade virtual, com maquiagem de dois centímetros de espessura que de alguma forma eu teria que limpar sem ser uma ofensa, mas, quando olhei para o espelho, vi a mim mesma refletida. Um eu radiante e de aparência saudável – alerta, de olhos abertos e pronta.

– Obrigada – falei, dando um abraço em Bella. – Te amo.

– Quem é você e o que fez com minha irmã? – perguntou ela, retribuindo meu abraço apertado.

⚡

– Aí está ela! – exclamou Mamãe quando eu e Bella entramos na cozinha.

Os pedreiros já tinham começado as marteladas e a gritaria, e Andy Faz-Tudo estava sentado à mesa com Mamãe tomando chá.

– Bom dia – cumprimentei. – Oi, Andy. – Ele pareceu feliz em ser reconhecido, o que fez com que me sentisse culpada por ter sido tão fria com ele antes.

– Oi, Jessie – respondeu ele, sorrindo e se levantando. – Vou deixar vocês a sós.

— Mais tarde eu mostro aquelas opções de torneira — disse Mamãe, com um sorriso bobo no rosto. — Certo, que café da manhã inspirador posso preparar para as senhoritas?

Imagens de torrada queimada e bacon desfiado preencheram minha cabeça.

— Acho que vou só pegar uma tigela de cereais — falei.

— Ah, não vai, não — disse Nonna, vindo do anexo. — Preparei um remédio poderoso para você. Um remédio poderoso para a bruxa mais poderosa.

— Meu Deus, lá vamos nós — provocou Bella. — Que jeito de tomar para si os holofotes da família, Jessie.

— Eca. Quer dizer, humm? — retruquei, enquanto Nonna me entregava uma caneca, os olhos brilhantes, as pulseiras ainda tilintando desafiadoramente. Ela parecia melhor a cada dia, mais como Nonna. O vapor da caneca subiu até meu nariz, e tive que resistir à ânsia de vômito.

— Confie em mim, beba — disse ela com uma piscadela. — E depois eu posso pegar pão doce pra você.

Fiz como me ordenaram, tapando o nariz para engolir.

— Como está se sentindo hoje? — perguntou Mamãe, me envolvendo com um braço e beijando o topo da minha cabeça. — Tem certeza de que não quer que eu vá?

— Tem certeza de que não quer a *nossa* presença? — acrescentou Nonna.

Mamãe dirigia a ela um olhar que dizia que não havia a menor chance de deixá-la sair de casa.

— Estou nervosa — respondi, tomada pelo espírito da honestidade. — E, sim, tenho certeza de que não quero vocês por lá. Espero contar com as pessoas de que eu preciso. Mas obrigada pela oferta.

— Mesmo se as coisas não correrem como você espera, saiba que estamos muito orgulhosas de você — disse Mamãe.

— Saiba que você está agindo pelas razões certas e que isso *precisa* ser feito — complementou Bella. — E lembre-se: você é a bruxa mais fodona do rolê.

— Honestamente, não precisam se preocupar assim — disse Nonna. — Ela vai ficar bem. Mais do que bem. Vai com tudo, Jessie. Vai lá dar uma lição no patriarcado.

Cinco Coisas Sobre Minha Família:

1. Às vezes (muitas vezes) elas são irritantes, mas em noventa e nove de cada cem vezes é porque elas me amam.
2. Elas me conhecem há mais tempo e ninguém me conhece melhor, às vezes (muitas vezes) melhor do que eu mesma me conheço.
3. Elas SEMPRE têm meus melhores interesses em mente.
4. Elas SEMPRE vão me apoiar.
5. Não importa como às vezes (muitas vezes) eu me sinta em relação a elas, estamos ligadas para o resto da vida, então é melhor aproveitar os Pontos 3 e 4.

CAPÍTULO 39

Summer e Tabitha estavam me esperando à beira-mar.
— Conseguiu tudo? — perguntou Summer quando acertamos o passo.
— Acho que sim.
— Computador? — disse Tabitha.
— Ahã.
— Pen drive para o backup?
— Ahã.
— Uma boa dose de coragem e determinação? — perguntou Summer.
— Essa eu já não sei — respondi, sentindo minha coragem se esvair um pouco.
— Você vai se sair bem, nós estamos com você — garantiu ela. — No pior dos casos, o que eles podem fazer com você? Você já foi expulsa e estamos em 2021, não é como se todos os homens fossem se reunir e queimar você numa fogueira. Eles podem gravar um vídeo e publicar em algum lugar, mas com isso você já está acostumada. — Ela soltou um riso abafado.
— Verdade, verdade e verdade — concordei, estremecendo por dentro ao pensar como ela foi quase certeira em relação ao comentário da fogueira.
O mar estava glorioso naquela manhã. Reluzente, fresco e lambendo a costa gentilmente. Sem ondas fortes e bravias e sem um pingo de cinza à

vista – só calmaria e um silêncio poderoso. A cidade inteira parecia diferente – desperta, viva, renovada. Para variar, eu não a odiei.

– Tem certeza de que ela está vindo? – perguntou Summer, enquanto virávamos a esquina que levava aos portões da escola.

– Ela mandou mensagem esta manhã dizendo que sim. E por que não viria? Ela já fez o trabalho pesado, então seria de imaginar que ela iria querer ver a grande revelação.

– Hum, amiga, acho que o trabalho pesado vai ser se colocar diante de toda a escola e expor uma verdade desconfortável.

– Ela vai estar lá – declarei confiante, ignorando o lembrete do que eu estava prestes a fazer.

Tínhamos combinado que encontraríamos Libby no meu "escritório", isto é, no banheiro do pátio. Parecia conveniente, considerando que foi lá que passei grande parte do meu tempo na escola, onde conheci Summer e Tabitha e onde tive o momento de conexão com Libby durante a detenção.

Eu queria uma senha que pudéssemos usar em algum momento da operação (embora eu não fizesse ideia de por que precisávamos de uma). Summer me disse que eu estava sendo dramática demais, mas se eu realmente quisesse poderíamos chamar a coisa toda de Operação Confronto Final com os Sacanas, o que me pareceu bom o bastante.

Marcamos o encontro para pouco antes do início da aula, para evitar a entrada em massa. Mas, forçadas a desviar de algumas pessoas para não sermos avistadas, Summer, Tabitha e eu chegamos ao banheiro cinco minutos depois do horário marcado, às dez para as oito. Não havia ninguém lá. Meu coração saltou.

– Libby? – disse para o vazio. Summer ficou ali com uma expressão que mais beirava a decepção do que "Eu te falei". Olhei meu telefone; sem mensagens de texto. Ainda podíamos continuar sem ela, mas seria mais útil se a tivéssemos do nosso lado.

Um pensamento horrível me veio: e se Libby tivesse virado completamente a casaca e nos denunciasse? E se tudo tivesse sido uma enganação? O enjoo voltou. Eu não conseguia nem olhar para Summer.

– Desculpe, desculpe. – Libby apareceu na porta, afobada. – Eu me enrolei, está um zum-zum-zum danado, uma loucura lá fora!

Eu quase chorei de alívio e, quando olhei disfarçadamente para Summer, vi que ela exibia um sorriso enorme. Libby nos encarou com impaciência.

– E aí? Já viram o post? – perguntou ela.

– Que post? – perguntou Tabitha.

– Ah, eu esqueci, vocês são contra as redes sociais. – Ela revirou os olhos. – Aqui, vejam. – Ela nos chamou para a última cabine (minha favorita) e pegou o celular para nos mostrar.

Era o Snapchat de Freddie. Libby clicou na postagem com a animação de quem estava abrindo um presente no Natal.

Esclarecendo algumas coisas:

1. *Naquela noite, Jessie e eu estávamos OBVIAMENTE zoando sobre o fato de ela ser uma bruxa.*
2. *Aquele vídeo foi totalmente editado. E...*
3. *Eu vi Callum beijando Jessie semanas atrás – sem ter sido provocado nem convidado.*

#ParemComACaçaÀsBruxas

Pisquei para que meus olhos e meu cérebro tivessem foco novamente, tentei processar o que vi, as palavras flutuando atrás das pálpebras. Freddie tinha *visto* Callum me beijar? Por que não falou nada antes? A raiva me tomou, mas com ela veio a alegria. Pelo menos agora ele tinha se posicionado. Antes tarde do que nunca, né? Talvez ele tivesse chegado ao limite no fim das contas.

– Acredite em mim – disse Libby, deleitada –, o Snapchat dele normalmente só mostra resultados de partidas de futebol e noitadas com os caras. O babado é sério.

– Não sei como me sinto em relação a isso – comentei.

– Validada? – sugeriu Tabitha.

– Um pouco. Mas ele não vai perder os amigos agora, por minha causa?

Por mais que eu gostasse que Freddie estivesse me defendendo, não queria que ninguém sofresse a perseguição a que eu fora submetida.

– Ele devia saber dos riscos quando postou – disse Libby. – Honestamente, eu já estava imaginando que isso ia acontecer. Freddie nunca foi igual àquele grupinho, ele só se deixa levar na maior parte do tempo. – Ela sorriu. – Uma vez, no nono ano, a gente jogou Sete Minutos no Paraíso e todos os outros garotos tentavam nos beijar quando iam para o armário, mas Marie disse que Freddie só queria conversar. Uma hora ou outra ele teria se posicionado, isso foi apenas a gota d'água. Isso é *bom*, não fique tão desanimada.

Tabitha me deu um tapinha nas costas e abriu um sorriso reconfortante. Talvez Libby tivesse razão e Freddie fosse fazer aquilo de qualquer forma. Vida longa à revolução.

– Certo, vamos recapitular o Plano – afirmei, consciente de que o tempo estava passando. – Libby, você mantém Marcus e Callum e qualquer outro capacho do futebol longe do caminho. Summer, você se prepara para gravar tudo. E, Tabs, você encontra a senhorita Simmons e fala que essa é a versão final do filme, que aquela que ela tem é a versão antiga.

Eu me senti mal por mentir para a srta. Simmons, mas sabia que ela entenderia. Ou pelo menos eu esperava que ela entendesse.

– E se ela disser que é tarde demais pra mudar? – perguntou Tabitha. Poderia ser um desastre.

– Se precisar, fale a verdade – respondi. – Ela vai entender, eu acho.

– Você *acha* ou sabe? – pressionou Summer. – Porque, realmente, tudo depende dela.

– Eu sei – concordei, com mais confiança do que eu sentia. – Mas temos o Plano B, se for preciso.

– Mas o Plano A é melhor – disse Libby. – Colocar na internet é… arriscado.

– Então vamos fazer o Plano A dar certo – falei. – A assembleia de fim do semestre é depois da chamada, então devemos estar a postos às nove e dez. Me mande uma mensagem quando você falar com ela, e eu vou aparecer para o grande espetáculo.

– Certo – disse Tabitha, sua expressão séria e determinada.

O sinal tocou, alto e firme. Parecia um chamado à ação. Meu estômago deu três piruetas na barriga.

— Aqui, rápido — disse eu, tirando a bolsa do notebook da mochila e entregando para ela. — Já está aberto, então você só precisa apertar o play, mas, se tiver qualquer problema, está salvo no iMovies como #PrecisaAcabar.

— Ainda acho que você deveria ter colocado #JessieLivre — comentou Summer.

— Abraço coletivo rapidinho? — sugeri quando o segundo sinal tocou, abrindo meus braços na extensão curta permitida pela cabine. Elas se aproximaram com relutância. — Vamos conseguir — declarei, tentando parecer entusiasmada. — E, se tudo der horrivelmente errado, do tipo fim do mundo, temos umas às outras.

Summer revirou os olhos para mim.

— Não sei se você dominou bem o conceito de palestra motivacional.

— Boa sorte — disse eu, enquanto elas saíam da cabine e partiam para a missão, para o grande e vasto mundo. Tenho certeza de que vi Summer e Libby darem um pequeno soquinho motivacional no ombro uma da outra, e isso por si só fez meu coração cantarolar um pouquinho, como uma mãe orgulhosa.

Se eu pudesse andar de um lado para outro, teria feito isso, mas não havia espaço suficiente na cabine. Do jeito como as coisas estavam, não tinha como dar vazão à energia do meu nervosismo, então ela só ricocheteava dentro de mim, como uma bola de tênis voando rapidamente naquele videogame antigo.

Tentei meditar de novo, pensando que aquele era um momento tão bom quanto qualquer outro, mas, como antes, tudo o que consegui ao tentar limpar minha mente foi abrir um espaço ainda maior para mais pensamentos entrarem. Pensei no que Summer dissera — *No pior dos casos, o que eles podem fazer com você?* —, e de fato, no grande cenário das coisas, aquilo não poderia ser tão ruim assim. Eu estava totalmente preparada para um Armagedom nas redes sociais e uma vida estudando em casa. Eu ainda teria Summer, Tabitha e Libby — a gente poderia se encontrar em segredo, para protegê-las de se mancharem com meu estigma; eu poderia viver indiretamente por meio delas. Por fim, eu aprenderia a aceitar minha vida como eremita e a ser grata pela companhia de Mamãe, Nonna e Dave (Bella teria ido para algum lugar excitante, toda bem-sucedida e socialmente aceita).

Parecia que eu estava esperando havia uma eternidade, mas, quando olhei o celular, eram apenas nove e oito. Tabitha já devia ter falado com a srta. Simmons àquela altura. Assim que pensei isso, chegou uma mensagem:

> S não tá aqui! Estão dizendo que ela se demitiu. E não tem pen drive com notebook!! Não consigo escapar p/ voltar aí, Metcalfe levando a gente para o auditório agora. Computador tá debaixo de uma pilha de papéis do lado da sala 201. Traga o pen drive antes que nosso grupo apresente!!

Ai, que droga. Droga, droga, droga.

Conferi minha mochila, e lá estava o pen drive. Tinha me esquecido de colocar com o notebook! De todos os erros de principiante que eu poderia cometer, aquele parecia estúpido demais. Fiquei com muita raiva de mim mesma.

Péssimo. Péssimo, péssimo.

Mas estava tudo bem. Tudo bem. Eu só precisava entregá-lo a Tabitha antes que ela fosse para o auditório. O que aconteceria… naquele instante.

Abri a porta da cabine, agarrada ao pen drive, minhas mãos tremendo como se eu tivesse virado um engradado de Red Bull. Eu não confiava nas minhas pernas para me manterem em pé. Os corredores estavam estranhamente quietos, e o som dos meus passos incertos reverberava nas paredes. Olhei na direção do auditório, onde alguns retardatários sonolentos estavam entrando. A porta se fechou atrás deles. Olhei de um lado a outro à procura de Tabitha, esperando que tivesse escapado de alguma forma, mas ela não estava em lugar nenhum. Ouvi a voz esganiçada do sr. Harlston, abafada através da porta, dizendo para todo mundo se acomodar. Droga! Era tarde demais.

Eu não fazia ideia de como levar o pen drive até Tabitha ou colocá-lo no projetor.

Então uma ideia me veio como uma lâmpada de desenho animado – eu precisava me misturar, e eu era especialista nisso. Inclusive, estava usando uniforme justamente para não ser notada. E se... eu subisse ao palco com o resto do meu grupo? O sr. Harlston sempre sai do auditório depois de fazer a apresentação, e ele era a única pessoa que sabia com certeza que eu não deveria estar ali.

Eu nem precisava de muito tempo, só o suficiente para subir ao palco e dar o pen drive para Tabitha. Além de congelar tudo ou enfeitiçar a escola inteira (o que, de qualquer modo, eu não tinha ideia de como fazer), essa era minha única opção.

Independentemente do que acontecesse, toda a escola ia ficar me encarando, de um jeito ou de outro, e eu precisava me acostumar com a ideia, embora naquele momento tudo que eu quisesse fazer era correr de volta para o banheiro, me trancar na cabine e ficar em posição fetal. Meu celular emitiu um novo bipe, e dessa vez era uma mensagem de Bella:

> **Boa sorte. Te mandando vibrações poderosas.**

De repente desejei ter convidado minha família para me apoiar. Nunca pensei que iria querer tanto ver o rosto de Bella como naquele momento. Mas era tarde demais. Aquele seria um voo solo.

Vamos lá, Jessie, você consegue. Pelo bem maior, Poder Feminino, Vive la Révolution.

Eu podia ouvir o burburinho da reunião – todo mundo mais quieto, o mi-mi-mi do sr. Harlston ao microfone.

Fiquei esperando fora do auditório. Havia pequenas janelas de vidro em cada porta, pelas quais eu não ousei espiar, mas sabia que em breve eles diminuiriam as luzes para passar os vídeos, e aquela seria minha chance de entrar escondida.

Peguei trechos da apresentação prolixa do sr. Harlston: "Os alunos da turma de Estudos Midiáticos trabalharam muito para capturar... hum... as questões importantes que os jovens enfrentam hoje...".

Era para ser a srta. Simmons lá em cima – e eu sabia com certeza que ela estaria fazendo um trabalho muito melhor. Ouvi o primeiro grupo se levantar e ir obedientemente até o palco. Alguém – Bianca talvez? – fez um discurso sincero sobre o motivo de escolherem o meio ambiente como tema.

Por fim, vi as luzes diminuírem e ouvi o início da exibição do trabalho deles, um borrão abafado de palavras através da porta. Mesmo que eu estivesse no auditório, acho que não teria ouvido uma única palavra em meio às batidas altas do meu coração. Uma porta nos fundos do auditório se abriu para o corredor onde eu estava. Devia ser o sr. Harlston saindo. Dei alguns passos para a esquerda com o máximo de silêncio possível, me agachei atrás do bebedouro e fechei os olhos como um bebê brincando de esconde-esconde – *se eu não vejo você, você também não me vê.*

Por sorte, a sala do diretor ficava na outra direção e eu ouvi o barulho dos seus sapatos pelo caminho até lá, se afastando de mim. Uma salva de palmas entediadas veio do auditório – o vídeo do primeiro grupo obviamente tinha acabado. Arrisquei espreitar pela janelinha de vidro, tentando distinguir as pessoas na luz baixa, procurando pelas minhas garotas. Um grupo de alunos da primeira fileira se levantou e começou a ir em direção ao palco. Um vulto musculoso – todo arrogante e empertigado – ficou em pé instantaneamente. Marcus. Pronto. Minha chance.

Tentei engolir, minha língua grande e pesada na boca como uma baleia encalhada. A próxima porta que dava para o palco era aquela diante da qual eu estava, mas, uma vez no auditório, eu teria que passar pela fileira de professores salpicados junto à parede. Só que eu não tinha escolha.

Respirando fundo, esperei até que Marcus, Tom, Harry e Tabitha estivessem quase no palco e então me espreitei pela porta, me encaixando atrás de Tabitha com toda a certeza e propósito que consegui reunir. Ela subiu os degraus que levavam ao palco, virou a cabeça de leve, quase imperceptivelmente, e me deu um sorrisinho. Senti as pessoas me olhando, como se para ter certeza, os professores murmurando uns para os outros, se perguntando, e a ficha coletiva caiu entre os alunos. Mas mantive os olhos fixos à frente.

Marcus já estava no palco, se exibindo para seu público, presumindo (tenho certeza) que o aumento na atenção e a excitação no ar se deviam à sua presença. Isso o manteve ocupado, e tudo bem por mim. Subi correndo os degraus atrás de Tabitha, tentando me proteger atrás da cortina na lateral. Ela levou a mão para trás, pegando o pen drive como um bastão de revezamento e deixou que eu me retirasse para as sombras. O resto do grupo assumiu seu lugar nas cadeiras dispostas para isso no palco.

– A última versão está aqui – disse ela em tom confiante para a professora substituta, mostrando o pen drive.

A professora parecia confusa.

– Mas era para elas estarem todas aqui… – disse ela, apontando para a tela do computador.

Vi Summer algumas fileiras atrás, alerta, com o celular a postos. Ela encontrou meu olhar e assentiu.

– O que *ela* está fazendo aqui? – perguntou Marcus, notando minha presença pela primeira vez.

Tínhamos que agir rápido. Cheguei mais perto do computador.

– Essa é a versão bruta – desabafou Tabitha para a professora substituta. – Essa que você tem. Essa… tem alguns palavrões, e a senhorita Simmons disse que não pode.

A professora hesitou. Usei a pausa dela como oportunidade e gentilmente a tirei do caminho, pegando o pen drive da mão de Tabitha e colocando-o no notebook.

– Obrigada – sussurrei para Tabitha.

Não sou nem um pouco boa com computadores, e minhas mãos tremiam tanto que eu mal conseguia arrastar o mouse. Enquanto fazia isso, olhei para cima e vi o Treinador se levantar. Ele estreitou os olhos, o cenho franzido, como se não tivesse certeza de que era eu ali. Então deu um passo na direção do palco.

Fiquei enjoada. Tipo, tão enjoada que poderia vomitar em cima do computador.

– Treinador – ouvi uma voz baixa dizer. Freddie. Ele estava de pé bem na frente do Treinador, bloqueando o caminho. – O sr. Harlston disse que quer ver você com urgência.

O Treinador parou por um segundo, mas então mordeu a isca e saiu batendo o pé até a sala do diretor.

Boa, Freddie. Uma convocação falsa não deteria o Treinador para sempre, mas eu não precisava de muito tempo. Rezei para as bruxas, para tudo que era bom, mágico e certo. *Por favor, façam isso funcionar.* Respirei fundo e

267

cuidadosamente arrastei o arquivo mais uma vez até o centro da ferramenta de reprodução de vídeo.

Ele carregou, e um botão para iniciar o vídeo apareceu.

Pressionei. Não tinha mais volta.

Meu rosto surgiu na tela, e minha imagem começou a falar, soando clara e calma:

– Para este projeto, deveríamos fazer um filme sobre uma questão importante para os jovens de hoje, algo que nos move, uma área na qual sentimos que nossas vozes não são ouvidas.

"Nosso filme é sobre a terrível maneira como as garotas são tratadas. Até hoje. Todo dia. Especialmente no Colégio Rainha Vitória. Eu gostaria que não precisássemos fazer este filme em particular, que fosse algo que não precisássemos mais destacar ou discutir, mas infelizmente não é o caso.

"As pessoas dizem que não há mais necessidade de feminismo, que alcançamos direitos iguais, que as feministas são amargas e odeiam homens, mas a verdade, como vocês vão ver, é que ainda vivemos numa sociedade em que as garotas são menos valorizadas do que os garotos, em que elas são muito julgadas pela aparência, tratadas como propriedade, e coisas piores.

"Quando começamos este projeto, ainda não sabíamos quantas histórias teríamos, ou quantas pessoas estariam dispostas a compartilhá-las, mas, assim que começamos a perguntar e a notícia se espalhou, conseguimos tantas histórias que não caberiam todas aqui.

"Vamos começar com a minha."

A confusão se instalou no minuto em que o vídeo começou a ser exibido – murmúrios animados, cadeiras se arrastando, celulares gravando, uma onda de interesse. Foquei no público. A maioria dos professores parecia confusa, sem saber se aquele era o projeto de verdade. Eles começaram a consultar uns aos outros, e um professor que parecia cético saiu, provavelmente à procura do sr. Harlston. As garotas pediam silêncio, sorrindo umas para as outras. Uma garota perto dos fundos até gritou: "É isso aí, Rainha!".

Os garotos pareciam menos seguros – alguns desconfortáveis, outros bravos, e outros aparentavam achar aquilo hilário, incluindo, claro, Callum

Henderson. Não precisei procurar por ele, que, como sempre, era o centro das atenções, sentado todo imponente no centro do auditório, um sorriso presunçoso no rosto, dando tapinhas nas costas dos garotos à sua volta, trocando soquinhos, morrendo de rir.

Se o Treinador tivesse sentido que algo estava rolando e voltasse com o sr. Harlston antes do fim do vídeo, eles com certeza interromperiam a exibição. Eu sabia que nosso tempo era limitado.

Summer tinha insistido para colocarmos fotos dos armários vandalizados, e elas apareceram na tela.

– Mas não parou por ali. Mais assédios específicos e direcionados estavam por vir – inclusive, usaram o celular de outra garota para me convidar para uma festa, batizaram meu drinque com bebida alcóolica naquela festa, me filmaram sem meu consentimento e editaram as cenas que vazaram nas redes sociais.

Summer tinha vindo para a lateral do palco e estava de pé ao meu lado, apertando minha mão. Tabitha estava do meu outro lado. Eu me senti mais forte com elas ali, como se tivesse vestido uma armadura. Encontrei o olhar de Libby da lateral do auditório, ela fez um joinha e me deu um grande sorriso. Gesticulei para que ela se juntasse a nós.

– Muito bem! – sussurrou Summer. – Você conseguiu.

– Mas olhe pra eles – contestei. – Os garotos... eles nem se importam, alguns estão rindo.

– Ah, eles vão se importar daqui a um minuto – disse Summer em tom sombrio.

– Há séculos todo mundo sabe sobre o sistema de notas – dizia Tabitha na tela. Eu estava com muito orgulho dela. Para fazer isso ela precisou sair totalmente da zona de conforto, mas foi lá e fez. *– A escola inteira sabe sobre o sistema de notas, e ninguém faz nada em relação a isso.* – Ela mostrou o papel onde Callum tinha desenhado a cabeça de pizza. *– Isso aqui é só um exemplo, mas tem muitos outros.*

Olhei de um lado para o outro do auditório. Os professores pareciam bem mais inquietos, mas também focados e preocupados. Ninguém parecia querer nos impedir.

Georgia Wells começou a falar:

— Eu reclamei para o senhor Harlston. Ele disse que era só "bobeira dos garotos" e que conversaria com eles, mas que eu deveria só ignorar.

Então Bryony Tate.

— Contei para o Treinador que os garotos deixaram bilhetes com notas nos nossos armários. Ele disse que lidaria com a questão. Mas não fez isso.

Eu mais uma vez. Gravações em que eu caminhava pelo estacionamento, aviões de papel caindo aos meus pés. Gravações que Libby tinha convencido Sadie a encaminhar para ela.

— O Treinador testemunhou um incidente em que fui assediada por garotos que jogavam aviões de papel em mim com notas escritas e não fez nada para impedir.

E então foi a vez de Libby. A Libby de verdade subiu no palco e apertou minha mão quando a Libby da tela começou a falar.

— Esse aqui é o grupo de WhatsApp que Callum Henderson criou, intitulado "Falando de números", e, como vocês podem ver, eles discutem longamente sobre que nota as garotas deveriam ter de acordo com a aparência, o tamanho do peito e se eles ficariam ou não com elas. Aqui estão só alguns exemplos:

"Callum: Com ctz nota sete com umas tetas dessas
Marcus: Oito, eu acho
Eli: Que isso, frígida demais — nunca usa decote
Harry: Vou rebaixar para três, ela não me deixou colocar a mão por baixo da blusa
Callum: Mano, que bola fora! Mas, boa notícia, L me deixou ir até a segunda base — subiu para seis!"

Senti Libby baixar a cabeça perto de mim. Eu estava tão grata por ela ter sido corajosa o bastante para pegar a prova no celular de Callum e (mais especificamente) por nos deixar usar as partes que a mencionavam. Eu sabia que não era fácil. A conversa no grupo de WhatsApp era longa, humilhante e nojenta, e parte de mim odiava dar palco para aquelas vozes, mas aquilo tinha que ser feito, e acho que todas nós sabíamos disso.

A Libby da tela continuou:

— Diversas vezes os professores foram informados desse sistema de notas e falharam em vetá-lo ou mesmo em punir os garotos envolvidos. É chocante, mas temos até uma gravação de um professor participando disso.

Naquele exato momento, a porta dos fundos do auditório se abriu com força e o sr. Harlston entrou com estardalhaço, seguido de perto pelo Treinador e pelo professor (homem) que eu tinha visto sair correndo do auditório antes. O rosto deles parecia uma mistura gratificante de raiva, horror e palidez. A gravação que estava sendo exibida era da entrevista original com o Treinador. Eu tinha feito a mim mesma assistir àquele vídeo até o final. E ficava ainda pior.

— Qual é a nota da senhorita Jones agora, então? Agredir verbalmente um professor aumenta ou abaixa a nota na pontuação de vocês?

— Quando você é o professor, abaixa, com certeza. O que vocês acham, rapazes? Será que damos menos cinco pra ela? Melhor checar com o Callum.

— Qualquer dia desses vocês vão me causar problemas, hein? Mas, sim, vai ser menos cinco. Então me atualizem. Libby? Seis ainda? Parece certo...

E assim prosseguia. Os garotos liam os números e o Treinador ria, às vezes concordava ou acrescentava comentários. Nunca repreendia, nunca falava para eles pararem. Participava.

O Treinador e o sr. Harlston estavam no palco, os rostos vermelhos e em pânico, desesperadamente puxando os cabos do notebook e gritando para a professora substituta aterrorizada interromper a exibição. Mas o que eles fizessem não importava, porque eu tinha mandado o vídeo para a *Gazeta do Campo*, os donos da escola e o conselho. Tínhamos provas, não havia onde ele se apoiar.

Da mesma forma, eu queria que o vídeo terminasse. Queria que todo mundo – especialmente os garotos – assistisse até o fim. O Treinador conseguiu arrancar os cabos, o notebook caiu no chão, o rosto dele retorcido e pulsando. Sua respiração estava pesada.

O vídeo parou.

Eu estava determinada a não usar magia, mas, naquele momento, não tinha escolha. E dessa vez era realmente pelo bem maior.

Foquei, respirei. Pensei em tudo que Nonna tinha nos ensinado sobre usar nossa energia, sentir nosso poder. Usei minha raiva, em vez de permitir que ela me usasse. Eu não queria o caos que aconteceu na sala do sr. Harlston. Precisava de precisão e controle.

Foque, respire fundo, canalize, solte.

O vídeo recomeçou.

$$\displaystyle \lightning$$

Quando tive a ideia do vídeo, meu receio era de que não conseguíssemos reunir material suficiente, que acabasse sendo só sobre minhas reclamações. Mas, assim que começamos a pedir contribuições, recebemos uma avalanche.

Quase toda garota que abordamos nos deu um depoimento, e então, quando a notícia se espalhou, outras começaram a vir até nós, desesperadas para contar sua história. Havia coisas corriqueiras e exaustivas: garotos falando de garotas; ignorando-as em trabalhos em grupo; professores desprezando as contribuições delas em favor da opinião de um garoto; tarefas sendo divididas com base no gênero, com as garotas recebendo papéis administrativos e os garotos ficando com as tarefas importantes.

Mansplaining, manspreading, manterrupting⚡ – garotos e homens tomando mais do que a parte que lhes cabia de todas as formas possíveis. Então, claro, havia outras histórias: garotas sendo beijadas – ou coisas piores – contra a vontade delas; fotos compartilhadas nas redes sociais sem permissão delas; garotas e garotos fazendo as mesmas coisas, mas elas eram chamadas de vadias enquanto eles eram celebrados pelo feito; garotas sendo descritas como pedaços de carne ou propriedade; garotas julgadas apenas pela aparência, por seus "atributos" físicos. Nada daquilo era novidade, nós vivíamos aquilo todo dia. Mas o que surpreendia eram a extensão e a amplitude de tudo. Era algo que atingia todas as garotas da escola. E, quando expliquei o que

---

⚡ *Manspreading* é o termo usado para se referir à atitude de homens que sentam com as pernas abertas no transporte público, invadindo o espaço da pessoa ao lado. *Manterrupting* é quando os homens interrompem as mulheres durante suas falas. [N. E.]

estávamos planejando, todas toparam, todas ávidas para encontrar um jeito de fazer a diferença, juntas.

O auditório estava pegando fogo. Todo mundo estava filmando com o celular, conversando, gritando, sussurrando. Alguns funcionários – todos homens – estavam de pé, tentando acalmar as pessoas. As professoras, pelo que notei, estavam sentadas e perfeitamente quietas.

– Conclusão: nós identificamos que existe uma misoginia institucional e um sexismo comportamental de raízes profundas nesta escola, tanto entre os discentes quanto entre os docentes. Isso impacta diretamente a vida de centenas de alunas e afeta sua experiência educacional. Isso tem que mudar, e tem que ser agora.

A tela ficou preta, e ouviu-se uma salva de palmas – primeiro devagar, constante e um tanto incerta, depois ganhando força, finalmente intensa e frenética. A maioria das garotas ovacionou de pé (e, para ser justa, alguns dos garotos também). O sr. Harlston tentou, tolamente, restaurar a ordem, parecendo prestes a explodir. Muitos dos garotos estavam atordoados, se perguntando se estavam implicados, se teriam que pagar por aquilo.

Procurei por Callum, doida para ver a expressão de vergonha e horror que ele devia estar estampando. Mas, quando meus olhos finalmente o encontraram, ele parecia exatamente o mesmo. Nada mudou – ele ainda mostrava um sorriso confiante, como se nada pudesse atingi-lo, e isso fez minha pele formigar e meu estômago revirar.

Eu queria mais que tudo fazê-lo pagar. Se o filme não funcionasse, minha magia funcionaria. Eu causaria uma irritação de pele nele – dessa vez para sempre. Ou poderia diminuir a altura dele – literalmente, tirar alguns centímetros, para que não andasse por aí tão imponente. Poderia transformá-lo num pobre sapo. Ou poderia…

Ele me flagrou olhando para ele e me ofereceu um sorriso zombeteiro e uma saudação, e naquele momento precisei de toda a minha energia, de cada pedacinho de mim, para não fazer um feitiço que acabasse com a raça dele.

E não o fiz. Desviei o olhar, sabendo que não valia a pena usar minha magia nele. Respirei fundo e confiei no Universo. Um dia, em algum momento, Callum Henderson receberia o que merecia, e, por ora, o que tínhamos feito bastava.

Libby, Summer, Tabitha e eu apertamos as mãos umas das outras mais uma vez, então nos preparamos para lidar com as inevitáveis consequências. Eu esperava que tivéssemos conseguido fazer a diferença, mesmo que pequena. Mas, se de nada adiantasse, tínhamos umas às outras, e naquele momento eu sentia que era tudo de que precisava.

DOIS MESES DEPOIS

Cinco Coisas Sobre Mim:
1. Sou uma bruxa, e está tudo bem. Aliás, melhor do que tudo bem – é irado.
2. Sou muito inteligente – e sou especialmente boa em Matemática e Ciências.
3. Estou aprendendo a surfar.
4. Faço documentários. Quero estudar Cinema na faculdade – em algum lugar por aqui, como Southampton ou Portsmouth (quero estar perto da família).
5. Ainda odeio pimenta-do-reino e salsinha. Algumas coisas nunca mudam.

Às vezes gosto de pensar na minha vida como uma montagem de filme, exibida com uma trilha sonora. Eu aumento o volume da música; é uma playlist de pop de mulheres fodonas, claro. O filme é assim:

Eu, querendo de verdade levantar da cama de manhã, odiando um pouquinho menos as gaivotas – elas ainda são irritantes, barulhentas e incansáveis, mas o ruído não me soa mais como pregos arranhando um quadro-negro. Eu, saltitando até a cozinha, que, embora continue um tanto caótica, está se tornando um lugar bem legal. Eu, cumprimentando

Mamãe, Nonna e Bella como uma personagem da Disney com passarinhos cantarolando ao redor da minha cabeça.

Nonna, que quase nunca mais sentiu a necessidade de afastar as más energias de mim, me dando abraços apertados, de amassar os peitos, e me dizendo para me "manter verdadeira". (É uma nova frase de efeito na qual ela vem trabalhando; eu não estou convencida.) Ela voltou a funcionar com oitenta e cinco por cento de sua capacidade, e isso é um alívio.

Bella e eu conseguindo de verdade fazer uma à outra rir na maioria dos dias, o que é uma novidade legal. No dia do Acerto de Contas (é assim que chamamos o dia da exibição do filme), ela soltou um vídeo de cara limpa, sem maquiagem, falando sobre problemas de pele e como lidar com eles, o que se provou ser seu vídeo mais popular de todos os tempos e rendeu a ela um zilhão de novos seguidores. Eu gosto de dar a mim mesma o crédito por parte desse sucesso.

E Mamãe, que tem olheiras um pouquinho menos escuras ao redor dos olhos, normalmente está cantarolando e balançando o quadril ao som de alguma estação de rádio de gente velha quando eu desço a escada, mas sempre faz uma pausa para me dar um chamego. Ela adotou verdadeiramente o kaftan e o turbante, numa vibe de liberdade, o que sempre faz eu me perguntar como ela conseguiu se encaixar num trabalho rígido por todos aqueles anos. Ela se reconectou com Kate, e as duas estão realmente compensando o tempo perdido – muitos cafés e jantares, aulas de artes, aulas de dança, aulas de ioga e profundidade e conexão. Elas têm surfado juntas, o que Summer usou para me provocar, já que Mamãe foi desbravar o mar antes de mim.

Mamãe e Andy estão no caminho de se tornar alguma coisa oficial. Eu ainda acho difícil não chamá-lo de Faz-Tudo, e tenho evitado encontrar os filhos dele, que têm um péssimo gosto para camisetas, mas é difícil não gostar dele quando o vejo com Mamãe – eles são fofinhos, amorosos e dançam na cozinha – e percebo como ele a faz feliz.

A magia transcorre bem, agora que estou começando a pegar o jeito do quão rara sou como bruxa. Nonna levou a mim e Bella para alguns encontros de covens em toda a ilha – na verdade elas são o máximo, e estou curtindo ser tratada como uma celebridade local nesses círculos. Bella tem sido bastante amável quanto ao fato de que tenho poderes o tempo todo, enquanto ela só os tem durante a menstruação – acho que ela gosta que agora eu tenho o meu "lance". Nonna é uma ótima professora. Ela coloca muita ênfase na mensagem "grandes poderes trazem grandes responsabilidades", mas agora eu entendo. Ela também é superpaciente com a gente (principalmente comigo), apesar dos numerosos "acidentes" – explodir árvores, reproduzir sapos, cabelos roxos, esse tipo de coisa.

Depois do café da manhã, eu alimento a Galinha – não tenho certeza se o Pintinho voltou, mas quando uma única galinha começou a aparecer no nosso jardim tive uma forte sensação de que provavelmente era ele. Então eu saio e encontro Summer no trajeto até a escola.

Caminhar pelos corredores da escola melhorou muito. Não tenho mais medo do que posso encontrar no meu armário ou do que as pessoas possam estar dizendo sobre mim. Tenho mais amigos, recebo mais sorrisos.

Claro, ainda tem alguns grupinhos debruçados nos celulares olhando coisas na internet, sussurrando sobre alguém que fez alguma coisa. A diferença é que agora isso não é mais aceitável. Ou pelo menos não é mais *tão* aceitável. Mamãe diz que é um pouco como fumar – quando ela era mais jovem, todo mundo fumava porque era descolado. Mas, agora, praticamente ninguém da nossa idade fuma – isso é malvisto e os fumantes são relegados ao frio dos espaços externos.

Tenho a impressão de que é isso que aos poucos está acontecendo com o sexismo na escola – com a postagem de fotos e vídeos e com as garotas sendo maltratadas no geral. Ainda há fofocas e julgamentos – é da natureza humana –, mas a maioria de nós está chamando a atenção dos outros quanto a isso e se recusando a fazer parte.

Nosso esforço nos Estudos Midiáticos ganhou a primeira página da *Gazeta do Campo* (o que não foi uma surpresa – uma ovelha atravessando a rua sai na *Gazeta do Campo*). Isso também levou a uma enorme revisão na escola. O sr. Harlston renunciou ao cargo e deu uma declaração pública idiota para salvar a própria pele dizendo que não sabia que os assédios ocorriam naquele nível na escola, que ficou horrorizado porque isso estava acontecendo na gestão dele e, por isso, sentiu que deveria se retirar do cargo.

O Treinador foi demitido.

A srta. Simmons (que, no fim das contas, tinha *mesmo* pedido demissão e denunciado às autoridades locais exatamente os mesmos problemas que nosso filme destacou) concordou em voltar e estabelecer uma política e uma força-tarefa de igualdade de gênero. Também permitiram que eu voltasse – depois de muitos e-mails e reuniões e a concordância de que eu fizesse um curso de controle da raiva.

Fui para a aula de Matemática no primeiro dia depois da expulsão com a cabeça erguida, sentando bem atrás de Callum Henderson e de seu cabelo melecado de gel. Ah, sim, ele ainda está aqui. É claro. Ele e Marcus e alguns dos outros foram suspensos e não puderam voltar até que uma investigação interna fosse realizada – uma investigação interna conduzida por três homens e uma mulher e liberada pelo parlamentar local, o pai de Callum. Então, sim. É claro que ele está de volta, porque é assim que o mundo funciona.

Ele foi humilhado? Mudou? Está mais legal?

Não muito. Um pouco. Não muito.

Ele conseguiu surfar a onda da notoriedade, e isso deu certo para ele. Callum não age mais abertamente como um babaca, mas tem menos amigos que estejam dispostos a embarcar na dele, independentemente do que faça, mas ainda anda por aí com aquela arrogância inata. Pode ser que permaneça desse jeito para sempre, nunca mude, acabe se tornando CEO de uma empresa importante, ou até mesmo primeiro-ministro.

Ou talvez, só talvez, as pessoas que ele encontrar no caminho (pessoas como eu) o enfraqueçam aos poucos e um dia ele finalmente veja quanto errou em suas atitudes. É improvável, mas é preciso ter esperança. Porque, senão, qual é o sentido?

Passinhos de formiga, é isso que eu digo a mim mesma. As coisas melhoraram, *sim*: o novo diretor estabeleceu uma política genuína de tolerância zero contra comportamentos sexistas; menos pessoas fazem comentários sexistas sobre garotas; ninguém posta fotos que não deveria nas redes sociais; garotos como Callum estão menos altivos e orgulhosos; e garotos como Freddie têm encontrado sua voz e sua personalidade e não estão seguindo tanto a manada. Mais importante: há menos competição entre as garotas. Estamos juntas, e essa parece ser a maior vitória de todas.

Eu levanto a mão na aula de Matemática, sem me preocupar se as pessoas sabem que eu sou inteligente e capaz. Freddie encontra meu olhar e sorri – vou vê-lo mais tarde.

Eu almoço com Summer e Tabitha. Libby se junta a nós com frequência, e às vezes até Sadie e Phoebe também vêm. Conversamos sobre os deveres, os trabalhos e os fins de semana, sobre o teste de Phoebe para o musical e quando devemos nos reunir para ajudá-la a ensaiar as falas. Parabenizamos Sadie por conseguir uma condecoração por seu trabalho de Têxteis, e Tabitha por seu desabrochar na carreira de escritora. Summer e eu planejamos surfar de novo no fim de semana, algo que estou abraçando agora que o clima está mais quente (e quando digo "abraçando", quero dizer "achando mais suportável"). Nós conversamos, apoiamos, reclamamos, choramos, brincamos e rimos.

E, quando ninguém está vendo, faço um feitiço para que minha pizza se torne algo comestível. Afinal, alguma vantagem tem que ter.

NOTA DA AUTORA

Embora esteja envolta em tom de brincadeira, no coração deste livro está uma questão importante. Vivemos tempos muito preocupantes para as mulheres. Nossos direitos reprodutivos estão sendo ameaçados, a violência doméstica contra mulheres está aumentando, o número de casos reportados de estupros vem se elevando, enquanto o número daqueles que são denunciados com sucesso está diminuindo, e isso é só a ponta do iceberg. Num mundo onde um primeiro-ministro se recusa a reconhecer abertamente quantos filhos tem e um homem que se gaba de pegar na genitália de mulheres é eleito presidente, é fácil entender por que esse desprezo e essa negligência em relação às mulheres e suas experiências são reforçados.

Fico impressionada com algumas pessoas que perguntam se ainda precisamos do feminismo, e minha resposta para essas pessoas é sempre a mesma: um grande e ressonante SIM, SIM, PRECISAMOS. E se este livro ajudar pelo menos uma garota a se colocar e denunciar comportamentos sexistas inaceitáveis, então serei uma feminista muito feliz.

Infelizmente, nem todas somos abençoadas com os poderes mágicos de Jessie (confesso que eu ia ADORAR fazer o nariz de um garoto crescer toda vez que ele mentisse), mas ainda assim há muitas coisas que podemos fazer. No final do livro, estão listadas algumas pessoas brilhantes que fazem coisas brilhantes, além de recursos brilhantes – por favor, dê uma olhada –, e, por sorte, isso também será só a ponta do iceberg.

AGRADECIMENTOS

Parece tão inacreditavelmente surreal sentar para escrever os agradecimentos depois de anos escrevendo-os na minha cabeça. Inacreditavelmente surreal e incrível!

Em primeiro lugar e acima de tudo tenho que agradecer a meu brilhante, talentoso, perspicaz e fabuloso grupo de escrita, As Trompetes: Catherine Coe, Claire Wetton e Zoe Boyd-Clack. Obrigada por lerem aquele primeiro texto tantas vezes que vocês esqueceram o próprio nome, e por lerem tudo que mandei para vocês desde então; obrigada por me dizerem, com delicadeza, quando provavelmente era hora de seguir em frente e por sempre me encorajar a continuar. Obrigada por não perderem a paciência com meus textões e minha oscilação sem fim, por me apoiarem durante os zilhões de vezes em que precisei e por me fazerem rir. Sua generosidade, amor e apoio são impressionantes, e eu tenho certeza de que este livro nunca teria acontecido sem vocês. Um brinde a muitos outros "retiros de escrita" cheios de risadas, drinques bizarros e desconhecidos um pouquinho esquisitos que dão boas anedotas.

Agradeço ao meu primeiro grupo de escrita, Os Escritores Desgarrados: Barbara Mackie, Crispin Keith, Jo King e Jan Carr. Vocês me deram a confiança para ler meu trabalho em voz alta e de que poderia ser algo em que valia a pena investir. E, ah, como eu amava aqueles primeiros textos! Um agradecimento especial a Cath Ouston, por sugerir que eu entrasse no grupo de escrita para começo de conversa, e a Jan, por me colocar na direção da Sociedade de Escritores e Ilustradores de Livros Infantis (SCBWI, na sigla em inglês).

E que direção! A SCBWI – por onde começar?! Que organização dos sonhos! A comunidade de livros infantis é um lugar muito especial, e a SCBWI é uma grande estrela dessa comunidade. Desenvolvi minhas habilidades e meus conhecimentos e conheci amigos para a vida (mas ainda estou me esforçando para aprender a gostar de roupas chiques – um dia eu chego lá!).

Agradeço às minhas colegas de Winchester – Danielle Dale, Laura Williams e Claire Symington. Vocês todas são tão talentosas que eu mal posso esperar para ler seus livros no futuro.

Agradeço a Alice (Poderosa) Ross e Becca (Expert da Indústria) Langton – as escritoras mais talentosas e perspicazes que foram tão generosas com seu tempo, seus feedbacks e seu encorajamento em geral. Precisamos seriamente comemorar, garotas – por ordem do Sr. Prazo! Agradeço a Nicola Penfold, por nossas caminhadas e suas percepções inestimáveis sobre uma autora estreante. Um grande alô e um agradecimento ao Goodship 2021 Debuts – vocês todos foram muito solidários e generosos com seus conselhos e sua torcida generalizada. Eu me sinto muito sortuda por fazer parte de um grupo tão talentoso e mal posso esperar para ter todos os livros-filhotes lindos de vocês alinhados na minha estante. Conseguimos, pessoal!!

Um agradecimento gigante, sincero e levemente emocionado à minha incrível agente, Helen Boyle. Ainda me lembro daquele primeiro e-mail que você me mandou – o entusiasmo e a paixão que você expressou na época e sustentou desde então, mesmo quando as apostas eram baixas, por assim dizer. Obrigada por seu feedback atencioso, que me ajudou a dar forma a este livro, por lidar com minhas perguntas e preocupações muitas vezes ridículas e por ficar comigo. Você é incrível como ser humano e agente, e eu tenho sorte de ter você do meu lado.

Obrigada, obrigada e obrigada mais uma vez à minha editora superstar Lena Macauley, por me conectar com Jessie e sua história, por entender (a maioria das) minhas piadas e por acreditar que o mundo precisava saber sobre uma bruxa adolescente menstruada enfrentando o patriarcado. O mundo está tão doido que ainda não nos conhecemos pessoalmente, mas, quando o contato humano for permitido novamente, caaaaaaara, vou te dar o maior dos abraços.

Obrigada a todos da Hachette e além que ajudaram a dar vida a *De repente bruxa* – Lucy Clayton, Beth McWilliams, Alice Duggan, Ruth Girmatsion, Genevieve Herr e Cat Phipps.

Sinto como se estivesse dando um discurso no Oscar e prestes a ser cortada, então aqui vão os últimos agradecimentos: obrigada à minha professora de inglês, a sra. Matthews, que graciosamente deu suporte a muitos dos meus primeiros contos chatíssimos (incluindo oito páginas sobre formigas, se eu me lembro corretamente) e sempre pediu mais. Ainda estou com seus livros da Sylvia Plath e me sinto culpada por não devolver, então, por favor, entre em contato para que eu possa fazer isso!

Muito amor e abraços enormes de agradecimento à minha mãe, ao meu pai e à minha irmã, Carly – pelos audiolivros que acenderam meu amor pela literatura e por sempre me encorajarem a continuar escrevendo. (Você promete mesmo que vai ler este, Carly?)

Muito, muito amor e abraços aos meus amigos e à minha família da Ilha de Wight, especialmente meus consultores adolescentes – Dee, Livi e Nathan –, sem os quais muitas gírias e referências dos anos noventa teriam continuado no livro. A ilha é um lugar muito especial e único, e, como Jessie, eu aos poucos passei a amá-la. Espero que isso transpareça no livro, que é em parte minha carta de amor à ilha.

Obrigada, obrigada, mil vezes obrigada à minha melhor amiga, Danielle, por lamentar e comemorar comigo ao longo do caminho, por sempre dizer coisas lindas sobre qualquer coisa que eu mando (porque às vezes coisas lindas, verdadeiras ou não, são tudo que você realmente precisa ouvir como escritora) e pelas festas na cozinha às quatro horas da manhã quando solicitada – o que é basicamente sempre.

Agradeço às muitas mulheres que eu admiro e que escrevem, criam e produzem conteúdo e são parte integral deste livro, mesmo que nem saibam. Laura Bates, Holly Bourne, Dolly Alderton, Pandora Sykes, Dawn O'Porter, Emma Jane Unsworth, Bryony Gordon, Caitlin Moran e todas as *The Real Housewives of Beverly Hills, New York* e *Orange County* – mas especialmente Lisa Rinna, que é meu animal de poder. Meu sonho é um dia tomarmos coquetéis e dançarmos em cima da mesa juntas.

E eu deixei o melhor para o final – obrigada aos meus garotos lindos, Huxley e Cooper. Nunca disfarcei o fato de que achei extremamente difícil ser mãe de crianças pequenas, mas foi essa experiência que me deu a oportunidade e a necessidade de desenvolver minha escrita, e por isso – e pelo fato de que eu tenho dois seres humanos maravilhosos na minha vida – sou eternamente grata. E Will – por onde começo? Vivemos tantas coisas juntos. Você sempre esteve lá por mim, e eu sei que sempre estará. Adoro você. Obrigada por tudo e por tudo e muito mais.

RECURSOS E LEITURAS RECOMENDADAS

SITES

Think Olga
https://thinkolga.com/

AzMina
https://azmina.com.br/

Portal Gelédes
https://www.geledes.org.br/

Revista Capitolina
http://www.revistacapitolina.com.br/

LIVROS

Girl Up, de Laura Bates
(não disponível em português)

You Got This, de Bryony Gordon
(não disponível em português)

Feminists Don't Wear Pink,
curadoria de Scarlett Curtis
(não disponível em português)

Moxie, de Jennifer Mathieu

Blood Moon, de Lucy Cuthew
(não disponível em português)

A poeta X, de Elizabeth Acevedo

Má feminista, de Roxane Gay

Celebre seu corpo (e suas mudanças também),
de Sonya Renee Taylor

Nosso corpo é demais!, de Tyler Feder

Esta obra foi composta em Baskerville e Interstate
e impressa em papel Avena 70 g/m² pela
Gráfica e Editora Rettec